Joseph Caldwell
Das Schwein sieht Gespenster

atb aufbau taschenbuch

Joseph Caldwell wurde in Milwaukee, Wisconsin, geboren und lebt heute in New York. Er ist Autor mehrerer Theaterstücke und Romane und wurde von der American Academy of Arts and Letters mit dem »Rome Prize in Literature« ausgezeichnet.

Im Aufbau Verlag erschienen bisher *Das Schwein war's* (2010) und *Das Schwein kommt zum Essen* (2011).

Ist der Mann, den die Schweinehirtin Lolly an der Steilküste irgendwo in Westirland sieht, dort, wo das Haus ihrer Freundin Kitty im Meer versunken ist, wirklich der Dachdecker Declan Tovey? Declan wurde ermordet und sogar mehrfach beerdigt! Und Lolly war bei seiner letzten Beerdigung dabei! Doch nicht nur Declan ist wieder da und verwirrt die Damenwelt im Dorf wie eh und je, auch das Schwein, das jüngst bei einem Fest gebraten und verspeist wurde, spukt durch die Geschichte.

Joseph Caldwell

Das Schwein sieht Gespenster

Roman

Aus dem Amerikanischen von Irmhild und Otto Brandstädter

atb aufbau taschenbuch

Die Originalausgabe unter dem Titel
The Pig Goes to Hog Heaven
erschien 2010 bei Delphinium Books,
Harrison, New York & Encino, California.

FSC
www.fsc.org
MIX
Papier aus verantwortungsvollen Quellen
FSC® C083411

ISBN 978-3-7466-2804-2

Aufbau Taschenbuch ist eine Marke
der Aufbau Verlag GmbH & Co. KG

1. Auflage 2012

Umschlaggestaltung Mediabureau Di Stefano, Berlin
unter Verwendung eines Motivs von Travelpix Ltd/getty-images
und © jason salmon/iStockphoto
Satz LVD GmbH, Berlin
Druck und Binden CPI – Clausen & Bosse, Leck
Printed in Germany

www.aufbau-verlag.de

Für meine Mutter,
ob erzürnt oder erfreut,
stets hieß es bei ihr:
»Sankt Patrick sei Dank!«

Anmerkung des Autors

Der Leser stelle sich bitte vor, dass die Personen in dieser Erzählung, wenn sie unter sich sind, Irisch sprechen, die Muttersprache derjenigen, die in der Grafschaft Kerry in Irland leben, in der die Handlung spielt. Die Redeweise, wie sie hier wiedergegeben wird, beruht auf dem amerikanischen Englisch. Die handelnden Personen bedienen sich des Englischen, sowie jemand zugegen ist, der des Irischen nicht mächtig ist.

»Ende gut, alles gut«

William Shakespeare,
berühmter irischer Stückeschreiber

Kapitel 1

Aaron McCloud, ein relativ junger amerikanischer Schriftsteller, den bislang weder Anerkennung noch Vermögen aus der Bahn geworfen hatten, war nach Irland gereist, in die Grafschaft Kerry, an den Rand der Westlichen See. Dort wollte er sich dem Weltschmerz hingeben, weil eine unattraktive Frau sich weigerte, ihm in seiner Einbildung zu Willen zu sein, dass er das Objekt ihrer unsterblichen Liebe werden müsste. Dann aber hatte er sich – noch ehe sein Seelenschmerz wirkliche Gestalt annehmen konnte – vermittels der unerklärlichen Dienste eines launischen und exzentrischen Schweins in eine ungemein attraktive Schweinehirtin aus Kerry, Lolly McKeever mit dem rotbraunen Haar, verliebt und sie infolgedessen geheiratet. Daraufhin, um ihn weiter aus seiner amerikanischen Umwelt zu lösen, hatte Lolly, vermutlich durch eine Osmose, die sich aus der uralten Vorstellung herleitete, dass in der Ehe beide Teile zu einem verschmelzen, den Entschluss gefasst, Schriftstellerin zu werden, und es Aaron überlassen, ihre Schweine zu mästen.

Das hatte er getan und sogar eine gewisse Genugtuung dabei empfunden, denn er gewann die Erkenntnis, dass zwischen Schweinezucht und Romanschreiben weit mehr Gemeinsamkeiten bestanden, als er vermutet hatte: bedingungslose Hingabe, nie erlahmende Selbstdisziplin, ungewisses Endergebnis und schließlich die nicht vorhersehbaren Erfolgsaussichten, wenn es darum ging, das Produkt zu vermarkten.

Für Aaron, den Schweinezüchter, war dieser Tag gekommen. Und er war zu dem möglicherweise größten Triumph seines Erwerbslebens geworden. Er saß neben seiner angebeteten Ehefrau in dem nun leeren Lastwagen, den sie durch die engen Landstraßen der Grafschaft Kerry lenkte, und wusste nicht, wie er das Glücksgefühl eindämmen sollte, das ihn durchströmte. Der

Verkauf der Schweine, die dank seiner Mühen prachtvoll gediehen waren, hatte einen Gewinn erbracht, der selbst die Erwartungen seiner Frau weit überstieg.

Die beiden Romane, die er im Laufe seiner zweiunddreißig Lebensjahre geschrieben hatte, waren zwar nicht unbemerkt geblieben, hatten aber nicht im Entferntesten die Summe abgeworfen, die der Schlachthof soeben herausgerückt hatte. Ein solches Ergebnis hatte er sich schon immer herbeigesehnt. Ein paar leidlich günstige Buchbesprechungen und ein wenig bekannter Preis waren gut und schön, aber seine Mühen – sei es als Schriftsteller oder als Schweinezüchter – derart extravagant belohnt zu sehen, rief in ihm eine rückschauende Befriedigung hervor, wenn er an all die mit den Schweinen verbrachten Tage und Nächte dachte. Oft genug hatte Fehlschlag gedroht, bei der Stange zu bleiben, war die einzige Belohnung gewesen, und die Aussichten, die der Markt bot, waren steter Quell unerträglicher Befürchtungen.

Eine just an dem Morgen eingetroffene E-Mail von einer literarischen Agentur in Dublin erhöhte seine Euphorie – eben die Frau hatte sie geschrieben, die Aarons irische Tante Kitty, gleich ihm eine Romanverfasserin, zu Höhen öffentlichen Ruhms geführt hatte, zu einem Gipfel, den Aaron in selbstverblendeten Momenten als nur ihm zukommend gewähnt hatte. Den Gedanken, dass seine Frau so hoch aufsteigen könnte wie seine Tante, hatte er tapfer, wenn auch nicht immer erfolgreich zu unterdrücken versucht. Doch diese Furcht erwies sich, gottlob! als unbegründet. Die Agentin hatte sich zu Aarons Schadenfreude, die ihn selbst beschämte, reichlich unverblümt geäußert.

»Lolly McKeever«, begann die E-Mail (Lolly hatte das Manuskript unter ihrem Mädchennamen eingereicht, denn mit Kitty McCloud wollte sie nicht verwechselt werden), »ich habe den Roman, den Sie mir freundlicherweise zugesandt haben und der Ihnen auf dem Postwege bald wieder zugehen wird, mit einigem Interesse gelesen. Zweifelsohne ist im letzten Jahrhundert und wahrscheinlich auch in den Jahrhunderten davor noch nie eine derart rückwärtsgewandte Geschichte über Irland und über die Iren von einem Bürger dieses Landes geschrieben worden. Eine Burg, in der es spukt? Was haben Sie sich dabei gedacht? Und die Geister sind tatsächlich vorhanden, wie Sie uns glauben machen wollen. Ihr Erscheinen wird nicht einmal als die Ausgeburt eines fiebergeschüttelten Hirns entschuldigt. Vielleicht werden Sie demnächst über Kobolde und Erdmännlein und über Töpfe voll Gold und Hexen und Seher und im Inneren der Erde verborgene Königreiche schreiben. Verzeihen Sie – oder besser, verzeihen Sie nicht –, denn so viel muss gesagt werden, Sie haben Ihre Heimat und alle Menschen, die dort leben, entehrt. Und Ihre Haltung zur anglo-irischen Grundbesitzerschicht? Kann man die Vergangenheit nicht Vergangenheit sein lassen? Sollen wir uns über Missetaten aufregen, die vor unendlich vielen Jahren verübt wurden? Haben wir uns das ewige Wehklagen über das Unrecht, das unseren verblichenen Vorfahren angetan wurde, nicht längst abgewöhnt? Erlauben Sie mir bitte, eine Art Erklärung für Ihre fehlgeleiteten Bemühungen anzuführen. Man hat mich unterrichtet, dass Ihr Gatte, Aaron McCloud, Neffe der schätzenswerten Kitty McCloud, Amerikaner ist und Schriftsteller sein soll. Ich habe den Verdacht, dass er, nicht Sie, dieses verabscheuungswürdige Machwerk verfasst hat. Niemand, der in Erin geboren ist, kann so wenig von dem wissen, was Irland ist und wer die Iren sind. Nur ein Amerikaner irischer Abstammung – der sich immer noch in Beschimpfungen ergeht, die längst lächerlich geworden sind – kann es wagen, die heutige irische Denkweise zu verunglimpfen, indem er behauptet, Geister streifen im Lande umher und werden von Menschen akzeptiert, die ihre Bildung in irischen Schulen genossen haben und im modernen Irland aufgewachsen sind. Nur ein Amerikaner, dessen Familie in weit zurückliegenden Tagen Irland aufgegeben hat, ist imstande, sich empört gegen die Engländer aufzuplustern, mit denen wir uns nun ausgesöhnt haben, abgesehen von ein paar verbohrten Katholiken im Norden. Die Briten sind schließlich unsere wichtigsten Handelspartner geworden und bieten einen aufnahmebereiten Markt für irische Exporte. Ich hoffe aufrichtig, diese Entlastung, diese Schuldzuweisung an Ihren amerikanischen Gatten ist, um Ihretwillen, zutreffend. Jedenfalls möchte ich das in aller Wohlgesonnenheit annehmen.

Und noch etwas: Ich empfehle, dass Ihr Mann alle literarischen Ambitionen fahren lässt, und fordere Sie auf – eine geborene Irin, die gewiss eigene Geschichten zu erzählen weiß –, seinen Platz am Computer einzunehmen, während er ein für alle mal das Schweinehüten übernimmt. Die Zukunft der irischen Literatur macht das notwendig. Freundlichst, Fiona O'Toole.«

Während ihrer Zeit als Schriftstellerin hatte Lolly zwar nicht all ihren Frohsinn verloren, war aber eines ansehnlichen Teils des für sie charakteristischen Vergnügens an Alltagskatastrophen verlustig gegangen. Unsicherheit und Zweifel wie auch Befürchtungen um ihre Selbstständigkeit waren für sie völlig neue Gefühle, mit denen sie nicht zurechtkam und die sie schon gar nicht zu unterdrücken vermochte. Nur, wenn sie mit fröhlicher Ungeduld Aaron in den Freuden des Schweinefütterns unterwies, hatte sie ihr altes Selbstwertgefühl wiedergewonnen. Dank Ms O'Tooles Brutalität durfte ihre Rückverwandlung nun dauerhafte Formen annehmen.

Anstatt die Worte dieser Frau als blindes und unwissendes Gezeter einer offensichtlich inkompetenten Person abzutun – eine Reaktion, zu der Aaron mehr als einmal geneigt war –, hatte Lolly mit ungezügeltem Vergnügen von ihrem Mann verlangt, ausgewählte Passagen laut zu wiederholen, wodurch ihre Ausgelassenheit nur angefeuert und ihr schrilles Lachen verstärkt wurden. Enttäuscht war sie jedoch, dass Ms O'Toole es versäumt hatte, die Auflösung des Plots gehörig niederzumachen: nämlich sich der Geister zu entledigen, indem die Burg gesprengt wird. Diese absurde Lösung des Konflikts hatten ihr Kitty und ihr Mann Kieran vorgeschlagen, als Lolly sich an sie um Rat gewandt hatte, wie sie das ganze Debakel zu einem vertretbaren Abschluss bringen könnte. Und wie um noch eins draufzusetzen, kamen sie mit der Idee, das Schießpulver sei bereits in den Steinplatten im Boden der Großen Halle der Burg eingelagert. Dieser Mangel an Erfindungsgabe hatte Lolly verstört, doch unerfahren wie sie war, hatte sie getan, was man ihr gesagt hatte. Warum hatte sich die Agentin nicht zu diesem offensichtlichen Versagen künstlerischer Einbildungskraft geäußert?

Doch als Lolly Aaron aufforderte: »Lies den Absatz noch mal, wo sie schreibt, du musst es gewesen sein, der den Roman verfasst hat. Den Absatz meine ich«, da hatte er nur geantwortet: »Nein, danke, einmal reicht.«

Während sich die Fahrt hinzog, wuchs das Unbehagen, das bereits seit einiger Zeit an seinem gegenwärtigen Zufriedensein nagte. Da sie nun die Schweine abgeliefert hatten, die so prachtvoll infolge seiner Mühewaltung gediehen waren, und nach dem unbeweinten Hinscheiden des erbarmungslos verrissenen Romans würden er und Lolly zu ihren vorher ausgeübten Tätigkeiten zurückkehren; er an seinen Computer, sie zu ihren Schweinen. Warum er nicht so scharf darauf war, seine schriftstellerische Laufbahn fortzusetzen, war ein Thema, das er lieber nicht näher untersuchte. Er wollte, soweit es nur irgend ging, den Triumph des heutigen Tages auskosten, wobei er sich das nicht genauer formulierte Versprechen gab, der Quelle seines Unbehagens zu gestatten, sich zu einem von ihm bestimmten Zeitpunkt zu offenbaren – der, wenn er Glück hatte, nie eintreten würde.

Ob es nun mit Absicht geschehen war oder sich nur zufällig so ergeben hatte, aus den Plätzen, die sie vorn im Laster einnahmen, ließ sich der Rollentausch ableiten, der sich gerade vollzog. Auf dem Wege zum Markt, mit den Schweinen an Bord, war Aaron gefahren. Nun, während sie ohne ihre Fracht zurückkehrten, saß Lolly am Steuer.

Sie hatten bereits eine ziemliche Strecke zurückgelegt, als Aaron aufging, dass sie nicht geradewegs nach Hause fuhren, wo die überlebenden Schweine gewiss schon protestierten, weil ihre Fütterungszeit überschritten war. Sie waren nicht auf der Straße neben den zur See abfallenden Klippen, sondern hielten auf die Stelle zu, an der das Haus von Aarons Tante Kitty gestanden hatte. Statt seiner wies die Uferlandschaft nun eine Aushöhlung auf, in der die Wogen aufschäumten. Das Haus, der Garten, der Weidegrund und ein leeres Grab waren von der unerbittlichen See hinabgezogen und verschlungen worden.

»Wo fahren wir eigentlich hin?«, fragte er.

»Wirst du schon sehen, wenn wir angekommen sind.«

»Du fährst dahin, wo das Haus stand. Soviel weiß ich.«

»Wenn du es weißt, brauche ich es dir ja nicht noch einmal zu sagen.«

»Aber warum willst du da hin?«

»Ist doch klar. Weil ich es eben will.«

»Da ist doch überhaupt nichts mehr. Nur die Klippen und das Meer, nicht einmal den Grund und Boden, auf dem das Haus stand, gibt es noch.«

»Wenn dort nichts ist, warum hast du was dagegen?«

»Ich hab nichts dagegen. Ich wundere mich bloß.«

»Vielleicht habe ich auch gar keinen Grund.«

»Du hast immer einen Grund.«

»Für alles gibt es ein erstes Mal.«

Als ihr Mann es aufgab, weitere Fragen zu stellen, hielt Lolly es für angebracht, ein bisschen zu sticheln. »Ich muss dir doch nicht immer alles sagen. Kann ich nicht einmal auch was für mich behalten?«

»Okay, okay.«

Sie kamen der Küste näher. Aaron richtete sich auf dem Beifahrersitz auf und studierte das Gesicht seiner Frau im Rückspiegel. Sie war wunderhübsch wie immer. Jetzt glättete sie eine Augenbraue, was gar nicht nötig war. Sie kräuselte die Lippen und entspannte sie wieder. Sie waren wie stets voll und schwellend. Kein Mann war so vom Glück verwöhnt wie er. Dann schaute er wieder geradeaus. Das war die Frau, die ihn liebte. Ihn, Aaron McCloud. Sie direkt fragen, was sie für ihn empfand, wollte er nicht, und so sagte er lediglich: »Zieht es dich dahin, wo wir uns eingestanden, dass wir ineinander verliebt sind? Ist es das?«

Ein knappes »Nein« war die Antwort.

»Willst du sehen, ob etwas vom Haus wieder ans Ufer gespült wurde?«

»Sag ich dir nicht.«

»Dann eben nicht.«

»Mach ich sowieso nicht.«

»Ist mir auch recht.«

»Mir ebenso.«

»Also lassen wir's.«

Mit so viel Gleichmut, wie er aufbringen konnte, blickte Aaron durchs Seitenfenster. Sie fuhren auf einer schmalen Straße, die auf den Weg stoßen würde, der sich am Rand der Klippe hinschlängelte. Das war auch die Begrenzung des McCloud-Besitzes gewesen, auf dem stolz ein Steinhaus gestanden hatte, zwei Stockwerke hoch, mit ordentlich eingerichteten Zimmern. Aus einigen Fenstern sah man auf eine Wiese, die bis an die steil zur See abfallende Klippe reichte. Nichts davon war mehr vorhanden, die Wiese war im Laufe der Jahre Stück für Stück abgebröckelt, und das Haus selbst war schließlich wie ein riesiger Happen im Schlund der See verschwunden – und bei der Gelegenheit hatten Lolly McKeever und Aaron McCloud sowie Kieran Sweeney und Kitty McCloud sich ihre Liebe eingestanden. Im Moment, da sie von dem Haus und seiner vertrackten Geschichte befreit waren, vermochten sie, in ihre Herzen zu blicken, und zu ihrer Überraschung fanden sie eine Glut, die unauslöschlich ihr Leben in alle Ewigkeit durchglühen würde. Jedenfalls hofften sie das, erwarteten es.

Zu erwähnen bleibt noch, dass nicht nur die restliche Wiese und das prächtige Steinhaus von den Wogen verschlungen wurden und mit ihm all die Gerätschaften und der ganze Hausrat, der sich bei den McClouds von Generation zu Generation angesammelt hatte. Im Haus befand sich zum Zeitpunkt, da die sich auftürmenden Wasser und der tosende Sturm das Chaos geschaffen hatten, ein aufgebahrtes Skelett; es war angekleidet, wie es sich gehörte, und ruhte auf bestickten Kissen in einem Sarg aus glatt gehobelten Brettern. Die Knochen des Declan Tovey waren es, des Dachdeckermeisters und weithin umschwärmten Frauenverführers, den man ermordet und mit seinem Handwerkszeug im Garten von Aarons Tante vergraben hatte. Ein die Beete umwühlendes Schwein hatte die sterblichen Überreste zu Tage gebracht.

Der Mord war nie aufgeklärt worden. Die Identität des Mörders festzustellen, hatten Geständnisse in letzter Minute erschwert, die von nicht weniger als drei der Teilnehmer bei einer für den unseligen Mr Tovey abgehaltenen ruchlosen irischen Totenwache abgelegt wurden: nämlich Lolly McKeever, Aarons Tante Kitty und Kittys bald darauf geehelichtem Mann Kieran Sweeney. Einer nach dem anderen hatte für sich in Anspruch genommen, den Dachdecker ins Jenseits befördert zu haben, und dabei Motiv und Tathergang dargelegt. Aaron selbst, der vierte Teilnehmer an der Bestattungszeremonie, vermutete, konnte es aber nicht beweisen, dass ein jeder Grund hatte, den jeweils anderen in Schutz zu nehmen, und es somit unmöglich machte, den wahren Übeltäter zu ermitteln.

Sie dachten damals gar nicht daran, die Behörden hinzuzuziehen. Das Verbrechen ging nur Lolly, Kitty und Kieran etwas an, sonst niemanden. Wer hätte auch zur *Gardaí* gehen sollen und einen aus ihrem Kreis beschuldigen?

(Seit der Unterdrückung der Iren waren viele Jahre vergangen, doch hing dem Wort *Informant* noch immer ein Geruch an, der selbst dem rachsüchtigsten Verkünder des so flüchtigen Idols Gerechtigkeit den Mund verschloss.)

Zu erwähnen wäre ebenfalls, dass ein Aspekt der Zuneigung, die sich in der Hochzeit von Lolly und Aaron, später auch von Kieran und Kitty offenbarte, die Vorstellung war, dass man vielleicht einen Mörder heiratete. Das implizierte eine stillschweigende Vergebung im Ehebett, gewürzt mit einer Spur Mut, denn man würde sich für den Rest seines Lebens in eine äußerst gefährliche Situation begeben. Nacht für Nacht neben einem mutmaßlichen Mörder zu schlafen, ist tiefster Entspannung kaum förderlich, doch da alle Eheversprechen sich auf ein Risiko gründen, auf das nichts Ahnende, auf die tapfere Unterwerfung unter die Ungewissheit, warum sollte etwas so rührend Unbedachtes wie das Geständnis eines Mörders ein Hinderungsgrund sein? Überwindet Liebe nicht alles? Besteht sie nicht zum Teil aus einer Verlockung zum Geheimnisvollen und der damit einhergehenden Gefahr? Und so hatte jeder im anderen einen Zugewinn gefunden, in eben dem unberechenbaren Element, das andere hätte entmutigen können, die weniger bereit oder weniger fähig waren, einen größeren Radius an Möglichkeiten auszuschöpfen oder verworrene Gefühlsregungen bei der Wahl eines immerwährenden Partners in Kauf zu nehmen. Declan Tovey, der Tote, hatte das Unmögliche zuwege gebracht, zwei Paare zu vereinen, die so wenig zueinander passten wie etwa Leda und der Schwan oder Titania und der Esel.

Während der Laster dahinrumpelte, nahm Aaron zu seiner Linken Anzeichen wahr, die davon kündeten, wie sich Landschaft und Landleben in den letzten Jahren verändert hatten. Wohlstand hatte ganz Irland in eine Verjüngungskur getrieben. Ganze Dörfer mit Ferienhäusern waren entstanden, die nicht nur Urlaubsuchende aus dem Ausland anlocken sollten, sondern auch irische Stadtbewohner, denen bislang die Mittel versagt geblieben waren, sich in der angenehmen Gesellschaft der urwüchsigen Iren zu bewegen, die die Grafschaft Kerry so reichlich bot.

Ihrer Armut beraubt, mussten die Iren sich nun Veränderungen anpassen, die sie nicht weniger herausforderten als die errungene Freiheit, eher mehr. Dass ihnen sowohl Freiheit wie Wohlstand zugutekamen und dass sie sich beides wohl verdient hatten, stand außer Frage, das hieß aber auch, Veränderungen in Kauf zu nehmen. Aaron betrauerte keineswegs, dass seine Landsleute nicht länger von Armut und Not bedrängt waren. Er beobachtete voller Ungeduld, wie sie sich auf die neuen Bedingungen einstellten, er schwelgte geradezu in diesem Neuerwachen. Lolly hingegen hatte allen Grund, sich zu sorgen, ob ihre Schweinezucht nun nicht noch antiquierter wirkte. Würde die Lawine, die die Vergangenheit unter sich begrub, nicht auch ihre Unabhängigkeit auslöschen, deren Fahne über Mist und Gülle ihres geliebten Hofes flatterte? Würde diese widerborstig aufgepflanzte Standarte nicht wie ein schwacher Steckling ausgerissen werden, der mit Stumpf und Stiel ausgerottet werden musste? Aaron hoffte inständig, dass es nicht so käme.

Eine Siedlung aus den zuvor erwähnten Ferienhäusern kam hinter der Biegung der Straße in Sicht. Außerdem tat sich ein weiteres entnervendes Spektakel auf. Neben einem Feld links waren Baufahrzeuge und sonstige Gerätschaften aufgereiht. Sie standen auf der Straße, die einst die Grenze des Grundbesitzes der McClouds markiert hatte. Mit Teer vermischter Kies wurde auf das verbreiterte Straßenbett gespien, und eine elefantengroße Dampfwalze rückte langsam, fast feierlich, auf der frisch asphaltierten Strecke vor. Zwischen Wiese und Straße verlief ein Graben. Aarons erster Gedanke war, wenn Gott die Iren noch immer liebte, müsste Er das Gerät in den Graben kippen, ehe weitere Verunstaltungen in Angriff genommen wurden. Doch schon stieg in ihm eine aus Heimatliebe geborene Sympathie für die dort Tätigen auf. Er wünschte denen, die im Schweiße ihres sonnengebräunten Angesichts ihr täglich Brot (und Rinderbraten und Stout und Fisch und Gemüse und Obst und Tarts) verdienten, nichts Böses. Diese Männer hatten Jobs. Sollten sich andere über Straßenarbeiter beschweren, Aaron McCloud jedenfalls nicht.

Das hinderte ihn aber nicht daran, seiner Frau zu sagen: »Wir müssen umkehren«, wobei er seine Erleichterung ob einer solchen Notwendigkeit nur schlecht verbergen konnte. »Wir können doch nicht auf die Straße fahren, auf der sie arbeiten.«

»Unfug. Wir steigen aus und gehen quer übers Feld zur Klippe hoch.«

»Und wie kommen wir über den Graben da links?«

»Ein Graben ist doch wohl kein Hindernis!«

»Der ist aber ziemlich breit, und Wasser ist auch drin.«

»Wer nass wird, wird auch wieder trocken«, meinte Lolly mit dem Gleichmut, der die Iren von alters her hat überleben lassen. Sie hielt das Fahrzeug an, machte die Tür auf, schwang die Beine herum und ließ sich auf die Straße gleiten. Wie um dem Nachdruck zu verleihen, was sie eben gesagt hatte, warf sie die Tür zu, ging vorn um den Wagen herum und stieg die Böschung hinunter. »Uuch! Ganz schön glitschig. Wird dir Spaß machen.«

Aaron war aus dem Laster gesprungen. »Wird mir bestimmt keinen Spaß machen!«

»Na, wenn schon. Dann wird's eben dem Graben Spaß machen, und das wär ja auch was.« Sie stapfte durch die moddrige Grabensohle und kletterte die gegenüberliegende Böschung hoch. An ihren Schweinehüterstiefeln, die sie selbst während der Romanschreibetage immer getragen hatte, klebte jetzt dicker schwarzer Schlamm, der vermuten ließ, dass unter der geheiligten Erde Kerrys Öl schlummerte. Sowie sie festen Boden unter den Füßen hatte, rief sie ihm zu: »Schau, der herrliche Ginster! Komm, riech mal!« Sie brach einen der stachligen Zweige ab und hielt ihn sich an die Nase. »Nun komm schon!«, drängte sie ihn und streckte ihm den blütenübersäten Zweig entgegen. »Es lohnt sich wirklich.«

Aaron wollte seine Slipper nicht dreckig und erst recht nicht nass machen und hatte daher den Entschluss gefasst, einfach über den Graben zu springen. Der Sprung gelang auch, doch der feuchte Boden auf der anderen Seite würdigte seine athletische Leistung leider nicht. Kaum war er auf der durchweichten Böschung gelandet, rutschte erst sein linker, dann auch sein rechter Fuß hinab in den Modder, den er törichterweise hatte meiden wollen. Um ihn noch härter dafür zu betrafen, dass er sich geweigert hatte, zu tun, was der Graben verlangte, glitt er mit dem ganzen Körper den Abhang hinunter. Der Dreck haftete an seinem Hemd, den Hosen, den Händen und der Nasenspitze. Er hob den Kopf, doch seine Notlage rührte seine Frau herzlich wenig, sie bückte sich nur, hielt ihm den Ginster unter die Schmuddelnase und sagte: »Riech doch nur! Herrlich, nicht wahr?«

»Würdest du mir vielleicht mal hochhelfen?«

»Ach, du brauchst Hilfe? *Ich* habe keine gebraucht.« Sie lächelte in Erwartung dessen, was kommen würde. »Aber selbstverständlich, wenn du mich brauchst ...« Aaron reckte eine Hand hoch. »Oh, die ist ja ganz dreckig. Wisch sie erst mal an der Hose ab. Du erwartest doch wohl nicht, dass ich mich selber völlig einsaue. So ist's gut. Fass jetzt zu, aber reiß mich nicht mit runter. Ein in den Dreck gefallenes Familienmitglied ist mehr als genug.«

Schließlich ergriff sie seine Hand, zerrte ihn hoch und schubste ihn nicht ohne heitere Angriffslust in das Ginsterdickicht, das am Rande des Grabens wuchs. »So, das wär's, du Tolpatsch. Muss ich dich zu Hause auch noch saubermachen? Toll. Siehst prima aus.«

»Wir hätten umkehren sollen.«

»Ist jetzt zu spät. Und dein Missgeschick muss sich schließlich auch lohnen.«

»Und wie kommen wir über die Straße da vorn? Der Teer ist noch frisch.«

»So, wie du aussiehst, macht ein bisschen Teer den Kohl auch nicht mehr fett.«

»Die werden uns nicht rüberlassen.«

»Wer soll denn da rübergelassen werden?«

»Na jeder. Die Arbeiter werden das nicht wollen.«

»Jeder? Wir sind nicht jeder. Los, komm!«

Sie stapften durch Ginster und Heidekraut. Der Teergestank überdeckte fast den Geruch der See. Auch konnten das Gebrumm und Gerassel der Straßenbaumaschinen das Getöse der Wellen nicht ganz übertönen, die sich gegen die Klippen warfen. Ehefrau und -mann kamen an einen Zaun und stiegen hinüber. Sie gingen an ein paar Schafen vorbei, die sie empört anblökten, weil jemand über ihre Weide lief, ohne ihnen ein, zwei Beutel Futter hinzustreuen. In die nächste Umzäunung war ein schmales Holzgatter eingefügt mit der Aufschrift VORSICHT! WÜTENDER BULLE. Das sollte wohl Unbefugte abschrecken, die nicht wussten, wie unsinnig eine solche Warnung war. Aaron marschierte frisch drauflos. Er rieb sich die Nasenspitze in der Hoffnung, das, was vom Graben daran hängen geblieben war, loszuwerden. Er hatte nur mäßigen Erfolg, denn nun klebte der Schlammbrocken an der Oberlippe. Er spuckte und musste wieder und wieder spucken.

Als sie sich der Stelle näherten, an der das Haus der McClouds gestanden hatte, gerieten sie dank einer Kurve in der Straße aus dem Blickfeld der Arbeiter und hüpften unbekümmert über den frischen Asphalt. An den Sohlen von Aarons verwöhnten Slippern und Lollys an Dreck gewöhnten Stiefeln blieb reichlich Splitt haften. Schließlich kletterten sie auf die aus Feldsteinen aufgeschichtete Mauer, wobei Aaron Lolly galant die verdreckte Hand reichte. Oben blieben sie stehen und schauten über die mit Steinwällen abgegrenzten Felder und die verbreiterte Straße bis zum Horizont im Westen, wo Meer und Himmel scheinbar nahtlos in einander übergingen. Lolly hatte nichts gegen eine Verschnaufpause einzuwenden und nahm die sie umgebende Welt in sich auf.

Dem Meer zugewandt, fragte Aaron in aller Ruhe: »Bist du hierher gegangen, weil du das Grab sehen wolltest, in dem Declan Tovey lag und in dem wir ihn noch einmal bestatten wollten, ehe die See kam und ihn zu sich nahm?«

So müßig war die Frage nicht. Lolly, Kitty und Kieran waren damals schon auf den Hof geeilt, während Aaron, abgesehen von dem Skelett, allein im Haus war, als die Stürme es zum Spielball machten, es rüttelten und schüttelten und zum Absturz brachten in die es mit offenen Armen empfangende See. Dass nur göttliches Eingreifen Aaron gerettet hatte, war nie bezweifelt worden. Es war ihm gelungen, durch die Gazetür, in die das Schwein ein Loch gerissen hatte, von der Küche in den Garten zu gelangen, wo besagtes Schwein auch das Skelett ausgebuddelt hatte. Dort, wäre nicht allein das schon Wunder genug gewesen, stieß ein angeschwemmtes Kanu, das man genauso gut für einen Hai halten konnte, den an allen Gliedern zitternden Mann in die Rippen. Ihm war gerade noch genug Kraft und Geschick gegeben, sich über die Bordwand zu hieven. Bereits im nächsten Moment hob ihn eine Woge, riss ihn mit sich zum Klippenabbruch und hinunter auf den Strand.

Lolly, Kitty und Kieran hatten das Schauspiel von oben auf der Klippe beobachtet, waren zuerst verzweifelt, dann ungläubig, schließlich voller Hoffnung und endlich verwundert – ihr Staunen schlug in überschäumenden Jubel um. Als der fast ertrunken geglaubte Aaron sich ans sichere Ufer gerettet hatte, hielt die göttliche Gegenwart lange genug an, um Kitty und Kieran und danach Aaron und Lolly Schwüre wahrer Liebe zu entlocken. Das alles geschah in Gegenwart des Schweins, wodurch der Vorgang auf einer gewissen Stufe des Unterbewusstseins gesetzlich legitimiert wurde und nie widerrufen werden konnte.

Lolly schaute hinüber zu den Bergen, den hohen abgerundeten Erhebungen zu ihrer Rechten, und grübelte, wie sie Aarons eben geäußerte Frage umgehen konnte. Ihr wollte jedoch nichts Treffendes einfallen. Ihre Schlagfertigkeit ließ sie im Stich. Sie wusste nichts Besseres als ein inhaltsloses »Was?« von sich zu geben.

»Schon gut«, meinte Aaron. »Du würdest es mir ohnehin nicht sagen wollen.«

»Woher weißt du das, wenn du gar nicht erst fragst?«

»Ich habe gefragt. Und du hast mir die einzige Antwort gegeben, die ich erwarten kann. Nämlich gar keine.«

Nebel kroch über die Gipfel der Berge. Lolly ergriff die Gelegenheit, um von dem von Aaron aufgeworfenen Thema abzulenken, und redete von dem, was sich vor ihren Augen tat. »Sieh nur. Der Nebel fällt, und wir werden bald ganz darin versinken.«

»Würde ja passen.«

»Du hast schlechte Laune. Wieso eigentlich?«

»Weil du sehen willst – aus Gründen, die du für dich behältst –, wo Declan Tovey begraben wurde.«

»Warum, um Himmels willen, sollte ich denn so was wollen?«

»Ganz einfach. Weil er dein Liebhaber war.«

»Er war Kittys Geliebter.«

»Und Kitty sagt, du warst in ihn verknallt.«

»Kitty McCloud ist, auch wenn sie deine Tante ist, keine glaubwürdige Informationsquelle, und schon gar nicht bei Dingen, die ihre früheren Abenteuer betreffen. Was sollte mir Declan Tovey? Ich hatte meine Schweine. Ich hatte meinen Beruf und habe dem alles gegeben, was ich hatte, ja mehr noch. Wie ich es bei allem mache, was mir wichtig ist. Das müsstest gerade du wissen. Das ganze vergangene Jahr hast du doch davon profitiert.«

Aaron überlegte kurz und schaute seine Frau groß an. »Ist das wahr? Ich hab geglaubt, das Allerwichtigste war dir dein Roman.«

»Wie kann einen Roman zu schreiben überhaupt wichtig sein?«

»Mir war das wichtig. Jedenfalls, als ich mich damit noch befasst habe.«

»Du bist ja auch Schriftsteller. Ich bin das nicht. Bloß weil ich einen Roman geschrieben habe, bin ich noch lange keine Schriftstellerin. Wie kann man einen Roman schreiben, wenn man nur halb bei der Sache ist?«

»Das tun mehr Leute, als du denkst.«

»Unfug. Deine Frau zu sein, hat mich mehr als alles andere beschäftigt, abgesehen natürlich vom Versorgen meiner Schweine. Du vor allem müsstest das nun wirklich wissen. Ich habe den Roman geschrieben, um mich ein bisschen zu entspannen, um mir ein bisschen Freizeit zu gönnen, damit ich wieder für das bereit sein konnte, was wir beide besser können als sonst jemand in der Welt.«

»Ist das wahr?«

»Wer könnte das besser beurteilen als du?«

Aaron schwieg, nickte dann. »Stimmt. Wenn du das sagst, ist es wohl so.«

»Ich habe es gesagt, eben jetzt.«

»Und ich habe es gehört.«

Der sich niedersenkende Nebel hatte sie völlig eingehüllt, sie gänzlich von der sie umgebenden Welt isoliert. Aaron fasste nach der Hand seiner Frau. »Ich helfe dir herunter.« Lolly ließ sich helfen, obwohl sie von Kindesbeinen an gewohnt war, auf Steinwällen herumzuklettern. Sie ließ ihren Mann gewähren, der sie sicher nach unten auf die Wiese führte.

»Es gibt kein Grab«, bemerkte Aaron. »Lass dir das gesagt sein. Oder lass es dir vom Meer selber sagen.«

»Wir werden schon sehen, wenn wir dort sind. Komm jetzt.« Lolly ging voran.

Tatsächlich war kein Grab da. All die Erde, mit der man Declan Toveys Knochen hatte bedecken wollen, war zusammen mit ihm herabgesunken, eine eigentlich unnötige Zugabe für seine Bestattung im Wassergrab. Sie starrten beide in den Nebel, der unten wenige Schritte vom Klippenrand im Aufwind vom Wasser langsam hin und her wogte.

»Tut mir leid«, sagte Aaron. »Wahrscheinlich hast du das Grab sehen wollen, und nun ist nichts mehr davon da. Ich hatte es ja selbst gegraben, viel tiefer als es vorher war, damit Declan nicht noch einmal herausgeholt werden konnte.«

Lolly schwieg. Keiner rührte sich vom Fleck. Kühl strich der Nebel über ihre Gesichter. Man hörte die See, wenn ihr Wüten auch gedämpft klang. Nichts um sie herum war zu sehen. Selbst wenn das Haus dort noch stünde und der Schuppen im Garten, wären sie, wie vormals so oft, in dem aufwallenden Nebel verschwunden. Niemand hätte mit Gewissheit sagen können, ob sie da waren oder nicht. Immer hatte sie der Nebel geschluckt. Seit Ewigkeiten hatten sie es verstanden, sich ins Rätselhafte zu verflüchtigen. Auch jetzt wiederholte sich das alte Spiel, das Dasein selbst wurde ungewiss, alle Beweise und Sicherheiten einer Existenz waren aufgehoben.

Lolly brach das Schweigen. »Ich habe ihn gestern gesehen, in Caherciveen, als ich die Brasse kaufte, die wir zum Abend verspeist haben.«

»Wen?«

»Declan.«

Aaron hielt einen Moment die Luft an und sagte dann: »Lolly, du kannst Declan Tovey nicht in Caherciveen gesehen haben.«

»Dann eben nicht. Ich hab ihn nicht gesehen. Ich war nicht in Caherciveen, wir haben die Brasse nicht gegessen. Wir sind auch nicht in Irland, wir leben in Mosambik.«

»Du hast jemand gesehen, der wie Declan Tovey aussah.«

»Es gibt keinen, der wie Declan Tovey aussieht.«

»Es kommt oft genug vor, dass jemand wie ein anderer aussieht. Der Vorrat an Genen, die es auf der Welt gibt, ist nicht derart vielfältig, wie die Leute meist annehmen.«

»Gene schaffen keine Narbe über dem linken Auge.«

»Lolly, keine zehn Schritte von hier, wo wir jetzt stehen, haben wir Declan Toveys Skelett gefunden.«

»Kann schon sein. Aber trotzdem hat er es gestern bis Caherciveen geschafft.«

»Leibhaftig und richtig angezogen?«

»Leibhaftig und richtig angezogen.«

Aaron holte ein Taschentuch aus seiner Gesäßtasche und wischte sich, ohne es auseinanderzufalten, die Stirn. Er blickte drauf, suchte Schmutzspuren, vielleicht auch nur einen Hinweis, was er weiter sagen sollte. Er steckte das Taschentuch zurück. »Das hast du nun davon, wenn du ein Buch schreibst, in dem Geister vorkommen.«

»In meinem Buch ist Declan gar nicht vorgekommen.«

»Das nicht. Aber du hast von Geistern geschrieben, von wirklichen Geistern. Nicht von psychologisch bedingten Erscheinungen, auch nicht von Irrsinnigen, die sich zum Affen machen. Sondern von richtig lebenden Geistern.«

»Dann war Declan gestern ein richtiger Geist.«

»Wenn du gestern Declan gesehen hast, dann war das kein Geist. So was wie Geister gibt es überhaupt nicht. Tatsache ist, Declan ist tot. Seine Überreste, oder was davon noch da war, sind jetzt irgendwo draußen im Meer.«

»Sei dem, wie es sei. Ich habe ihn jedenfalls gestern gesehen. Er muss es gewesen sein.«

»Lolly, es gibt keine Geister, außer in Büchern.«

»Und warum bist du so wild entschlossen, mir nicht zu glauben, egal was ich sage?«

»Ich will dir doch nur helfen.«

»Du denkst, ich sei vollends übergeschnappt, stimmt's?«

»Du hast ein Buch über Geister geschrieben und hast dich darin so verbissen, dass du nun manches davon selber durchlebst.«

»Wenn es möglich wäre, dass ich meinen Roman selbst durchlebe, dann hätte ich ein Buch über eine Frau geschrieben, die einen Mann geheiratet hat, der ihr nie glaubt, wenn sie etwas sagt, was absolut wahr ist.«

»Glaub mir, ich will dir bloß helfen.«

»Dann glaube mir doch einfach.«

»Lolly, du und Kitty, ihr beide habt das Gerippe gewaschen!«

»Das weiß ich. Ich weiß aber auch, er ist wiedergekehrt.«

»Er kann nicht wiedergekehrt sein.«

»Wer sagt denn das?«

»Shakespeare, zum Beispiel, sagt es. Hamlet sagt es. ›Das unerforschte Land, von dessen Grenzen kein Wandrer wiederkehrt.‹«

»Na, so was! ›Kein Wandrer wiederkehrt.‹ Und was ist mit Hamlets Vater, der auf dem Burgwall erscheint und später im Schlafzimmer seiner Mutter? Dabei ist er doch tot, mausetot. Was sagst du dazu?«

»Hier ist nicht der Ort für Shakespeare-Auslegungen.«

»Natürlich nicht. Nicht, nachdem ich dich was gefragt habe, worauf du keine Antwort weißt.«

»Also gut. Manchmal ist sogar Shakespeare inkonsequent. Henslowe, der Prinzipal, hat vermutlich rumgeschrien, wo bleibt dein Text? Sie brauchten ein neues Stück – und zwar schnell. Alle Stückeschreiber sind mitunter inkonsequent.«

»Aber ich habe so etwas nicht bloß geschrieben. Ich erlebe es!«

»Ich gebe mich geschlagen.«

»Aha, du gibst dich geschlagen. Du weißt, ich habe recht und nicht du. Ich meine nicht das mit Shakespeare. Ich meine das mit Declan.«

»All right! All right! Ich bin im Unrecht und du hast …«, er hielt inne.

Lolly wartete darauf, was er noch sagen würde. Er sagte nichts, sondern starrte über Lollys Schulter in die Ferne, in den Nebel. Schaute stur geradeaus.

»Was hast du?«, fragte sie.

Wieder zog Aaron sein Taschentuch heraus, zerknautschte es diesmal in der Faust. »Ach nichts.«

»Oh?«, Lolly drehte den Kopf und blickte über die Schulter. Eine dunkle Gestalt ging an den Klippenrand. Lolly atmete rasch ein, hielt die Luft an und stieß sie aus. Ganz heiser flüsterte sie: »Declan?« Rief dann laut den Namen: »Declan!« Aaron packte sie am Arm. Sie rief noch lauter: »Declan!« und versuchte sich von ihm loszureißen.

»Geh nicht!«, schrie Aaron, »Keine Bewegung!«

»Declan steht dort. Ich weiß, er ist es.«

»Du kannst nicht weiter. Der Abbruch der Klippe ist direkt vor uns.«

»Ich muss ihn sehen.«

»Ihn sehen, geht überhaupt nicht.«

»Aber ich habe ihn doch gerade gesehen, du auch.«

»Das war nicht Declan. Wie oft soll ich's noch sagen? Die Klippe …«

»Ich kann dir jetzt beweisen, das ist …«

»Das kannst du nicht. Was wir gesehen haben, war irgendwas im Nebel. Hätte sonst wer sein können, alles, was du willst.«

»Trotzdem, das war Declan.«

»Lolly, er ist tot.«

»Was macht das schon?«

Aaron unterließ es, ihr zu antworten. Als Lolly wieder etwas sagte, klang es sehr leise. »Können wir hier nicht bleiben? Nur noch ein Weilchen? So nebeneinander? Ohne irgendwen zwischen uns, bloß wir beide. Hier, wo das Haus stand. Und wo jetzt alles weg ist.«

»Auch das Grab.«

»Ja, und das Grab, auch das ist weg.«

Schweigend standen sie beieinander. Mit dem Taschentuch tupfte Aaron Schweißperlen von Lollys Stirn. »Danke«, sagte sie.

»Gehen wir also.« Er schob das Tuch in die Hosentasche, drehte sich nach angemessener Pause um und machte sich auf den Rückweg. Lolly folgte ihm. Während sie über die Wiese schritten, fragte Aaron: »Du liebst ihn, stimmt's? So, wie du seinen Namen gerufen hast.«

»Dich liebe ich.«

»Das weiß ich. Aber du liebst auch ihn.«

»Er ist doch tot.«

Aarons Antwort kam sofort. »Was macht das schon?«

Kapitel 2

Kitty McCloud stand auf den Zinnen ihrer Burg Kissane und war mit sich uneins, ob sie sich eher erheitert als erlöst oder eher erlöst als erheitert fühlen sollte. Vielleicht beides gleichermaßen. Ziemlich oft begab sie sich an diesen Zufluchtsort – mit der großartigen Aussicht über die Grafschaft Kerry, die niedrigen Berge und die bewegte See –, um den Konflikt zwischen ihrem innersten Wesen und dem gerade in Arbeit befindlichen widerborstigen Roman beizulegen. Ihren gegenwärtig unbeschwerten Zustand verdankte sie einer E-Mail von ihrer Agentin in Dublin, einer Fiona O'Toole. Kitty hatte Ms O'Toole gegenüber geäußert, dass sie vorhabe, sich über die einzige hochheilige Autorin herzumachen – Jane Austen –, die bislang von ihren eigenwilligen »Korrekturen« verschont geblieben war. Charlotte Brontë, Thomas Hardy, George Eliot und anderen, ja selbst Dickens, war dieses Glück nicht beschieden gewesen. Mit ihrem beachtlichen Talent nahm Kitty es auf sich, die haarsträubenden Irrtümer vieler bewunderter Vorläufer auszumerzen. *Ihr* Werk war von Schimpf und Schande unbefleckt, die die anderen in so reichem Maße auf sich geladen hatten.

Sie hatte ihre Geisteskräfte gesammelt und vor kurzem entschieden, Ms Austen nicht nur zu »verbessern«, sondern geradezu umzukrempeln. Kitty war entschlossen, mit ihrem ganzen Können dem Roman *Stolz und Vorurteil* (darunter wollte sie es nicht machen) zu Leibe zu rücken. Das geschah aus dem einfachen Grund, dass man Jane bereits viel zu lange gestattet hatte, ihre Romane – und die Charaktere darin – für vollendet zu halten, indem Ehen zustande kamen, die vermutlich glücklich waren und es blieben. Kitty wollte in Frage stellen, was noch niemand in Frage gestellt hatte. Wie wäre es, wenn Darcy nach der Hochzeit Elizabeth einer anderen Frau wegen verließ? Was könnte man aus Ms Bennett machen, einer Gestalt, die Kitty schon immer unerträglich perfekt erschienen war, trotz all der höchst nuancierten kleinen Mängel, mit denen sie ihre Schöpferin versehen hatte?

Doch jetzt war per E-Mail die Überheblichkeit, der Kitty beinahe anheimgefallen wäre, als nicht wieder gutzumachende Dummheit bloßgestellt worden. Das Projekt war gestrichen worden, abgeblasen für immer und ewig. Und das noch gerade rechtzeitig. Hätte sich Kitty nicht so eifrig bemüht, die Tätigkeiten ihrer Zeitgenossen zu ignorieren, wäre ihr längst das Ausmaß der anwachsenden Jane-Austen-Industrie bewusst geworden. Wie Ms O'Toole ihr mitteilte, waren zahllose Schreiberlinge dabei, Janes Popularität für ihre Zwecke zu nutzen. Eine Unmasse an Autoren hätte die Hervorbringungen der guten Frau ausgeschlachtet und versucht, sich in eine Reihe mit ihr zu stellen. Da nun ihre Unwissenheit aufgedeckt war, spürte sich Kitty von einer Tollheit befreit, die ihrem Ruf nur geschadet hätte, wenn sie die Axt geschliffen und damit auf Jane oder selbst Mrs Darcy heftig eingeschlagen hätte.

Dennoch konnte sie nicht ihre Zeit damit verbringen, erheitert oder erlöst zu sein. Schließlich war sie vor allem Schriftstellerin, übte einen Beruf aus, der es erforderte, verzagt, auch verzweifelt zu sein, ja selbst Minderwertigkeitsgefühle zu haben, wenn auch Letzteres eine Anwandlung war, zu der Kitty McCloud selten neigte. Was sie jetzt brauchte, und zwar ziemlich schnell, war eine Inspiration, etwa der vergleichbar, der sie ihren jüngsten Erfolg verdankte: eine Korrektur des Werks *Die Mühle am Floss*.

Im Zusammenspiel mit den höchstgehandelten Musen war Maggie Tulliver von Kitty vor dem aberwitzigen Schicksal bewahrt worden, das Ms George Eliot für sie vorgesehen hatte. Schon als sie den Roman zum ersten Mal las, war Kitty die Galle übergelaufen, freilich war sie damals ein Teenager gewesen, der sich immerfort gegen etwas empörte. So wahr Gott ihr Zeuge war, sie hätte Maggie – dem mit lebhafter Phantasie begabten

Kind, das fortlief und sich den Zigeunern anschloss in der Hoffnung, deren Königin zu werden – nie zugemutet, verstört an einen ihrer unwürdigen Mann zu geraten, dann eben noch rechtzeitig zu ihrem Bruder, einem ehrpusseligen Mistkerl sondergleichen, zurückzukehren, um mit ihm in den sturmgepeitschten Wogen des zum Buchtitel gehörenden Floss zu ertrinken.

Nein. Sie hatte sich geschworen, Maggie trotz allem glücklich werden zu lassen. Und das machte sie – in ihrer unnachahmlichen Art. In einem vom Schicksal ausersehenen Moment begegnet Maggie noch einmal dem Zigeunerjungen, der sie vor langen, langen Jahren auf seinem Pferd im ganzen Lager herumgeführt hatte. Jetzt rettet er sie aus dem rasch ansteigenden Floss, offenbar wieder auf dem Rappen sitzend, an den sie sich erinnerte. Ihre Liebe erfüllt sich. Als Junge war er, was Maggie nicht wusste, der Prinz der Zigeuner gewesen. Nun, zum Mann herangewachsen, ist er deren König. Maggie Tulliver wird, ob nun mit Floss oder ohne Floss, ob mit Mistkerl von einem Bruder oder ohne, wie Gott und Kitty es vom Anbeginn aller Zeiten bestimmt hatten, die Königin der Zigeuner. (Denn in Wahrheit glaubte Kitty tief in ihrem Inneren, dass sie mit ihrem Schreiben Gottes Werk tat – ein unerschütterlicher Glaube, der Menschen ihrer Art gegeben ist.)

Gerade als sie sich losreißen und die Wendeltreppe hinuntersteigen wollte, um sich wieder an den Computer zu begeben, der ihrer ungeduldig harrte, fiel Kittys Blick auf einen Mann, der langsamen Schrittes allein die Straße zur Burg heraufkam. Er war fast völlig in Schwarz gekleidet, sowohl Hose wie Jacke, dazu trug er ein am Hals offenes weißes Hemd. Der arme Kerl sah ganz und gar so aus wie ein geschlagener Krieger, der nach einer verlorenen, in fernem Land geführten Schlacht heimkehrt. Er hatte weder Mütze noch Hut auf. Gebannt starrte sie auf das dichte schwarze Haar, das ihm in die Stirn fiel, und auf die dunklen Brauen, die nicht von den noch dunkleren Augen ablenken konnten, Augen, die in besseren Zeiten herausfordernd in die Welt geschaut hatten. Mit einer Hand hatte er einen, wie es schien, schweren Lederbeutel gepackt, den er an der Seite trug. Darin waren möglicherweise (aber eigentlich unmöglicherweise) die Werkzeuge, die zum Decken eines Reetdaches benötigt wurden.

Das konnte nur (abgesehen davon, dass er es eigentlich nicht sein konnte) Declan Tovey sein. Oder (am aller unwahrscheinlichsten) der Geist des Declan Tovey. In Kittys Brust regte sich rebellischer Zorn. Der Augenblick des sich Befreitfühlens war vorbei. Hatte sie nicht schon genug Geister? War ihre Burg dazu verdammt, Zwischenstation für jedweden umherwandernden Schatten zu sein, dem es nicht gelungen war, aus welchem Grund auch immer, die Reise von dieser Welt in die nächste zu vollenden? In Anbetracht der zahlreichen Gespenster, die in den ländlichen Gegenden Kerrys umherlungern sollten, würde ihre Burg, wenn es so weiterging, eine beachtliche Sammelstätte werden für jede Art von Phantom, das sein ungerecht vorzeitiges Hinscheiden verstört hatte.

Wie um ihre Klage zu rechtfertigen, sah sie nach Osten zu die vertrauten Geister Taddy und Brid langsam durch ihren Apfelgarten wandeln. Das waren die in der Burg Kissane ansässigen Schlossgespenster, beide jung und unsagbar hübsch. Taddy und Brid akzeptierte sie, die waren in der Großen Halle ihrer Burg vor mehr als zweihundert Jahren gehängt worden. Ihnen stand unbestritten ein Aufenthaltsrecht zu. Aber was für ein Recht konnte Declan Tovey für sich beanspruchen?

Offenbar lebendig, ein Mensch von Fleisch und Blut, kam er auf ihrer Straße daher. Aber hatte sie sich nicht selber – und Kieran und ihre beste lebenslange Freundin Lolly und auch ihr Neffe Aaron – sehr intensiv mit dem Skelett dieses Menschen beschäftigt? Weder Haut noch Haar hatten seine Knochen verschönt. Man hatte ihn nur an seiner Kleidung identifizieren können und an dem Beutel mit den Dachdeckerwerkzeugen, die man ihm ehrenhalber mit ins Grab gelegt hatte, ein Grab, das in ihrem Garten ausgehoben und später aufgewühlt worden war. Er war tot, so tot, wie man nur sein kann. Hatten sie und Lolly nicht das Skelett für ein anständiges Begräbnis hergerichtet? Hatten sie nicht mit eigenen Händen und mit Kittys kostbarster, angenehm duftender Seife jeden Knochen gewaschen – Schulterblatt, Kniescheibe, Brustwirbel, Schlüsselbein –, einen nach dem anderen, und in saubere Sachen gesteckt, die ihr Neffe hatte hergeben müssen? War sie nicht dabei gewesen, als man die Totenwache feierlich beging, bei der dieser Mann in einem mit weichem Zeug ausgeschlagenen Sarg lag, der aus den Brettern ihrer Bücherregale gezimmert war? Hatte sie nicht mit eigenen Augen gesehen, wie das Heim ihrer Vorfahren, in dem die eingesargten Knochen sicher geruht hatten, nebst Garten und allem, was darin war, allmählich in die Wogen der Westlichen See glitt?

Jetzt war er wiedergekehrt, darauf aus, in der Burg Kissane herumzuspuken. Stimmt schon, ermordet hatten sie ihn. Das gab sie zu. Aber deshalb wiederkehren? Nichts konnte rechtfertigen, dass er in ihre Welt eindrang. Sie hatte ihn nicht umgebracht, nicht durch ihre Hand war er gestorben. Auch nicht durch die Hand von …

Schon hielt sie inne mit ihren Beteuerungen. Bei der Totenwache hatte ihr nunmehriger Gatte damit geprahlt, er selber hätte den Mann erschlagen, hätte ihm mit dem Klopfbrett, dem gewichtigsten Werkzeug der Dachdecker, eins über den Schädel gezogen. Kieran war dabei gewesen, wie Declan Tovey sie – *sie, Kitty McCloud* – als blöde Kuh beschimpft hatte. Diese Mordtat konnte man nur allzu gut verstehen. Kieran hatte allem Anschein nach den lästerlichen Dachdecker niedergestreckt. Sie hatte damals gewisse Zweifel an der Echtheit seines Geständnisses gehabt, doch nun näherte sich der Echtheitsbeweis ihrem Burghof. Declan war gekommen, seinen Mörder heimzusuchen.

Aber gleich peinigte sie ein anderer Gedanke. Wenn ihr Gatte den Mann tatsächlich ermordet hatte, warum konnte sie,

Kitty, Declans Geist sehen? Natürlich, sie selbst hatte ja auch gestanden, ihn umgebracht zu haben, aber damit hatte sie nur ihre Freundin Lolly in Schutz nehmen wollen, die, wie Kitty überzeugt war, die Tat wirklich begangen hatte. Grund dazu hatte Lolly ja. Hatte Declan nicht sie selbst, also Kitty, der weniger attraktiven Lolly vorgezogen? Und hatte Lolly nicht Kittys Verdacht bestätigt, indem sie selber ein Geständnis ablegte? Schließlich hatten alle drei – Kitty, Kieran und Lolly –, einer nach dem anderen, behauptet, dem Kerl die wohlverdiente Strafe erteilt zu haben. Mit dem Ergebnis, dass sich wohl nie feststellen lassen würde, wer zu Recht Anspruch darauf hatte, Richter und Henker gewesen zu sein. Das erklärte aber noch lange nicht, warum die unschuldige Kitty bloß wegen eines fälschlich abgelegten Schuldgeständnisses plötzlich in den Genuss dieses dubiosen Privilegs kam.

Kitty versuchte sich aller weiteren Spekulationen zu enthalten. Sie würde die Dinge hinnehmen, wie sie nun einmal waren, würde sich nicht bemühen, sie zu verstehen, würde auch keinerlei Erklärungen verlangen. Doch bevor sie sich noch, wenn auch zögernd, damit abgefunden hatte, kam es zu einer zusätzlichen Verwirrung ihrer Gefühle. Über den Weidegrund hinter den Schuppen auf dem Burggelände sah sie ihren Mann kommen. Durcheinander wie sie war, blieb ihr dennoch Zeit, sich darüber zu ärgern, dass er über seinen Alltags-Manchesterhosen und dem schäbigen Arbeitshemd die Jacke trug, die zu seinem Sonntagsstaat gehörte. Außerdem hatte sie ihn in der Spülküche vermutet – in weniger anspruchsvollen Wohnverhältnissen sagte man schlicht Küche dazu – und gehofft, er sei dabei, wie üblich die Abendmahlzeit vorzubereiten. Auch verwunderte es sie, dass er Handschuhe anhatte, mit denen er ein Bund Grünzeug hielt, begriff aber gleich, dass es Brennnesseln sein mussten, weshalb denn sonst die Handschuhe? Sobald sich die gegenwärtige Situation entspannt hatte, würde sie aus den Nesseln eine würzige Suppe zaubern.

Doch schon überkam sie ein größeres Unbehagen. Es war

durchaus möglich, dass auch Kieran sah, was sie gerade sah. Was würde sich jetzt vor ihren Augen abspielen? Würde der Geist des Mannes ihm, dem möglichen Mörder, entgegentreten? Kieran ließ vor Schreck die Nesseln fallen. Er hatte gesehen, was sie befürchtet hatte. Dann bückte er sich rasch, hob die Nesseln auf und ging gefasst auf die näher kommende Erscheinung zu.

Sein Leben lang war Declan jemand gewesen, mit dem aneinanderzugeraten die wenigsten Lust hatten. Schon geringste Anlässe genügten, um sein hinlänglich bekanntes Temperament zum Aufbrausen zu bringen. Er konnte binnen weniger Minuten sowohl Furcht verbreiten als auch ganz unwiderstehlich nett sein. Frauen betörte er im Handumdrehen. Starke und mutige Männer schafften es meist schnell, mit ihm kumpelhaft umzugehen. Freundschaften wurden dann mit kräftigen Hieben auf die Schulter, mitunter auch auf den Hintern, besiegelt. Niemand konnte sich seinem Charme entziehen, hinter dem eine Durchtriebenheit steckte, die nie in Arroganz umschlug. Außerdem, wer hätte diese Strahlkraft auch nur um ein Quäntchen mindern wollen, die alle so bezauberte? Gar nicht selten wurde Declan mit Luzifer verglichen, dem Engel des Lichts, der auf der Schwelle der Himmelspforte nur darauf wartete, mit keinem Geringeren als einem Erzengel zu kämpfen. Was gab es Bedrohlicheres als ein flammendes Schwert, dem sich hochfliegender Stolz widersetzte? Ein Stolz, der sich aus übersteigertem Selbstbewusstsein nährte. (Und doch bedurfte es – wie sich erwies – nichts anderes als Declans Klopfbrett, um ihn niederzustrecken, als die Zeit gekommen war, die verführerische Flamme auszutreten.)

Nie und nimmer hätte es sich Kitty versagt, ihrem Mann beizuspringen, wenn er und die Erscheinung aufeinander trafen. Sie rannte los, stolperte und hastete die Wendeltreppe hinunter. Die Große Halle wurde wie in einem einzigen Sprung durchquert, die Tür mit solcher Gewalt aufgerissen, dass es sie fast aus den Angeln hob. Mit diesem Endspurt hatte sie den Besucher klar abgehängt, stand atemlos neben Kieran und war bereit, diese neuerliche Spukgestalt, die ihre geliebte Burg heimsuchte, herauszufordern.

Aber etwas stimmte da nicht. Der Geist redete – redete mit ihrem Mann. Er sprach nicht von nebulösen Dingen oder unheimlichen Geschehnissen im Grabesdunkel, sondern von ganz Alltäglichem wie jeder beliebige Mensch aus Kerry, der nach langer Abwesenheit zurückkehrt und darauf vertraut, zu Hause wieder willkommen geheißen zu werden.

»Ich habe nicht erwartet, dass es da jetzt so aussieht«, sagte er. »Ich bin zu den Klippen gegangen und war sicher, wie gewohnt das Haus und die Wiese dort vorzufinden, aber kein einziger Stein war noch da, der einem gezeigt hätte, wo das alles mal gestanden hatte.«

»Die See hat alles genommen«, erwiderte Kieran in einem Ton, als bestätige er das Selbstverständlichste von der Welt.

»Soviel habe ich mir auch gedacht. Doch 'ne Überraschung war das schon, für einen, der gar nicht so lange weg war.« Er bemerkte Kitty, die sich an Kierans Arm klammerte. »Aber du hast ja jetzt die Burg«, redete die Erscheinung weiter, »da muss ich dich wohl gar nicht sehr bedauern.«

»Nein«, Kitty konnte gar nicht anders als flüstern, »ist nicht nötig.«

»Aber dir wird was fehlen, das Haus.«

»Ich ... ich ... ja, es fehlt mir. Ich glaub schon, dass es mir fehlt.«

»Ein herber Verlust.«

»Ja. Alles hin.«

»Einfach ins Meer gestürzt.«

»Einfach abgestürzt, ja.« Kitty mühte sich, das in dem lockeren Ton zu sagen, den ihr Mann drauf hatte, aber so ganz gelang ihr das nicht. »Ja. Alles. Die See. Es ... es war die See, sie hat alles genommen.«

Sie fügte nicht hinzu, dass die See auch ihn genommen hatte – oder besser, seine Knochen –, mit allem, was sonst im Haus gewesen war. Sie hatte gesehen, wie es sein persönliches Mausoleum wurde, wie es hinabgesunken war in die nimmer rastenden Wellen.

»Und auch der Garten ist mit weg.«

»Der Garten. Ja. Der Garten.«

»Mit allem, was drin war. Den Kohlköpfen. Einfach alles.«

»Ja. Alles. Einfach alles, was drin war.«

Kieran überließ Kitty das Gespräch, aber die hatte keine Ahnung, was sie noch sagen sollte. Sie wusste, dass sie in die Luft starrte, unfähig war, auch nur zu blinzeln, wie angenagelt dastand. Auch ihre Lippen hatten die Fähigkeit verloren, sich leicht und mühelos zu bewegen, Worte, die ihr sonst so leicht fielen, zu formen. War er gekommen, um sich nach dem Verbleib seiner Überreste zu erkundigen, wollte er nur einen Tipp, wo sich der Ort seiner endgültigen Bestattung befand? Würde er Kitty für das Verschwinden seiner sterblichen Hülle verantwortlich machen? Das Einzige, was Kitty im Augenblick hoffen konnte, war, dass er sich, wie Taddy und Brid es immer machten, in Nichts auflöste. Er hatte doch erreicht, was er erreichen wollte, nämlich seine Gegenwart anzukündigen mit dem Versprechen, von Zeit zu Zeit wieder zu erscheinen. Abweichend von der für Geister geltenden Verhaltensregel würde er allerdings mit ihr und Kieran reden.

Aber er verschwand nicht. Der Beutel, den er trug, wechselte von der linken Hand in die rechte, wobei die darin befindlichen Werkzeuge klirrend aneinander stießen. Fast klang es wie das Gerassel aufgelesener Knochen. Wollte er ihnen vielleicht vor die Füße werfen, was er vom Meeresboden aufgeklaubt hatte? Würde diese Begegnung zum Zusammentreffen der Lebenden und der Toten werden, zwischen Declan Toveys unzerstörbarem Geist und ihrer und Kierans nun auf die Probe gestellten Leichtgläubigkeit? Wenn Declan gekommen war, um anzuklagen, so sollte er es bitte schön tun. Am liebsten hätte sie ihm zugerufen: »Nun fang schon an und bring es zu Ende, ein für alle Mal!«

Doch sie kam nicht dazu, diesem Impuls nachzugeben. Noch etwas anderes stimmte da nicht. Der tote Declan glich keineswegs dem lebenden. Das musste sein Geist sein! Dem Gesicht fehlte die belustigte Aufforderung, die den Betrachter verlockte, das Geheimnis zu enträtseln, das sich in dem wissenden Lächeln verbarg. Auch der einen verunsichernde starre Blick war dahin, der in den Tiefen der dunklen, dunklen Augen Geheimnisvolles vermuten ließ. Selbst die hochgewölbten, dichten schwarzen Augenbrauen zeigten keine Verwunderung mehr, wenn er sich fragte, ob das Objekt seiner forschen Blicke Verlockungen besaß, denen er nicht widerstehen konnte. Das Gesicht, das immer so lebendig gewesen war, so eifrig danach gehungert hatte, bislang nicht erträumte Freuden zu spenden, war verfallen – nicht altersbedingt –, es entbehrte die Unterstützung durch einen stets wachen Geist, die spannende Erwartung auf eine anregende Begegnung, die Verheißung von etwas Abenteuerlichem, das sein Gegenüber noch nicht ahnte.

Am beunruhigendsten aber waren seine Augen. Noch immer schienen sie unerforschlich tief, hatten unendlichen Kummer in sich aufgenommen, ihn nicht in Tränen ertränkt, sondern ihm Zuflucht gewährt, boten einen sicheren Hort für unstillbares Leid. Die Augen spiegelten eine Verstörtheit, ein ständiges Forschen, eine unentwegte Suche nach einer verlorenen Hoffnung, die sich vielleicht erfüllte, falls die Götter ihren Segen spendeten, der selbst die Kraft ihrer Göttlichkeit übersteigen würde. Seine Stimme klang zaghaft, hatte nichts mehr vom früheren Selbstbewusstsein. Eine Traurigkeit schwang in ihr mit, die dem Kummer in den Augen entsprach. Und bevor Kitty sich dessen erwehren konnte, stieg ein Mitleid in ihr auf, ein Sehnen, das ihren Körper wie einst durchdringen würde, wenn sie dem nachgab.

»Und vom Haus ist nichts wieder zum Vorschein gekommen«, fragte Declan. »Ich meine nicht das Haus selbst, das war aus Stein, davon kann nichts auftauchen – aber vielleicht etwas anderes, das mit in die See gerissen wurde – nichts ist aufgetaucht? Nichts als Strandgut angeschwemmt? Oder hast du dir nie die Mühe gemacht, danach zu schauen?«

»Nichts«, bestätigte Kieran.

»Und, Kitty, du …?« Declan sah sie so eindringlich bittend an, dass sie auf ihre Schuhe blicken musste, Sneakers, Fußbekleidung, die sie bisher immer verschmäht hatte. So alltäglich, so unwesentlich waren die im Moment, dass Kitty beschämt wieder aufblickte, dem Mann ins besorgte Angesicht. »Nein«, flüsterte sie. »Ich habe mehrfach nachgeschaut, gehe von Zeit zu Zeit immer wieder hin, doch aufgetaucht ist nichts.«

Am liebsten hätte sie hinzugefügt: »Nicht mal deine Knochen, falls du die vermisst.« Aber sie brachte nicht den Mut auf, das einzige Thema zu berühren, das über dem ganzen Gerede hing: Nämlich, dass er tot war, dass er ein Gespenst war. Doch schon im nächsten Moment sagte sie sich: Vielleicht war ihm diese einfache Tatsache gar nicht bewusst. Und wenn dem so war, wie konnte sie dann den Schmerz verstärken, unter dem er so offensichtlich litt, die maßlose Verwunderung, das unausweichliche Hinnehmen des eigenen Todes, womit er auf ewig aus dem Land seiner Jugend verstoßen war. Vielleicht betrauerte er sogar sich selbst. Das Leid von Taddy und Brid war nichts gegen das, was Tod und unvollendete Wiederauferstehung diesem Mann angetan hatten, der einst unbezwingbar über der von ihm beherrschten Welt gestanden hatte.

Eine nächste Mitleidswelle drohte Kitty in den ihr wohlbekannten Abgrund zu stürzen. Es war noch gar nicht lange her, dass sie sich der gefährlichen Zuneigung hingegeben hatte, die Taddys trauervoller Geist in ihr erweckt hatte. Und nun wurde sie wieder von einer Idiotie bedrängt, die der eben erst überwundenen ähnlich war. Sie liebte ihren Mann. In seiner ganzen Herrlichkeit. Es konnte gar kein Bedürfnis nach etwas anderem geben. Närrisch mochte sie sein, aber verrückt? Das glücklose Opfer jedes bedürftigen Gespensts, das sich einfand, um in ihrer Burg herumzuspuken? Das durfte nicht sein. Das konnte sie nicht zulassen. Es reichte schon, dass sie dieser Heimsuchung von Gespenstern ausgesetzt war. Es reichte schon, dass sie das Vorhandensein von Geistern hatte akzeptieren müssen, dass sie sich mit ihrer Gegenwart hatte abfinden müssen. Trotz allem hatte sie sich ihren gesunden Menschenverstand bewahrt. Noch einmal würde sie sich all dem nicht freiwillig aussetzen.

Falls Declan Tovey durch das Wirken irgendeines unerklärlichen Tricks erlaubt worden war, wiederum Irlands heiligen Boden zu betreten, dann sollte sein Herumspuken auf den Ort seines Begräbnisses beschränkt bleiben, auf die Klippen und den Strand, über dem das Haus gestanden hatte. Dort war ja auch sein Grab gewesen. Und wenn das nicht ging, dann musste er eben in das Grab zurück, das ihm bereitet worden und das nun Sediment auf dem Meeresgrund geworden war. Auch die Gastfreundschaft Kerrys hatte ihre Grenzen – Grenzen, die, wie jedermann wusste, ins Unermessliche reichten, sogar darüber hinaus.

Declan jedoch, der in ein Reich entsandt worden, das nicht von dieser Welt war, konnte nicht länger beanspruchen, hier willkommen zu sein. Kitty hatte bereits zwei Geister – drei sogar, wenn sie das geschlachtete Schwein mitzählte, jenes Schwein, das mit seinem unbeherrschten Rüssel Declans begrabene sterbliche Überreste hochgewühlt hatte. Ihr von dem hübschen Taddy verursachtes Leiden hätte ihr eigentlich Immunität gegen wiederholte Ansteckung geben müssen. Sie wurde ungeduldig, genug des grausamen Spiels, mehr konnte sie nicht verkraften. »Geh doch selbst dorthin«, sagte sie. »Geh dorthin, wo das Haus stand. Und wo der Garten gedieh. Geh runter bis zum Saum des Wassers am Fuß der Klippe und schau selbst nach, ob da was liegt. Das Meer ist eigensinnig. Man kann nie wissen, was es heute oder morgen freigibt. Nur wer hingeht und sucht, bekommt es heraus.«

Kieran, der entweder beherzter oder närrischer als seine Frau war, fragte geradezu: »Suchst du was Besonderes? Hast du etwas verloren, was du jetzt brauchst?«

»Nein, das nicht. Nein. Wirklich nicht. Ich bin nur vorbeigekommen, um zu sagen, dass es mir leid tut, dass nun alles hin ist. Ich bin eine Weile weg gewesen. Ein schönes Anwesen hast du gehabt und all die McClouds vor dir. Und nun ist es verschwunden – verschluckt von der See. Aber immerhin ein ehrenvoller Abgang, wie es sich für Kerry gehört, stimmt's?« Er schob den Lederbeutel von der rechten Hand wieder in die linke, ein Zeichen, dass er nicht mehr sagen wollte. Und doch sagte er noch: »Aber ... ich ... wenn du jemals was findest ... Nein. Nein. Lassen wir das.«

Zum Glück senkte er die Augen mit dem seelenvollen Trauerblick, so konnte Kitty nur ahnen, dass darin eine noch dunklere Tiefe schlummerte, als sie zuvor wahrgenommen hatte. Hätte sie ihre Sprache in der Gewalt gehabt, hätte sie ihn inständig gebeten zu verschwinden oder einfach zu gehen, und zwar schnell.

»Wie wär's, wenn du reinkommst und mit uns zu Abend isst?«, fragte Kieran. »Wenn du Brennnesselsuppe magst, die macht keiner besser als meine Frau.«

Am liebsten hätte Kitty ihren Mann umgebracht, aber rasche Einsicht hielt sie davon ab: Geister essen nicht. Kieran, klug wie er war, stellte Declan auf die Probe. Wenn er die Einladung annahm, wenn er sich wirklich mit ihnen zu Tisch setzte und aß ...

Es blieb Kitty erspart, den Gedanken weiter auszuspinnen. Über Declans Züge glitt ein schwaches Lächeln. »Nein. Vielen Dank, nein. Ich muss den Weg zurück, den ich gekommen bin. Zu Maude McCloskey, da hinten im Dorf. Die möchte vielleicht, dass ich ihr Schieferdach wieder mit Reet decke. Damit es aussieht wie früher. Ursprünglich hatten sie Reet, aber ihr Mann, der schon lange weg ist, hielt Schiefer für besser. Sie ist am Überlegen, ob Reet nicht doch schöner wäre; da würde er Augen machen, falls er jemals nach Hause zurückkommt.« Er brachte nicht mal ein halbes Lachen zustande und schloss: »Gott sei mit uns allen.«

»Gott und auch Maria«, murmelte Kieran, als sich der Mann

umdrehte und langsam zur Straße zurückging, weg von der Burg. Kummer und Sorgen, die seine einst so stolz emporgereckten Schultern unbarmherzig niederdrückten, nahm er mit sich fort.

Ein Geist kann doch kein Dach decken. Unzählige Male hatten Kitty und Kieran Brid an ihrem Webstuhl in der Turmstube gesehen, nur einmal war dabei ein Stück Tuch entstanden, doch bald war es wieder verschwunden. Sonst hatte der sich bewegende Webstuhl nie etwas produziert. Brid hatte ihre bloßen, schmuddligen Füße auf dem Tritt gehalten und anmutig das Schiffchen von einer schlanken Hand in die andere durch die unsichtbaren Kettfäden geworfen. Kitty stellte sich ein Reetdach vor, das gedeckt und wieder abgedeckt wurde, wobei das geisterhafte Schilf ebenso verschwand, wie auch Declan verschwinden würde.

Der Gedanke gefiel Kitty. Maude McCloskey war die weithin bekannte Seherin, die Dorfhexe gewissermaßen. Doch dass dieser jüngst erschienene Schatten ausgerechnet sie aufsuchte, verstimmte Kitty ein wenig, wollte sie doch, entgegen dem, was sie eben noch gedacht, aber nicht geäußert hatte, auf keinen Fall dulden, dass das ihr zustehende Recht, Geister zu sehen, eingeschränkt wurde. Dass Maudes Dach mit Reet gedeckt werden und das Reet wieder verschwinden würde, gönnte sie der Seherin, hatte sie sich doch in Kittys Domäne gedrängt.

Declan hatte auf der zur Burg führenden Straße fast die Wegbiegung erreicht, von der es zu Maudes Häuschen ging. Kitty verspürte einen leichten Zweifel, ob er wirklich ein Geist war. Wer, wenn nicht Maude, würde doch wissen, ob sie ein Gespenst beauftragte, ihr Dach zu decken. Sollte es womöglich noch eine andere Lösung all dieser rätselhaften Erscheinungen geben, eine Erklärung, die noch entdeckt werden wollte?

Dann sah sie, wie Declan stehen blieb. Auf einem niedrigen Steinwall saßen Brid und Taddy, als wollten sie Declan beim Vorübergehen zusehen. Auch das Geisterschwein war bei ihnen, das gleichfalls interessiert zu sein schien. Declan musste sie bemerkt haben, denn er verbeugte sich leicht. Taddy und Brid grüßten nicht zurück, doch das machten sie nie. Kitty und Kieran waren ihnen oft begegnet, aber nie deuteten die beiden auch nur an, dass man sich kannte. Das gespenstische Schwein allerdings hob den Rüssel, offenbar zum Gruß. Declan machte eine tiefere Verbeugung und ging weiter. Er und die Geister hatten etwas Gemeinsames. Er war einer von ihnen.

»Er ist wieder da! Er ist zurück!« Kittys Zorn entflammte erneut. »Noch ein Geist! Und zu allem Unglück der von Declan Tovey! Schnell. Gib mir die Brennnesseln. Ich esse sie hier. Ich esse sie auf der Stelle. Rasch. Her damit!«

Kieran, der stets auf die mitunter impulsiven Wünsche seiner Frau einging, sagte nur: »Lass sie mich erst abspülen.«

»Nein! Ich will sie essen, wie sie sind. Und wenn sie noch so irre brennen!«

Kapitel 3

Declan Tovey stand nur wenige Schritte neben der schmalen Straße, die parallel zur Steilküste am Atlantik verlief. Eine sanfte Brise umwehte sein Gesicht und spielte mit der schwarzen Haarsträhne, die die Narbe über dem linken Auge verdeckte. Die schwarze Jacke und Hose, beide aus wollenem Material und gut geschneidert, aber reichlich abgetragen, waren noch feucht. Er hatte die Nacht in einem Graben verbracht und war nicht zur Pension der Witwe Quinn zurückgekehrt, wo er eigentlich Logis genommen hatte, denn er hatte noch vor Sonnenaufgang am Meer sein wollen.

Seit drei Tagen unrasiert, wirkten Wangen und Kinn dunkler als sonst, auch wenn die Bartstoppeln nicht ganz so schwarz wie der Schopf oder die krause Wolle auf der Brust waren, die aus dem offenen Hemdkragen quoll. Er spürte ein Steinchen im rechten Schuh, doch wollte er sich darum erst später kümmern. Versonnen schaute er auf das Wasser und weiter bis zum Horizont, wo sich in der Morgendämmerung die trägen Wolken abhoben; ihr rötliches und düsteres Grau ließ die Linie verschwimmen, die das menschliche Auge als Trennung zwischen Erde und Himmel wahrnimmt. Nur die Vögel, Kormorane und Möwen, die kreischend ins Wasser stießen, um gleich darauf wieder aufzusteigen, schienen sich der Veränderung bewusst, verließen sich auf den ihnen innewohnenden Trieb, die Beute aus dem Meer zu fischen und mit ihr in den Wolken zu entschwinden. Geruhsam glitt ein einsames Boot über das ungewohnt ruhige Wasser.

Auch ein anderes Gefährt, offensichtlich ein ausgedientes Frachtschiff, schien keine Eile zu haben. Es fuhr weit draußen Skellig Michael, einer weiter südlich gelegenen Insel, entgegen. Vermutlich war es mit Touristen besetzt, die die verlassene Einsiedelei bestaunen wollten; vor vielen Jahrhunderten hatten Bußfertige dort den Klippen und Felsen eine Bleibe abgerungen, glaubten sich in dieser unwirtlichen Welt dem Erzengel Michael besonders nahe und kauerten sich, Schutz suchend, unter seine Fittiche, der doch selbst nur ein Racheengel war.

Ehrfürchtig gedachte Declan der Insel – schließlich war er in Kerry geboren, war hier aufgewachsen, und wie allen Söhnen des Landes war es ihm zur Herzenssache geworden, dem geheiligten Flecken Erde Achtung zu zollen, das ganz Irland in seinen erst unlängst überwundenen dunklen Tagen Mut und Kraft verliehen hatte. Zu den sich selbst kasteienden Eremiten hatte er allerdings ein zwiespältiges Verhältnis. Bisweilen konnte er sich nicht des Eindrucks erwehren, dass sie mit ihrem Verzicht auf weltliche Freuden, mit ihrer Hingabe, nur das zu essen, was der kärgliche Boden oder was Wasser und Lüfte hergaben, Irland nicht unbedingt den erwarteten Segen gebracht hatten, sondern eher einen Fluch, der weniger zur Abstinenz bereite Menschen dazu verdammt hatte – gewollt oder nicht –, die gleichen Entbehrungen zu erleiden, die sie so begierig erstrebt hatten.

Offensichtlich war der himmlische Vater von der Buße der Eremiten derart angetan, dass es ihm gefiel, alle Menschen auf der Grünen Insel mit der grandiosen Möglichkeit zu beglücken, dieser außerordentlichen Askese nachzueifern. Als Skellig Michael von dem felsigen Meeresgrund an die Erdoberfläche gesprengt wurde, hatte es die Insel zu eilig gehabt, gen Himmel zu streben, und versäumt, fruchtbare Sedimente mit nach oben zu befördern, war zu begierig gewesen, der Unterwelt zu entkommen, und hatte den anbrandenden Wogen keine Zeit gelassen, seinen Steinmassen gefälligere Formen zu verleihen, um die Insel einigermaßen bewohnbar, wenn schon nicht gastfreundlich zu machen.

Dass Skellig Michael eine heilige Stätte war, das ließ sich nicht bestreiten, aber für Declan ergab sich daraus mit zwingender Logik, dass ganz Irland nicht weniger heilig war – ein Zustand, den es nicht herbeigesehnt hatte, ein Segen, der fast einem

Fluch gleichkam. So und nicht anders sah er es – Sohn dieses heiligen Landes, der mit all den überlieferten Entbehrungen gestraft war.

Solcherlei Gedanken drängten sich ihm auf und waren nicht unbedingt Balsam für seine wunde Seele. Er ließ ab von dem Blick in die Weite und konzentrierte sich mehr auf das unmittelbare Umfeld, auf den gähnenden Abgrund vor ihm, wo einst ein Haus mit bestelltem Garten gestanden hatte. Es hatte einer unmöglichen Frau gehört, einer Kitty McCloud, Schriftstellerin von einigem Ruf. Ihr Ruhm ging auf die absonderliche Gabe zurück, die unterdrückten Leidenschaften ahnungsloser Frauen (und nicht weniger Männer) aufzureizen oder auch zu dämpfen, sie auf Englisch, Irisch und in anderen weltumspannenden Sprachen zu überzeugen, dass sie ihren Neigungen nur in einer gut erzählten Geschichte frönten, einer harmlosen Gute-Nacht-Geschichte für Erwachsene, wo sie doch in Wahrheit dem Ansturm geheimster Regungen ausgeliefert waren. Declan hatte sich mehr als einmal gefragt, ob Kitty sich ihrer einmaligen Talente bewusst war. In seinem Stolz hatte er sich immer eingeredet, nur er würde sie in ihrer Einmaligkeit zu schätzen wissen.

Mit Hilfe ihrer Bücher drangen solcherlei Wahrheiten ins Unterbewusstsein des Lesers, was in aller Unschuld zu Handlungsweisen führte, die erschütternd waren. Ein mit normalem Verstand ausgerüsteter Leser wusste, dass es reine Phantastereien waren, gewissermaßen Exkurse zu den sieben Todsünden, zwischen denen er sich zügellos und gewissenlos inmitten verbotener Verhältnisse austoben durfte, hielt er doch solche Romane für nichts weiter als gekonnt zusammengeschusterte Machwerke eines skrupellosen Schreiberlings.

Declan hatte die Bücher von Kitty McCloud gelesen, zunächst nur aus Neugierde – schließlich war sie eine Eroberung seiner frühesten Begierden gewesen –, dann mit wachsendem Interesse und zuletzt aus Ehrfurcht. Er hielt sich für einen der wenigen Menschen, der ihre Vorgehensweise durchschaut und Zugang zu dem Tempel der Wahrheit gefunden hatte, in dem die

Wortgewaltige sich zu schaffen machte, sich in dem Wissen wiegend, dass niemand ahnte, wer sie wirklich war, woher sie kam und wohin sie ihre Leser führte. Declan wusste es, aber er würde Stillschweigen bewahren – sowohl über ihre Vorgehensweise als auch über seine Eroberung aus jungen Jahren.

Und nun waren ihr Haus und Garten im Meer versunken; geblieben war eine Leere, derer sich die gurgelnden Wogen bemächtigt hatten, die in der neu ausgeschwemmten Bucht ihr unermüdliches Spiel trieben. Und mit hinfortgespült war das Grab, das er in ihrem Garten ausgehoben hatte, das Grab, in das er mit einer ihm sonst nicht gegebenen Zärtlichkeit den Jungen – sechzehn? siebzehn? –, der sein Lehrling gewesen war, gebettet hatte, einen fröhlichen und eifrigen jungen Burschen, der bei ihm eine besondere Kunstfertigkeit erlernen wollte: das Decken von Schilfrohrdächern. Michael hatte er geheißen und war von einer Insel im Norden gekommen, einer Insel, deren Namen Declan nie recht erfuhr. Wenn er einen nannte, hatte der Junge immer nur geantwortet: »Nein. Die nicht. Eine andere. Weiter nördlich.« Und wenn er in ihn drang, hatte er ihn stets abgespeist mit: »Sie hat vielerlei Namen, je nachdem, wen du fragst.«

»Also bitte. Ich frage dich jetzt.«

»Na gut, für meine Familie, für uns ist es immer Kinvara gewesen. Aber sagen Sie es keinem anderen, andere würden sowieso nur behaupten, eine solche Insel gibt es nicht. Für uns aber ist es Kinvara. Dort hinten. Im Norden.« Und er hatte auf das Meer gezeigt.

Declan hatte den Jungen in dem frisch umgegrabenen Garten von Kitty McCloud fürs Erste zur Ruhe gebettet und war aufgebrochen, Kinvara und die Familie des Jungen ausfindig zu machen, denn er wollte ihn heimbringen können, damit er nicht in der Fremde lag. Über ein Jahr war er umhergezogen, war an die entlegensten Orte gekommen, war auf Inseln gelangt, die auf keiner Landkarte eingezeichnet waren, in Dörfer, die nie einen Besucher gesehen hatten, in Städte, wo niemand, den Declan befragt hatte, von einem jungen Mann gehört hatte, der Dachdecker hatte werden wollen, wo keiner jemanden kannte, auf den die Beschreibung zutraf: dunkelbraunes Haar, tiefblaue Augen, gerade Haltung mit breiten Schultern, dünne Arme und kräftige Hände, auf der rechten Wange eine Narbe, die ihm der ältere Bruder mit einem Steinwurf beigebracht hatte, der zum Glück nicht das Auge getroffen hatte. Den Burschen mit der frechen Nase, den unschuldigen Lippen, der jungenhaften Brust, den langen dünnen Beinen, mit der glücklichen Gewissheit, einmal Meister in dem von ihm erwählten Handwerk zu werden. Den Jungen mit dem hellen Lachen und den leisen Seufzern, dem arglosen Lächeln, den geheimen Sorgen und Nöten, den großen Füßen. Sein ganzes Sein ein einziges Geheimnis, so wie es sein Name ausdrückte, Michael – das hebräische Wort bedeute so viel wie jemand, der Gott gleicht, hatte er ihm gesagt.

Sein Tod war unerwartet gekommen, wenn auch nicht plötzlich. Sie hatten in der Nähe einer Straße, die sich einen großen Berg hinaufschlängelte und zu felsigen Weidegründen für die Schafe führte, auf dem Dach eines Cottage zu tun gehabt. Das Material, das sie verarbeiteten, war sorgfältig ausgewähltes Weizenstroh gewesen, das lange Haltbarkeitsdauer und gute Wärmeisolierung versprach. Declan war dafür gewesen, zumindest eine Schicht der alten Decke zu entfernen, die durch Regenwasser entstandenen Dellen mit neuen Binsen auszufüllen und so einen festen Untergrund für die nächste Lage zu schaffen.

Es geschah, als Michael am Dachfirst des steilen Daches eben solche Vertiefungen ausstopfte – aus irgendeinem Grund stand er plötzlich senkrecht, vielleicht um den steifen Rücken zu recken oder einen Krampf zu lösen, vielleicht auch nur, um einen Moment dem beißenden Geruch der Strohhalme zu entgehen und tief durchzuatmen. Er glitt aus, geriet ins Rutschen und fiel, Declan konnte nur noch entsetzt »Nicht doch!« rufen.

Michael schlug mit dem Kopf auf die Steine vor der Cottage-Tür auf und lag reglos da. Doch es dauerte nur einen Augenblick, und er setzte sich auf, reckte beide Arme in die Höhe, sah

Declan an, grinste, zuckte die Achseln und beglückwünschte sich, dass es nicht schlimmer gekommen war, hatte er doch die Anweisung des Meisters, nicht waghalsig zu sein, missachtet.

Er stand auf, setzte den Fuß auf die unterste Sprosse der Leiter und kletterte wieder nach oben, als ob nichts gewesen wäre. Gemeinsam arbeiteten er und Declan bis Sonnenuntergang. Auf dem Rückweg zum Lieferwagen blieb Michael stehen, lehnte sich am Straßenrand gegen einen Zaun, der einen Schafpferch abgrenzte, sackte langsam zu Boden; sein Gesicht war eher verwundert als schmerzverzerrt. Er suchte einen Halt für den Kopf und wollte die Beine ausstrecken, aber sie rutschten ihm seitlich weg, und der Körper kippte vornüber. Michael war tot.

Declan ließ sich neben ihn nieder und richtete den Körper in eine sitzende Position auf. Damit er nicht wieder wegkippte, legte er die Arme um die Schultern des Jungen und zog ihn näher an sich heran. Er wollte ein Weilchen warten, dann den Leichnam zum Krankenhaus ins nächste Dorf schaffen und berichten, was geschehen war. Die Behörden würden schon die Familie des Jungen ausfindig machen und dafür Sorge tragen, dass er vernünftig unter die Erde kam.

Die Zeit verstrich, und sie saßen immer noch dort. Declan musste an die vielen Male denken, da er zu müde gewesen war, um weiterzuziehen (schwer vorstellbar, dass ihm das passierte), und wie dann der Junge alte Geschichten und Legenden erzählt hatte, teils mündlich überlieferte, teils von einem *seanchaí* festgehaltene Geschichten aus uralten Zeiten. Einige wie die um Finn MacCumhail hatte Declan selbst gekannt, andere aber noch nie gehört, »Die alte Frau in der Truhe« zum Beispiel oder »Wie der verschlagene Tadgh auf die Insel kam«. Und nun war der Junge tot, lehnte leblos an seiner Schulter.

Langsam wurde es dunkel. Über dem Berg stand der Halbmond. Declan ging zum Lastwagen, machte die Tür zum Beifahrersitz auf, ging zurück, bückte sich und nahm den Leichnam in seine Arme. Beine und Arme des Toten baumelten schlaff herab, den Kopf aber hielt Declan sorgsam in seinem Arm gebettet. Er setzte den Jungen auf den Beifahrersitz und achtete darauf, dass der Kopf nur ganz sacht auf die Brust sank.

Anschließend begab er sich auf die Fahrerseite, stieg ein und ließ den Motor an. Er sah den herabhängenden Kopf. Es sah aus, als schämte sich der Junge, weil er etwas Unrechtes getan hatte und nun nicht mehr wagte, den Kopf zu heben. Declan fasste das Kinn, richtete den Kopf auf und lehnte ihn gegen den Sitz. Er sackte wieder ab. Declan legte den Gang ein, brachte es aber nicht fertig, Gas zu geben. Er konnte es nicht ertragen, den Kopf so beschämt gesenkt zu sehen.

Er zog den leblosen Körper dichter an sich heran, sodass der Kopf an seiner Schulter ruhte, und fuhr los.

Langsam fuhren sie durch die Dunkelheit, und Declan wurde sich darüber klar, warum er so lange dagesessen und nicht imstande gewesen war, den toten Jungen von der Erde aufzuheben. Nie würde er den Burschen anderen übergeben können, damit sie ihn irgendwo bestatteten, falls man seine Familie nicht fände. Er selbst würde sich gen Norden auf die Suche nach den Angehörigen begeben. Erst war es nur ein Gedanke, der reifte zum Entschluss und schließlich zum heiligen Gelübde. Einstweilen würde er den Toten an einem sicheren Ort bestatten, wo er bis zu seiner Rückkehr gut aufgehoben wäre.

Im Haus war alles dunkel gewesen, als Declan den Garten von Kitty McCloud erreichte. Er hatte die frisch umgepflügte Erde gesehen, eine Arbeit, die Kieran Sweeney erledigt hatte, eingeschworener Feind von Miss McCloud und aller, die zu ihrer Sippe gehörten, andererseits aber ihr glühender Verehrer, doch eine Jahrhunderte alte Fehde verbot ihm, seine Leidenschaft zu bekennen. Von Jugend an aber lockerte er heimlich allen Widrigkeiten zum Trotz Jahr um Jahr mit seinem kleinen Pflug das Erdreich in ihrem Garten, damit sie ihn nach Belieben bestellen konnte, und meist pflanzte sie Kohl an.

Sehr tief war nicht gepflügt worden. Declan konnte ohne große Mühe mit einem Spaten, der am Geräteschuppen gestanden hatte und eigentlich zum Torfstechen diente, ein Grab ausheben. Es sollte ja nur ein Provisorium sein, über kurz oder lang würde er den Toten nach Norden schaffen können. Als er tief genug gebuddelt hatte, machte er eine Pause, setzte sich und zog den rechten Stiefel aus. Er tastete das Innere ab, drehte ihn schließlich um und schüttelte ihn ungeduldig. Eine kleine Goldmünze fiel heraus mit der Prägung des Profils des Monarchen, der vor mehr als zwei Jahrhunderten regiert hatte, George, der Dritte seines Namens. Er nahm sie auf, hielt sie zwischen Daumen und Zeigefinger und drehte sie hin und her. Etwas hatte ihn gedrängt, sie mit in das Grab zu legen, aber nach längerer Betrachtung ließ er sie achselzuckend in den Stiefel zurückgleiten und streifte ihn sich wieder über den Fuß. Sich von der Münze zu trennen und sie dem Knaben mitzugeben, wäre der höchsten Ehre gleichgekommen, die Declan ihm hätte erweisen können. Von Generation zu Generation war sie weitergereicht worden als Andenken an eine große Tat, die Vorfahren vollbracht hatten, und sie sollte die Erinnerung an sie wach halten. Es war Declans heilige Pflicht, sie für die nächste Generation aufzubewahren, und allein der Gedanke, sie dem zu Tode gekommenen Lehrling mit ins Grab zu geben, war abwegig gewesen. Der Junge war nicht sein Sohn. Er war sein Lehrling. Doch wenigstens seine Baseballkappe sollte er haben; er zog sie sich vom Kopf und stülpte sie dem Toten über. Und obgleich der Junge noch nicht ausgelernt hatte, folgte Declan einer plötzlichen Eingebung und senkte den Lederbeutel mit den Dachdeckerwerkzeugen in das Grab.

Als er den Toten in das Erdloch hinabließ, wurde er sich der Kälte in der Tiefe bewusst. Sacht beförderte er den Leichnam wieder in die Höhe, lehnte ihn vorsichtig gegen den Erdhügel, zog sich die Jacke aus – die mit den Messingknöpfen – und hüllte den Jungen mit aller Sorgfalt und nicht ohne Schwierigkeiten darin ein.

Als er die Jacke zuknöpfte, musste er plötzlich feststellen, dass er sich nicht in der Lage sah, das zu Ende zu bringen, was zu tun er im Begriff war. Er konnte den Leichnam nicht ins Grab senken. Er konnte es nicht ertragen, ihn einfach dort zu lassen, allein und in der Kälte. Er wollte es nicht wahrhaben, dass der Junge für immer gegangen war, dass er, Declan, ihn verloren hatte. Für immer. Dass er ihn nie wieder auf den Dächern mit den Binsen hantieren sehen würde, nie wieder die fröhliche Stimme hören würde, die Geschichten aus längst vergangenen Zeiten erzählte. Nicht nur das, eine andere Wahrheit war noch unerträglicher. Der Junge würde in dem Grab ganz allein sein. Wiederum war er von jeher allein gewesen und hatte das Alleinsein guten Mutes und gelassen hingenommen. Das war immer und überall so gewesen, bei der Arbeit, bei seinem munteren Schwatzen und beim Geschichtenerzählen. Declan hatte es miterlebt, aber wirklich bewusst machte er es sich erst jetzt. Je mehr er darüber nachdachte, desto mehr erkannte er sich selbst. Es zerriss ihm das Herz, unselige Trauer durchdrang ihn und nistete sich tief in ihm ein.

Langsam senkte Declan den Toten ein zweites Mal in das Grab. Schweigend füllte er die Erde auf und achtete sorgsam darauf, dass alles genauso wie zuvor aussah, als wäre Kieran Sweeney eben erst mit dem Pflug über den Boden hinweggegangen. Er kehrte zurück zum Lastwagen und stolperte zweimal. Dann machte er sich auf den Weg gen Norden.

Am zweiten Tag seiner Reise wurde ihm bewusst, dass er vergessen hatte, ein Gebet zu sprechen. An einer Quelle machte er Halt, und ehe er einen Schluck nahm, stand er eine Weile stumm da und bat Gott, Er möge sich aus dem Durcheinander in seinem Kopf und im Herzen die Worte heraussuchen, die Er für den traurigen Anlass für richtig hielt. Declan trank nur einen halben Becher. Den Rest goss er auf die Erde zu seinen Füßen. Dann zog er weiter auf der Suche nach Kinvara.

Declan stand hoch oben am Steilufer. Vom Wasser her war Nebel aufgestiegen; das Meer wusste seine Geheimnisse zu hüten. Manchmal geschah das ruhig und sanft wie jetzt, oft genug aber gebärdete sich das Meer wütend und ungestüm. Das Boot war verschwunden, und ob das Frachtschiff sicher Skellig Michael erreicht hatte, blieb Declan auch verborgen. Die Möwen waren zu hören, aber nicht zu sehen, ihr Geschrei aus den Wolken klang spöttisch, als wollten sie jeden warnen, der so kühn war, es mit der gegenwärtigen Vorherrschaft des Nebels aufzunehmen. Nichts war mehr da – kein Meer, kein Himmel, und selbst das Festland begann sich aufzulösen.

Aus der Ferne vernahm man das Geräusch eines Autos, es kam näher, war wohl doch eher ein Lastwagen. Declan wollte abwarten, bis es vorbei war, um dann die Steinstufen zum Strand hinunterzuklettern. Der alte Zugang vom Haus der McClouds zum Meer war in den Tagen der Unterdrückung ein Fluchtweg für verfolgte Priester gewesen. Nur die Stufen hatten den Ansturm der unersättlichen Wogen überlebt, dem das Haus und das Grab des Jungen zum Opfer gefallen waren. Ja, es war eindeutig ein Lastwagen, kein anderes Gefährt würde so viel Krach machen. Zu seinem Ärger fuhr der Laster nicht vorbei, war weiter weg stehen geblieben, wo genau, konnte er nicht sehen, aber es war wohl doch nahe genug, dass man ihn würde entdecken können, wenn sich der Nebel hob oder auf das Wasser senkte. Jetzt vernahm er Stimmen, sie klangen erregt, wenn auch gedämpft. Fiel da sogar sein Name? Doch das konnte auch ein Trugschluss sein, weil das Motorengeräusch ihn aus seiner Versenkung gerissen hatte.

Mit Bedacht wanderte er am Rande des Steilufers entlang, langsamer als gewöhnlich, in einem Schrittmaß, das den Umständen angepasst war. Er wollte nicht dahin, wo das Haus gelandet war, der Garten, das Grab, wollte nicht von der Höhe in das Wasser stürzen und von den Fluten verschlungen werden. Dann fand er die ersten Stufen, etwas weg vom Klippenrand, von Unkraut überwuchert. Er begann den Abstieg, immer noch mit Bedacht, immer noch langsam. Die Stimmen waren nicht mehr zu hören, vielleicht sprach auch niemand mehr. Vermutlich hatte ihn niemand bemerkt.

Die sich verdichtende Nebelhülle hielt ihn umschlungen, wiegte ihn in der Gewissheit, ihn in seinem Verlangen nach Einsamkeit zu schützen, in seinem Bedürfnis, von der Welt und allen Menschen in ihr unbehelligt zu bleiben. Er wollte bei seiner Suche mit sich allein und unbeobachtet sein.

Er erreichte das Ende der Stufen und hatte den unebenen Strand unter den Füßen, stolperte über einen Stein und tastete sich vorsichtig vorwärts, drohte, bei unerwartetem Rutschen das Gleichgewicht zu verlieren. Nicht, dass er auf den Untergrund nicht geachtet hätte. So dicht war der Nebel nun wieder auch nicht, aber seine Augen waren nicht auf mögliche Hindernisse, die sich ihm in den Weg legten, gerichtet, sondern suchten den Grund nach Dingen ab, die das Meer, seiner überdrüssig, an das Ufer gespült hatte, mochten sie auch noch so winzig sein. Declan war töricht genug – *besessen* wäre vielleicht das bessere Wort – zu glauben, er könnte außer Seetang noch etwas anderes finden. Er war töricht genug, darauf zu hoffen, einen Kleidungsfetzen, vielleicht sogar die Kappe, oder wenn es ganz schlimm kam, den zertrümmerten Schädel zu entdecken, in dem sich die Fische schon ein Zuhause eingerichtet hatten. Egal, was. Nur irgendetwas, das er in Händen halten konnte und das zu dem verlorenen Jungen gehörte. Was immer es sein mochte, festhalten wollte er es, um ein letztes Lebewohl sagen zu können, das er sich doch für später aufgehoben hatte, für die Bestattung des Jungen in seiner heimatlichen Erde.

Würde er etwas finden, würden ihm auch die richtigen Worte einfallen. Er würde sie sagen, auf die Flut warten und das teuere Erinnerungsstück wieder dem Meer überantworten. Das war alles, was er wollte. Er wollte teilhaben dürfen, beim Leichenbegängnis dabei sein. Michael durfte nicht einfach zur letzten Ruhe gebettet werden – ob in Kinvara oder in der See –, ohne ein Zeichen, eine Geste, ein Einverständnis, diese Welt zu verlassen, ohne zu wissen, dass Declan ihn in den ewigen Frieden entließ, den nur der Tod geben kann.

Treibgut gab es die Hülle und Fülle. Vom Wasser glatt geschliffene Stücke, sauber gewaschen, auch solche jüngerer Natur, noch rau und splittrig, Bruchstücke von einem gesunkenen Boot, zurückgeschwemmt zu den Menschen, die keine Verwendung mehr für sie hatten. Tang und Algen, zu einem noch schäumenden Wirrwarr gebündelt, gaben Zeugnis, wie weit die Wellen ans Ufer vorgedrungen waren. Auch Plastikflaschen lagen herum, natürlich ohne den bestechenden Glanz von Glasscherben, die es mit der schillernden Pracht von Kirchenfenstern aufnehmen konnten. Das waren noch Zeiten, als Glaube und Ruhmespracht für untrennbar gehalten wurden. Er fand sogar einen Schuh, aber es war keiner von Michael. Er nahm ihn gar nicht erst auf, hielt auch nicht Ausschau nach dem zweiten.

Er blieb stehen und schaute auf den Atlantik. Die kräftiger heranrollenden Wellen hatten ihm nichts von dem gegeben, was er gesucht hatte. Er würde ihnen nicht grollen. Das Meer war das Meer. Sich ihm zur Wehr setzen zu wollen, war absurd.

Die Flut kam. Der Uferstreifen wurde schmaler. Der Nebel hob sich und verschwand in den tief hängenden Wolken. Declan wandte sich nach rechts und warf einen letzten Blick auf den Strand. Was immer sich dort fand, es würde warten müssen. Ganz kurz überlegte er, was wäre, wenn er mit der Suche fortführe. Die Flut würde unweigerlich steigen, er würde weitergehen, das Wasser weiter steigen, den Rand der Felsklippe erreichen, immer noch steigen. Declans Füße, Knöchel, Waden, Schenkel, Brust, Schultern, Hals und Kopf würden das Wasser zu spüren bekommen, und er würde immer noch laufen. Die Fluten würden ihn auf den Meeresgrund ziehen, hinab in Michaels Grab, wo sein Lehrjunge schon wartete, in der Bewegung des Wassers leicht schwebend und schwankend. Unverändert würde er sein, noch genauso aussehen wie damals, als ihn Declan zwischen Kitty McClouds Kohlköpfe gebettet hatte.

Das Wasser war näher gekommen. Der Gedanke, die Suche nicht aufzugeben, verflüchtigte sich. Weiter vor zu Michael würde sich Declan nicht wagen. Er würde lernen zu leiden – sogar dankbar sein, dass der Kummer sein Partner blieb. Man konnte auch später wiederkommen, sich erneut auf die Suche machen, vielleicht sogar etwas finden.

Wenige Schritte von den Steinstufen entfernt bemerkte er ein Buch, das aufgeschlagen an einen Felsbrocken gespült war. Er ging hin und hob es auf. Es musste schon lange im Wasser gelegen haben, denn es war völlig durchweicht, und die meisten Blätter klebten zusammen. Salzgeruch entströmte dem Band, während er mit mäßigem Erfolg versuchte, in den Seiten zu blättern. Es war ein merkwürdiges Gefühl – die Wörter wirkten wie Tränen, die auf ein Blatt Papier gefallen und dann zusammengefügt waren, nicht wie mit Tinte geschrieben oder gedruckt. Dass das Buch im nassen Abgrund gelegen hatte, war nur recht und billig, denn auf der Titelseite las Declan *Edith Wharton, The House of Mirth*.

Einst hatte es auf den Bücherregalen von Kitty McCloud gestanden. Soviel wusste er, es war ein Buch, das ihrer berüchtigten »Korrekturen« bedurfte. Sollte er es Miss McCloud zurückbringen? Da es gewissermaßen aus Michaels Grab kam, hatte er selbst ein Anrecht darauf. Aber was sollte er damit anfangen? Ob ihm das Meer im Austausch dafür etwas Persönlicheres geben konnte? Die Baseballkappe zum Beispiel?

Er würde Kitty das Buch bringen. Es war ihrs, nicht seins, nicht Michaels. Die Kappe ja, die würde er nehmen. Etwas anderes nicht.

Kapitel 4

Das schielende Schwein schrie und quiekte, als würde es von tausend Dämonen gemartert, dabei versuchte man nur, es dazu zu bewegen, auf eine Rampe zu gehen und von dort auf Lollys und Aarons Truck zu trotten, um zur Burg Kissane gebracht zu werden. Mit erhobenem Kopf und zurückgelegten Ohren flehte es zu den Göttern, falls es welche gab, die das Lamentieren eines Schweins erhörten, Mitleid mit seinem Elend zu haben, seine Würde zu achten und seine Peiniger zu bestrafen. Letzteres geschah zwar nicht, aber sein Flehen wurde mit neuer Stimmkraft belohnt – das Schwein rebellierte in immer höheren Tönen, die für das menschliche Ohr unerträglich waren.

Aaron gab ihm erneut einen Klaps auf den Hintern. Das Schwein ging wie ein Pferd auf die Hinterbeine und hätte Aaron, wenn es gekonnt hätte, Paarhufer, der es war, gern niedergetrampelt. »Mach ihm klar, dass es auf die Burg zurückgeht und nicht zum Schlachthof«, forderte er seine Frau auf.

»Das hab ich ihm schon gesagt. Es hört einfach nicht.«

»Ich versteh dich nicht bei dem Lärm.«

Unseligerweise hatte Lolly ihren Spaß an Verwirrspielen und kleinen Katastrophen, eine Eigenart, die ihr in der jetzigen Situation zu Hilfe kam. Ihr fröhliches Lachen vermischte sich mit dem Gequieke des Schweins; frohgemut bestieg sie die Rampe und kletterte auf den Lastwagen. Dort ging sie bis nach vorn zur Fahrerkabine, drehte sich um und rief ihrem Mann zu: »Los, komm auch rauf!«

»Ich soll was?«

Mit betonter Bewegung der Lippen wiederholte Lolly die Worte.

Aaron verstand. »Weshalb?«, brüllte er zurück.

Lolly gestikulierte wild und bedeutete ihm, ebenfalls raufzusteigen. Er kletterte auf der Rampe nach oben. Kaum war er dort, stieß Lolly die Rampe weg und schloss die Ladeklappe. Das Schwein verstummte.

»Dreh dich um und komm hierher«, gebot Lolly ihrem Mann. Sie ging ans andere Ende der Ladefläche, und Aaron folgte ihr. »Was soll das?«

»Wir geben dem Schwein einfach zu verstehen, dass wir allein abfahren und es hier zurücklassen.«

»Haben wir das denn wirklich vor?«

»Wir tun nur so. Du weißt doch hoffentlich, wie man so tut als ob.«

»Ich denke schon.«

»Dann los.«

Mit einer Lässigkeit, die selbst einem Schwein unnatürlich erscheinen musste, schaute Aaron mal nach rechts, mal nach links, schließlich hoch zum Himmel.

»Du tust nicht so als ob. Du schauspielerst. Du musst ihm die Sache als echt vorgaukeln. Schweine sind nicht dumm.«

Er entschied sich, gar nichts zu tun, das lag ihm ohnehin am meisten. Das Schwein betrat zögernd die auf der Erde liegende Rampe, trottete bis zum Wagenende und grunzte leise. »Reagiere nicht«, murmelte Lolly. »Lass es noch ein Weilchen betteln, wir müssen erst ganz sicher sein, dass es begriffen hat, worum es geht.«

Krampfhaft bemüht, sich aller Gedanken, die auf ihn einstürmten, zu erwehren, stand Aaron neben seiner Frau; nichts durfte ihn jetzt ablenken, damit er sich ja nicht rührte, etwa den Fuß bewegte oder den Nacken streckte. Es fiel ihm schwer, sich auf Befehl so und nicht anders zu verhalten.

Nachdem das Schwein dreimal leise gegrunzt hatte, zeigte Lolly Erbarmen, entriegelte die Ladeklappe, sprang hinunter, legte die Rampe an und sah befriedigt zu, wie das Schwein nach oben trottete. Es ging sogleich zu Aaron und rieb seine mit einem Ring versehene Schnauze an seinem Hosenbein. »Du musst jetzt da oben bei ihm bleiben, nicht, dass es denkt, wir hätten es ausgetrickst«, erklärte Lolly. Sie schob die Rampe hoch, wies Aaron an, die Ladeklappe festzumachen, ging um den Wagen herum und kletterte in die Fahrerkabine. Mit einem fröhlichen Grinsen winkte sie ihm durch den Rückspiegel zu, pochte noch zweimal an die Rückwand der Fahrerkabine und fuhr los mit Kurs auf die Burg Kissane.

Bislang waren Lolly und Aaron nicht dahintergekommen, wie man mit dem Schwein umgehen sollte. Es wurde von krampfartigen Anfällen heimgesucht, sie hatten eigens einen Tierarzt gerufen, aber auch der konnte nichts Absonderliches feststellen. Verschiedene Tests bestätigten seine Diagnose. Es fand sich keine Erklärung für das periodisch auftauchende Schreien und Quieken. Und wenn es dann auch noch mit seinem gewaltigen Kopf gegen die Zäune des Schweineauslaufs rammte und verzweifelt darum kämpfte, freigelassen zu werden, hatte man Angst, es könnte ernstlich zu Schaden kommen, von dem Pferch ganz abgesehen. Hinzu kam, dass es mit gen Himmel gerichteter Schnauze erbärmlich quiekte, sodass sich kein anderes Schwein in seine Nähe wagte. Auf diese Weise schaffte es um sich herum eine unsichtbare Barriere, die sich keins der übrigen Schweine zu übertreten traute. Wenn es zwischendurch mal Ruhe gab, geschah das eher aus Erschöpfung, als dass es einen Zustand der Friedfertigkeit erreichte.

So konnte es einfach nicht weitergehen. Das Schwein versetzte die ganze Herde in Aufruhr. Die anderen Schweine fraßen kaum noch. Auch hierfür hatte der Tierarzt nur ein ratloses Kopfschütteln. Wenn ein Schwein aber nicht frisst, setzt es keinen Speck an. Und wenn es keinen Speck ansetzt, hat es keine Daseinsberechtigung. Der Natur schwebte kein schlankes und mageres Schwein vor, als sich die Spezies im Laufe der Zeit zu der heute bevorzugten Daseinsform entwickelte: dreckig und speckig. Schlank und zum Hätscheln schön war keine erstrebenswerte Alternative.

Eine Isolierung des Schweins führte zu nichts. Die Ausmaße des Anwesens waren begrenzt, es fand sich kein Platz, wo man das Tier außer Hörweite hätte unterbringen können, damit nicht nur die Herde, sondern auch Lolly und Aaron – nicht zu vergessen die Nachbarn – Ruhe hatten. Blieb als einzige Lösung: Schlachten. Nur war dieses Schwein schon einmal zu einem derartigen Schicksal vorgesehen gewesen. Säuberlich ausgenommen, aufgespießt und über glühenden Torfsoden gebraten hatte es den Festschmaus einer lokalen Feier krönen sollen. Aarons Tanty Kitty und ihr Mann hatten die ganze Gemeinde geladen, weil die Burg Kissane in ihren Besitz übergegangen war, ein bemerkenswertes Stück Grund und Boden, wenn auch nicht von großherrschaftlicher Ausdehnung. Doch eine Burg bleibt eine Burg, und diese hatte zudem ein feuchtes Verließ und eine Große Halle mit einem schmiedeeisernen Kronleuchter, auf dem hundert Kerzen Platz fanden.

Das auserwählte Schwein, leicht zu erkennen an seinem schielenden Blick – eben das Schwein, das jetzt wieder auf die Burg Kissane geschafft werden sollte –, entging seinem Schicksal infolge einer nicht vorgesehenen Last-minute-Verwechslung. Statt seiner landete ein anderes Schwein auf dem Rost. Da das tatsächlich geopferte Tier so etwas wie eine besondere Geschichte hatte, wozu sein Ausbuddeln eines Skeletts gehörte, was letztlich zu den Eheschließungen von Kitty und Kieran, Lolly und Aaron geführt hatte, war man dem überlebenden Schwein nicht gerade freundlich gesonnen. (Dass Kitty ihren Teil zu der Verwechslung beigetragen hatte, komplizierte die Stimmungslage). So kam es, dass das Tier wieder bei Lolly und Aaron landete.

Das Schwein, das jetzt auf dem Laster zur Burg Kissane transportiert wurde, war aber längst nicht mehr das, was es einmal war, als man es zum Festbraten auserkoren hatte. Damals war es rund und fett und glich einer prall gestopften Wurst, wie man sie aus den weniger edlen Teilen geschlachteter Schweine gewinnt. Mit seiner lebhaften Art kam man gut zurecht, von Widerborstigkeit keine Spur. Jetzt aber war es der reinste Ausbund, wehrte sich gegen alles, und niemand wusste, weshalb es sich so empörte. (Als einzig möglicher Grund konnte vielleicht sein

Missfallen gelten, dass man ihm die Ehre verwehrt hatte, am Spieß gegrillt, als saftiger Braten serviert und von hungrigen Gästen erbarmungslos verspeist zu werden.)

Sicher hätte man Verständnis für ein solches Aufbegehren gehabt, aber das Schwein machte seinem Unmut derart übertrieben Luft, dass es sich jedes Mitgefühl verscherzte. Irgendwie musste man das Vieh zur Ruhe kriegen, oder aber man brachte es zum Metzger, gemästet oder nicht. Oder noch schlimmer, man verkaufte es an die Intensivhaltung – ein solches Schicksal aber kam in Lollys Augen für ein irisches Schwein nicht in Frage. Ihre Tiere waren die Nutznießer von Lollys Besessenheit von ihrem Beruf. Sie war Schweinehirtin aus freien Stücken, war es und wollte es bleiben, selbst wenn sie in ganz Irland die letzte eigenständige Schweinehirtin sein würde. Sie war entschlossen, ihrer Berufung treu zu bleiben. Ihre Familie blickte auf eine lange Tradition des Schweinehütens zurück, die bis in die Tage von Queen Maeve zurückreichte. Niemals würde sie eins ihrer Schweine irgendwo hingeben, wo es auf engem Raum mit anderen zusammengepfercht war, mechanisch gefüttert wurde, nie einen freundschaftlichen Klaps, nie einen harmlosen Tritt mit einem mistigen Stiefel bekam. Dann schon lieber das Schlachthaus.

Doch ehe Lolly laut sagen konnte, was sie dachte – und sie hätte es nie mehr zurücknehmen können, denn sie änderte ihre Meinung nie, hielt an ihr fest –, war ihr amerikanischer Mann mit einem Vorschlag gekommen. Sie würden das Tier wieder zu Kitty und Kieran bringen. Schließlich waren sie für seine gegenwärtige Pein verantwortlich. Auf der Burg Kissane war die tragische Verwechslung geschehen. Es war nur fair, wenn sie auch die Folgen ihres Irrtums trugen. Sollten sie sich doch die Nacht um die Ohren schlagen, das pausenlose Gequieke ertragen, sich etwas zur Beruhigung des Tieres einfallen lassen. Und wenn sie es nicht mästen wollten, dann wäre es ihre Entscheidung, wie weiter, und nicht Lollys oder Aarons. Sie wollten sich nicht mit einem schlechten Gewissen plagen.

Als sie mit dem Laster auf der Burg eintrafen, jätete Kitty gerade auf dem Gemüsebeet nahe der Einfahrt Unkraut. Das Gefährt kam zum Stehen, Aarons Tante ließ von ihrer Arbeit ab und wischte sich die schmutzigen Hände an den verschossenen Jeans. Als sie auf der Ladefläche Aaron und das Schwein erblickte, rief sie: »Wer von euch beiden gedenkt hierzubleiben? Der Mann oder das Schwein?«

Lolly kletterte aus der Fahrerkabine. »Du hast die Wahl.«

»Der Mann ist mir zu mager. Ich nehme das fettere Schwein, auch wenn es nicht mehr so wohl genährt aussieht wie früher.«

Aaron, von Geburt Amerikaner und immer noch nicht recht an den irischen Umgangston gewöhnt, stöhnte bei ihrer Antwort, die er als typischen Humor Kerrys hinnehmen musste, nur leicht auf. Er entriegelte die Ladeklappe und schob die Rampe in die entsprechende Position. Dann machte er den Fehler, dass er dem Schwein den obligatorischen Klaps gab, woraufhin das ohrenbetäubende Lamentieren erneut losging. Auch die schon bekannte Weigerung, sich vom Fleck zu rühren, war wieder da, nur entschieden vehementer als zuvor. Es stemmte sich mit aller Macht auf die Ladefläche und trotzte jedem Versuch, es fortbewegen zu wollen.

Also war es Aaron allein, der die Rampe benutzte. Er ging auf seine Tante zu und versuchte mit seinem »Hallo« das Schwein zu übertönen. Seine Tante reagierte in ähnlicher Weise und schrie dann aus Leibeskräften Lolly zu: »Ist es das, was du uns dalassen willst? Da nehm ich doch lieber die magere Ausführung.«

Aaron schlenderte zu den Gemüsebeeten, heuchelte ein Interesse für den Garten – er hatte sich ja gerade erst darin geübt, so zu tun als ob – und gewann so einen etwas größeren Abstand vom Schwein. Er war in Irland und nicht in Amerika, da durfte man sich schon mal eine fadenscheinige Entschuldigung zurechtlegen: Ein Schwein war Frauenarbeit. Schon von altersher kümmerte sich die Frau des Hauses um die Tiere, und zudem war es eine erwiesene Tatsache, dass Frauen beim Nähren und Aufziehen ein instinktives Gespür hatten. Lolly hatte gewusst, wie sie das Schwein auf den Lastwagen bekam. Also durfte sie sich auch jetzt den unfehlbaren Trick einfallen lassen, der eine plötzlich gefügige und liebenswerte Sau von der Ladefläche ihres Lasters auf das Burggelände trotten ließ. Ihn ging das nichts weiter an.

Lolly, die immer das letzte Wort haben musste, gellte zu Kitty zurück: »Mager sind beide. Zwar hatte das Schwein, als es zu uns kam, richtig Speck angesetzt, aber seitdem hat es ja nicht mehr gefressen. Bei all dem Spektakel, den es veranstaltet, sind wir gewillt, es zum Metzger zu bringen, aber dazu muss es erst wieder ein bisschen was auf die Rippen kriegen. Wir dachten, du und Kieran könnten es ein wenig aufpäppeln und schlachtreif machen.«

Aaron hatte sich weit genug von dem Chaos auf dem Hof entfernt und lustwandelte im Garten herum, ohne auch nur eine blasse Ahnung von den dort sprießenden Gemüsesorten zu haben. Doch so viel wusste er, es waren Kohlköpfe gewesen, unter denen der tote Declan gelegen hatte. Was mochte sich hier unter der Erde verbergen, über die er jetzt stapfte? Zur Burg gehörte ein Verließ. Ob man dessen Bewohner hier im Garten in der Erde versenkt hatte? Gut, dass er und Lolly dem Schwein einen Ring durch den Rüssel gezogen hatten, so würde es wenigstens nicht einen Haufen Knochen ausbuddeln können und das Durcheinander, das Declan Tovey mit seinem plötzlichen Auftauchen aus dem Grab vor über einem Jahr heraufbeschworen hatte, würde sich nicht wiederholen.

An einem Unkrauthaufen am Ende des Gartens war Aaron stehen geblieben und warf einen Blick zurück zu seiner Frau, seiner Tante und dem Schwein. Zu seiner Überraschung schien man die Lage im Griff zu haben. Das Schwein war vom Laster runter und schnüffelte an der Umzäunung des sorgfältig zusammengezimmerten Verschlags herum, den Kieran dem Tier für seinen vorangegangenen Aufenthalt hier gebaut hatte. Wenn Aaron sein Verhalten richtig interpretierte, so bat das Schwein darum, wieder dort sein zu dürfen, wo es die kurze Zeit bis zu seinem vorgesehenen Auftritt auf dem Burgfest verbracht hatte. Dass es danach verlangte, eingesperrt zu werden, war nur ein weiterer Beweis seiner Geistesgestörtheit. Sollte man das Tier auf Schweinewahnsinn untersuchen lassen? Doch es war jetzt in Kittys und Kierans Obhut. Es war deren Problem.

Da das Schwein sich nun ruhig verhielt, schlenderte Aaron zu seiner wartenden Frau zurück. Ein kleiner Lieferwagen, eine Klapperkiste, die aussah, als würde sie jeden Moment auseinanderfallen, fuhr auf den Hof. Aaron blieb stehen. Das Fahrzeug heulte auf. Wenn der Motor nicht sofort abgeschaltet wurde, würde etwas Fürchterliches passieren. Der Motor schwieg. Ein Mann stieg aus. Aaron bemerkte, dass seine Frau bei seinem Anblick zwei Schritte zurückwankte. Seine Tante hingegen machte einen Schritt nach vorn. Der Mann war bei seinem Gefährt stehen geblieben, offensichtlich hatte er nicht die Absicht, sich länger hier aufzuhalten. Eine Hand hielt sogar noch den Türgriff, vielleicht um, falls nötig, schleunigst wieder einsteigen zu können. In der anderen Hand hielt er ein Buch.

Hosen, Mantel und Mütze des Mannes sahen der Kleidung des oben erwähnten, vor einem Jahr ans Tageslicht beförderten Skeletts zum Verwechseln ähnlich – allerdings hatte man zur Aufbahrung bei der Ausstattung noch nachgeholfen, unter anderem mit Aarons letztem guten Hemd. Handelte es sich etwa um den Mann, den Lolly in Caherciveen gesehen und für Declan Tovey gehalten hatte? Aaron atmete erleichtert auf. Er hatte des Rätsels Lösung: Sie war durch die ähnliche Kleidung einer Sinnestäuschung erlegen gewesen.

Lolly drehte sich um und ging rasch zu ihrem Laster, machte die Tür auf, griff hinein und fischte – wie er wusste – einen frischen Schinken heraus, fein säuberlich verpackt in der *Irish Times* vom Vortag. Er war als Dankeschön (mehr als Bestechung) für Kitty und Kieran gedacht, weil sie sie von dem unmöglichen Schwein befreiten.

»Hier ist der versprochene Schinken«, rief sie laut, obwohl sie sich die Erklärung hätte sparen können. Die Ankunft des Mannes schien sie zu verwirren, und das war nur allzu verständlich. Selbst Aaron, der Declan Tovey nie gesehen hatte, stellte eine Ähnlichkeit mit der ihm oft beschriebenen Person fest. Lolly schwenkte den Schinken wie einen Golfschläger durch die Luft und verstieg sich zu weiteren Erklärungen. »Ich packe ihn in deine Küche oder besser deine Spülküche.« Sie rannte zur Tür, die in die Halle führte, verschwand drinnen und ließ die Tür hinter sich offen.

Im ersten Moment empfand es Aaron als seine Pflicht, sich um seine Frau zu kümmern. Er würde ihr geduldig auseinandersetzen müssen, worum es in Wirklichkeit ging, und gewiss würde sie ihm dankbar sein, dass er sie von ihrem Irrtum befreite. Doch dann überwog die Neugier. Bevor er zu seiner Frau ging, wollte er sich genauer informieren, um die Sache ein für alle Mal zu klären. Es konnte sich nur um einen Verwandten von Tovey handeln, der jüngst in den Landstrich hier gekommen war. Oder noch wahrscheinlicher, um einen Mann mit den gleichen Erbfaktoren wie der Verblichene – eine Möglichkeit, die er schon früher einmal erwogen hatte. Lolly würde sich ganz gegen ihre Gewohnheit schämen und zerknirscht sein, dass sie sich eingebildet hatte, von einem auferstandenen Toten besucht zu werden, einem Geist, der zu ungeduldig war, bis zum Jüngsten Gericht zu warten.

Entschlossenen Schrittes ging Aaron näher. Der Mann hatte Kitty das Buch überreicht. Sie hielt es in der Hand, starrte es an, dann den Mann und wieder das Buch. Sie ließ die Hand mit dem Buch sinken. Offensichtlich kannte sie den Mann und der sie – sonst hätte er ihr ja nicht das Buch gebracht. Das zeugte von einer gewissen Vertraulichkeit, wäre zwischen zwei Fremden nicht möglich gewesen.

Der Mann sprach Irisch, wie es im westlichen Kerry üblich war. Kitty antwortete auf Irisch. Aaron wusste, dass es die Höflichkeit in Kerry gebot, in Gegenwart einer Person, die des Irischen nicht mächtig war, Englisch zu sprechen, und so ging er auf den Mann und seine Tante zu.

Sie sprachen weiter – auf Irisch. Aaron, der kein Faible für Sprachen hatte und schon gar nicht für so eine schwierige wie Irisch, wo Schreibung und Aussprache in völligem Gegensatz zueinander standen und dem Lautlichen, auf das in der Schule so viel Wert gelegt worden war, keinerlei Beachtung geschenkt wurde, bekam wenig von dem mit, was gesprochen wurde. Dabei hatte seine Frau seit ihrem gemeinsamen Eintritt in die eheliche Glückseligkeit – und das war jetzt ein Jahr her – wiederholt versucht, ihm die Sprache beizubringen, der er eigentlich verpflichtet war, denn sowohl sein Vater kam aus Kerry als auch seine Mutter. Immerhin glaubte er so viel zu verstehen, dass das Buch an Land geschwemmt worden war und offensichtlich aus dem im Meer versunkenen McCloud-Haus stammte, aber mehr konnte er dem Gespräch nicht entnehmen. Der Mann ging scheinbar davon aus, dass Aaron in Kerry geboren und aufgewachsen war. Aaron erwartete von seiner Tante, dass sie die Sache richtigstellen würde, doch die Gegenwart des Mannes schien sie aus dem Gleichgewicht zu bringen; sie machte einen irgendwie verstörten Eindruck und kam gar nicht auf die Idee, für Aaron ein vermittelndes Wort einzulegen. Ihre sonst so sprudelnde Redeweise hatte merkwürdig gelitten, war mehr ein Stammeln, begleitet von albernen Lachern. Diese Zweitausgabe von Declan Tovey schien sie zu irritieren, Aaron durfte sie nicht überfordern.

Aaron wartete eine Weile. Als sich aber nicht, wie er gehofft hatte, die allgemein übliche Höflichkeit einstellte, ergriff er die Initiative, streckte die Hand aus und stellte sich auf Englisch vor. »Ich bin Aaron, Kittys Neffe, Lollys Mann.« Der Fremde sah ihn nur flüchtig an und sprach weiter – auf Irisch. Aaron gehörte nicht zu denen, die mit Bewegungen verschwenderisch umgingen, also hob er die noch ausgestreckte Hand und kratzte sich an der Stirn.

Was ihm nicht vergönnt gewesen war – die Aufmerksamkeit seiner Tante und des Besuchers auf sich zu ziehen –, gelang dem Schwein. Es stand immer noch wie angewurzelt vor dem Verschlag, schien verwundert, dass er leer war, und gab nur ab und an ein Grunzen von sich. Was der Mann als Nächstes sagte, glaubte Aaron zu verstehen, doch als er es sich sicherheitshalber übersetzte, merkte er, dass er einem Trugschluss erlegen war. Ihm war, als hätte er auf Irisch gehört: »Es möchte hinein. Möchte hinein zu dem anderen Schwein.« Da es kein anderes Schwein gab, musste Aaron seine linguistische Unfähigkeit wohl oder übel akzeptieren. Das Schwein starrte ins Leere. Ein Beweis, dass Aaron weitere Bemühungen, etwas verstehen zu wollen, lieber unterlassen sollte.

Diese Einsicht bestätigte sich, als er wieder nur Blödsinn verstand, denn jetzt hörte er so etwas wie: »Sie können nicht zusammen sein. Ist das wahr?« Das machte ja noch weniger Sinn als die vorangegangene Bemerkung.

Seine Tante wusste nicht ein noch aus, rang sich dann aber doch zu einer Antwort durch, sprach anfangs ungeheuer laut und fand allmählich zu ihrer normalen Stimme zurück. Nur, was sie sagte, brachte Aaron kein Stück weiter. »Nein. Ich … ich wollte sagen, ich weiß nicht. Ich weiß nicht, ob sie zusammen sein können oder nicht.«

Was immer sie damit zum Ausdruck bringen wollte, es bewirkte ein Lächeln auf dem Gesicht des Mannes. Ein strahlend schönes Lächeln, wie Aaron zugeben musste; der Mann hatte blendend weiße Zähne. Er sagte etwas, was Aaron gar nicht erst zu verstehen versuchte, und ging zum Verschlag.

Die Tante hatte nur einen nervösen Seitenblick für Aaron übrig, ein ungeheurer Wortschwall sprudelte aus ihr heraus. Sie tat ihr Bestes, den Mann zu überreden, das Schwein samt Stall unbeachtet zu lassen und zu ihrer Unterhaltung zurückzukehren.

Doch der Mann ließ sich nicht abhalten. Er schob den Riegel zurück und öffnete das Tor. Wie erlöst begab sich das Schwein mit geradezu anmutigen Bewegungen in die Absperrung. Die Tür wurde wieder zugemacht und verriegelt. Ruhig und friedfertig stand das Schwein da, sah zum Himmel und hinterließ den Eindruck, es wolle in oder hinter den Wolken die Quelle seines offensichtlich neu hergestellten Seelenfriedens erblicken.

Selbst erstaunt über den Wechsel in seinem Verhalten, suchte es dann mit schielenden Augen den Verschlag ab; vielleicht barg der eine Erklärung für seine Verwandlung. Als es auch dort nichts fand, keine Spur von dem Geist des Schweins, mit dem es die Tage vor dem schicksalsschweren Fest verbracht hatte, blieb es einfach stehen, ließ es geschehen, dass sich der Segen herabsenkte, und fragte nicht länger, woher er kam. Da Aaron nicht vergönnt war, die Gegenwart des geschlachteten Schweins wahrzunehmen, blieb ihm nichts weiter übrig, als sich über seine Verblüfftheit hinwegzusetzen, und so unternahm er einen letzten Versuch, in die Unterhaltung mit einbezogen zu werden. »Ich habe es schon immer gewusst, das Schwein wollte zurück zur Burg«, sagte er auf Englisch. »Es ist einfach gern für sich. Wir hätten es nie zu uns holen sollen. Es hätte hier bleiben müssen. Seht nur, wie glücklich es ist, so ganz mit sich allein. Gut so.«

Der Mann sah ihn an, als fühlte er sich beleidigt, dass ein Schwachkopf es wagte, sich in eine Unterhaltung einzumischen, der er doch gar nicht gewachsen war. In dem Bestreben, die allgemeine Verwirrung, die Aarons Worte bewirkt hatten, etwas abzuschwächen, sagte er im fragenden Ton: »Allein?«

Kitty war völlig durcheinander, wollte, durch das Wort »Allein« getrieben, so schnell wie möglich das Thema wechseln und sagte zu ihrem Neffen gewandt: »Es war falsch von mir. Verzeih. Ich war gedankenlos und grob. Schön, das Schwein wieder bei uns zu haben. Es wird ihm gefallen. Gut. Gut für das Schwein. Natürlich auch gut für uns. Dass es ihm hier gefällt, mein ich.«

Bei Kittys Worten hatte Aaron das ungute Gefühl, dass seine Gegenwart sie ebenso aus dem Gleichgewicht brachte wie die von dem Doppelgänger Toveys. Wäre er der leibhaftige Declan Tovey gewesen, hätte man für so eine verrückte Antwort seiner Tante Verständnis haben können. Schließlich war Aaron selbst mit einem Objekt der Begierde des verschiedenen Mr Tovey verheiratet. Aber das hier war nicht Declan Tovey – und insofern war das Verhalten seiner Tante um so unverständlicher.

Wie von den einsichtigen Göttern gesandt, seine Frau aus einem unerklärlichen Bann zu befreien, erschien Kieran; er karrte das Gerät zum Obstbaumspritzen heran. Als er des Besuchers gewahr wurde, stockte ihm der Atem; er warf einen raschen Blick auf das Schwein und schüttelte resigniert den Kopf. Dann fühlte auch er sich bemüßigt, ins Irische zu fallen, so als wäre das Schwein kein geeignetes Thema für Aarons Ohren. Er sagte so etwas wie die Schweine würden gewiss gut miteinander zurechtkommen. Das brachte Aaron auf einen Gedanken, der ihm schon früher hätte aufgehen können, auch wenn er die Sprache nur bruchstückhaft verstand: Kieran und Kitty mussten das Schwein unsäglich vermisst haben, dass sie es immer wieder erwähnten, als wäre es leibhaftig dabei. Es hatte – wenn auch zu seinem Nachteil – den verriegelten Verschlag mit dem Schwein, das jetzt dort hauste, geteilt. Ob dieser Einsicht war Aaron höchst zufrieden mit sich, verschmerzte seine linguistischen Schwächen nun besser und war geneigt, sich damit abzufinden, an dem Gespräch nicht teilhaben zu können, das ihn ohnehin nur immer wieder an die Grenzen irischen Sprachverständnisses gemahnen würde. Kieran ließ den Mann sein Missbehagen nicht deutlich spüren, er hatte sich für ein neutrales, fast gleichgültiges Verhalten entschieden, legte seinen Arm um die Taille seiner Frau und zog sie dicht an sich, als bedürfe sie eines besonderen Schutzes. Kitty blickte ihn mit einem traurigen, jedoch dankbaren Lächeln an, das mehr in ihren Augen lag, als dass es die Lippen umspielte.

Der Mann rührte sich nicht von der Stelle, taub für das Dilemma, das er heraufbeschwor. Kieran streifte einen Handschuh ab und wischte sich mit dem Handrücken über den Mund, was zweierlei bedeuten konnte: Ausholen zum Schlag oder, was wahrscheinlicher war, Zeit gewinnen, um zu überlegen, was er sagen sollte.

Er hätte es sich sparen können. Der Mann ergriff von sich aus das Wort. Auf Irisch. Kieran hörte zu. Aaron hatte den Eindruck, als fiele der Name Maude McCloskey, einer Frau, die weiter oben am Weg wohnte und die den Ruf hatte, eigentümlich zu sein. Als er aufhörte zu reden, antwortete Kieran, auch auf Irisch – Aaron bekam kaum etwas mit. Es ging um Dachdecken oder so ähnlich. Der Mann nickte, vermutlich ein Abschiedsgruß, drehte sich um und schob ab zu seinem Gefährt. Er hielt den Kopf gesenkt, in Gedanken versunken, die nichts mehr mit seinem Gespräch mit Aarons verwirrter Tante und ihrem unverhofft dazugestoßenen Mann zu tun hatten. Im Verhältnis zu den Schilderungen über den verstorbenen Dachdecker, über den Aaron so viel gehört hatte, über seinen gewaltigen Stolz, sein Draufgängertum, gab der Mann ein trauriges Bild ab. Fast hätte ihn Aaron bemitleidet, doch der unterschwellige Ärger über ihn, die Gleichgültigkeit des Mannes gegenüber den Gepflogenheiten in Kerry und die Missachtung allgemeiner Höflichkeit hielten ihn davon ab, einem solchen Impuls nachzugeben.

Der Mann blieb einen Moment stehen, warf einen Blick zu dem Schwein und ging weiter. Ohne sich noch einmal umzuschauen oder vielleicht den Zurückbleibenden kurz zuzuwinken, stieg er in seinen Lieferwagen, ließ den Motor an, wendete und fuhr die Burgstraße hinab.

Aarons Erwartung, dass es zu einer Erklärung – auf Englisch – kommen würde, was er hatte erleiden müssen, wurde bitterlich enttäuscht, denn just in dem Moment kam seine Frau aus der Burg und gab das Zeichen zum Aufbruch. Nach rascher Verabschiedung und nochmaliger knapper Zusicherung, dass Kitty und Kieran das Schwein bei sich behalten würden, verbunden mit allen guten Wünschen für dessen Gewichtszunahme, chauffierte sie ihn fort von der Burg, fort vom Schwein und fort von den Wirren des Tages.

Aaron nutzte die Fahrt nach Hause, um die entnervenden Geschehnisse und das nicht weniger entnervende Verhalten aller Beteiligten, vor allen Dingen das seiner Tante, auf die Reihe zu bekommen. Lolly war da keine Hilfe. Anspielungen auf ein zweites Schwein brachten keine Resonanz. Anders hingegen, als er auf das erregte Verhalten seiner Tante zu sprechen kam, als er beschrieb, dass sie zeitweilig wie geistesgestört schien, nicht nur aufgrund der Gegenwart des Mannes, sondern auch, weil er immer wieder von einem zweiten Schwein im Verschlag sprach. »Natürlich ist sie geistesgestört«, spottete sie. »Verrückt. Verrückt nach Declan Tovey. Ich wusste schon, warum ich mich mit dem Schinken, den wir mitgebracht hatten, verzog, als ich die beiden sah. Ich wollte nicht miterleben, was sich da abspielen würde. Ich weiß, sie ist deine Tante, aber du kannst deine Augen nicht vor den Tatsachen verschließen. Kieran Sweeney hat sich auf eine Person mit Erfahrung eingelassen, eine Person, die es faustdick hinter den Ohren hat.«

Aaron versuchte seine Frau daran zu erinnern, dass es sich bei dem Besucher schwerlich um Declan Tovey handeln konnte. Einen Doppelgänger vielleicht, aber sie wussten doch beide nur allzu gut, wohin es den wahren Dachdecker gespült hatte. Doch lange verweilte er nicht bei dem Thema Doppelgänger oder Geist, sondern ging auf die Anspielung seiner Frau ein, auf die »Erfahrung« seiner Tante aus lebenslustigen Jugendjahren. »Merkwürdig. Das Wort *Erfahrung* hat sie damals nicht benutzt, aber eins, das dem sehr nahe kommt. Meine Tante hat sich vor unserer Eheschließung in ähnlicher Weise über dich und Mr Tovey ausgelassen.«

»Das kann ich mir vorstellen. Meine beste Freundin. Sich das Maul über mich zerreißen wegen Dingen, die sie selbst getan hat. Wollte sichergehen, dass ihr Sweeney – hintergangen hat sie den Ärmsten – es nie für möglich halten würde, wie sie es getrieben hat.« Sie krönte ihre Empörung mit einem Stoßseufzer.

»Merkwürdig. Als ich damals, als wir das Skelett fanden, erwähnte, was du über sie und Declan geäußert hättest, hat sie fast haargenau das Gleiche gesagt. Nur, dass es um dich ging, weil du sie beschuldigtest.«

»Sie ist diejenige, die Lügen verbreitet. Ich halte mich an Tatsachen, nicht an Phantastereien.«

»Trotzdem, haargenau die gleichen Worte.« Er konnte sich ein Schmunzeln nicht verkneifen.

»Du brauchst gar nicht so dämlich zu grinsen. Schließlich bin ich deine Frau. Und wenn es dabei bleiben soll, dann …«

»Ob meine Tante etwas aus der Luft greift oder nicht, ist im Augenblick Nebensache. Viel entscheidender ist, was sie zu Kieran gesagt hat, als der Mann noch da war.«

»Was hat sie denn gesagt, diese Lügnerin?«

»Es war auf Irisch …«

»Du sprichst doch gar nicht Irisch. Du versuchst es nur. Besser, du lässt es ganz.«

»Dagegen ist nichts einzuwenden. Der ganze Unfug mit dem Schwein, lassen wir das. Egal, ob ich es nun richtig mitbekommen habe oder nicht, ich glaube so was gehört zu haben wie: der Mann wäre bereit, die Dächer der Schuppen im Hof zu decken. Umsonst. Auch irgendwas über Maude McCloskey, ihr Mann käme zurück, und sie hätte es sich mit ihrem Dach anders überlegt. Und dann war da noch was – wenn ich mich nicht geirrt habe – was Kitty zu Kieran sagte, als der Kerl gegangen war. ›Er sieht das Schwein, so, wie wir auch.‹ Was immer das zu bedeuten hat.«

»Hör auf mit dem Schwein. Kein Wort mehr darüber. Willst du die reine Wahrheit hören?«

»Wahrscheinlich nicht. Aber bitteschön.«

»Das war Declan Tovey. Wie er leibt und lebt.«

»Ach ja? Wer ist hier nun wirklich geistesgestört?«

»Ich wusste von Anfang an, dass er es war. Gleich, als er aus seinem Lieferwagen stieg.«

»Glaubst du, dein Declan war der einzige Dachdecker, der einen Wagen lenken kann?«

»Versuch mal bitte, weniger hässlich zu reagieren.«

»Ich versuche lediglich, den Verstand zu behalten. Als Nächstes tischst du mir noch auf, es war sein Geist.«

»Es war nicht sein Geist. Geister haben keinen Geruch an sich. Riechen jedenfalls nicht wie Declan Tovey. Dessen Geruch würde ich auf Anhieb überall erkennen. Er riecht wie … wie …« Sie schwieg, unfähig, den Satz zu Ende zu bringen.

Aaron verstand nun gar nichts mehr und wandte sein Gesicht seiner Frau zu. »Riecht wie?«

»Wie Declan Tovey«, erwiderte sie leise.

Gern hätte er nachgeforscht, woher sie so genau den Körpergeruch besagten Mannes kannte, aber er ließ es lieber. Er würde sich an etwas Greifbares halten und eine ganz konkrete Frage stellen. »Wer war es dann, der mein bestes Hemd anhatte und mit auf den Meeresgrund nahm?«

»Ich hab nicht die geringste Ahnung. Vermutlich jemand, den Declan umgebracht und unter den Kohlköpfen verbuddelt hat. Wer will das wissen?«

»Bist du gar nicht scharf darauf, es herauszufinden?«

»Ich habe schon lange aufgegeben, in Erfahrung zu bringen oder überhaupt darüber nachzudenken, was Mr Tovey den lieben langen Tag macht. Er muss aber etwas getan haben, das ihn treibt nachzuschauen, wo das von ihm Vollbrachte abgeblieben ist. Deshalb geistert er auf den Klippen in der Nähe herum, so dass wir ihn für einen Geist halten.«

»Nicht wir. Du.«

»Das kommt auf dasselbe heraus.«

»Wenn du meinst.«

»So, wie ich es gesagt habe.«

»Schön. Aber warum sollte er jemand ermordet haben?«

»Wie kannst du nur so dumm fragen. Er war eifersüchtig.«

»Auf wen?«

»Auf wen. Ich war mal Schriftstellerin, vergiss das nicht.«

»Gut. Trotzdem, auf wen?«

»Frag ihn selbst.«

»Du meinst, er kriegt es fertig, jemanden aus Eifersucht umzubringen?«

»Zumindest hoffe ich das.«

Nach einer ungewöhnlich langen Pause fragte Aaron: »Du glaubst doch nicht etwa, er ... wie soll ich sagen ... ist eifersüchtig auf ... auf mich?«

»Frag ihn.«

»Heißt das, ich darf mir darüber einen Kopf machen, ob es einen Grund zur Eifersucht gibt?«

»Du darfst tun und lassen, was du willst. Du bist schließlich erwachsen.«

»Und dazu gehört, mir vorzustellen, er könnte mich umbringen?«

»Frag ihn.«

»Die Vorstellung … nun ja … beunruhigt dich nicht?«

Über Lollys Gesicht huschte ein Lächeln. »Also gut, ich werde ihn selbst fragen. Und wenn er ›ja‹ sagt, werde ich tun, was in meinen Kräften steht, ihn zu überreden, es nicht zu tun. Zufrieden?« Sie gluckste vergnügt und hauchte ihm einen Kuss auf die Wange.

Aaron blickte seine Frau an. Ihr Lächeln war strahlender geworden, das Funkeln ihrer Augen hatte durch die Spiegelung in der Windschutzscheibe an Intensität gewonnen, und auch das beneidenswert rotbraune Haar glänzte stärker als sonst. Nie zuvor war sie ihm so schön erschienen wie in diesem Moment. Zugleich war es ihm nicht ganz geheuer, dass seine Frau so plötzlich zu ihrer Heiterkeit zurückgefunden hatte.

Es war nicht nur das Unbehagen, dass ein leibhaftiger Declan Tovey sich ihnen plötzlich aufgedrängt hatte, damit einher ging auch zwangsläufig die Enthüllung, dass seine Frau nicht, wie sie seinerzeit bei der Totenwache steif und fest behauptet hatte, den im Sarg liegenden vermeintlichen Dachdecker ermordet haben konnte. Anstatt nun aber erleichtert zu sein, dass die schönste Frau der Welt, die jetzt neben ihm saß, unschuldig war, erschütterte ihn die sich daraus ergebende Wahrheit: Er hatte nicht eine mutmaßliche Mörderin geehelicht. »Kannst du jemand lieben, der vielleicht einen Mord begangen hat?«, hatte sie ihn gefragt, nachdem der angeblich Ermordete samt Kittys Haus im Meer versunken war. Damals hatte Kieran, während er die Hand seiner bis dato Erzfeindin Kitty McCloud fest in der seinen hielt, beteuert: »Ja, durchaus« (in Anbetracht des Geständnisses, das Aarons Tante bei der Totenwache abgelegt hatte), woraufhin

Lolly, von jeher und in jeder Beziehung Kittys Konkurrentin, sich getrieben sah, den Mord für sich in Anspruch zu nehmen. Seine Tante hatte Kieran im Brustton tiefster Überzeugung das Gleiche gestanden, denn auch Kieran, der in nichts nachstehen wollte, hatte sich zu der Mordtat bekannt.

In dieser Orgie von Schuldeingeständnissen hatte Aaron Lollys Hand ergriffen und leidenschaftlich verkündet: »O ja, ich kann.« Es war gewiss die mutigste Erklärung, die er je abgegeben hatte. Er würde durchaus eine Frau lieben können – und tat es auch –, die möglicherweise eine Mörderin war.

Und nun zählte seine Kühnheit, die seinem Ego so ungemein gutgetan hatte, abgesehen davon, dass sie der Kuriosität seiner Ehe das i-Tüpfelchen aufsetzte, überhaupt nichts mehr. Tat das seiner Persönlichkeit Abbruch? Musste er sich etwa eingestehen, dass seine Heirat nicht die kühne und großzügige Entscheidung war, für die er sie immer selbstgefällig gehalten hatte? Über derlei Fragen ernsthaft nachzudenken, war jetzt nicht der Zeitpunkt, das konnte irgendwann später geschehen. Der Tag hatte ihm schon genügend Herausforderungen zugemutet.

Sie schwenkten auf den heimatlichen Hof ein, wo sie die Schweine mit lautem Quieken begrüßten, ein schrilles Durcheinander, aus dem Aaron vereinzelte Töne heraushörte, die ihm wie das spöttische Lachen der Iren vorkamen.

Kapitel 5

Maude McCloskey war die Dorfhexe oder – um es höflicher zu sagen – die Seherin, eine Frau, von der es hieß, sie hätte eine Kassandra ähnliche Gabe, angeblich würden sich ihr Wahrheiten offenbaren, die normalen Menschen verborgen blieben. Kitty mochte sie nicht besonders. Vielleicht beruhte das auf Eifersucht. Als Schriftstellerin hielt sich Kitty selbst für eine Wahrheitsverkünderin, tummelte sich in der Vergangenheit, Gegenwart und Zukunft und nahm es Maude übel, dass sie ohne Kraftaufwand ähnliche Erkenntnisse vorweisen konnte, über denen Kitty Tage und Nächte im Schweiße ihres Angesichts brüten musste.

Wie auch immer, wenn eine so absonderliche Frau wie Maude einen zu sich bat, durfte man nicht einfach darüber hinweggehen. Zu einer Tasse Tee hatte es geheißen. Was die Frau von Kitty wollte, würde sich zeigen, aber man konnte annehmen, dass es etwas mit dem jüngsten Unruhestifter in Kittys ohnehin angefochtenem Leben zu tun hatte. Declan hatte mit der Frau Umgang gehabt – erst hieß es, das Dach decken, dann wieder, das Dach nicht decken –, und es konnte durchaus sein, dass die Gespräche darüber zwischen den beiden damit geendet hatten, dass die eine oder andere von Maudes Absonderlichkeiten nicht zu ihrem Recht gekommen war.

Soweit Kitty die Sache übersah, wusste die Frau wenigstens nichts von Declans früherem vermeintlichen Ableben und seinem für manche rätselhaften neuerlichen Auftauchen. Von seiner Fähigkeit, die Burggespenster wahrnehmen zu können, würde sie aber möglicherweise etwas ahnen. Schließlich hatte sie auf Kittys Hochzeitsfest aufgrund einer bloßen Beschreibung ihres Aussehens die Namen von Brid und Taddy genannt, ohne dass sie sie selbst sehen konnte. Maude wusste von der Existenz der Geister und von Kittys besonderer Beziehung zu ihnen.

Hoffte sie etwa, von Kitty das, was sie ohnehin schon ahnte, bestätigt zu bekommen, dass sie Taddy und Brid sehen konnte? War es an Kitty, der allwissenden Seherin nachzuhelfen? Bis zu einem gewissen Grad hatte das seinen Reiz, war eine Wendung der Dinge, die Kitty in Versuchung führte, der unverzeihlichen Sünde der Selbstgefälligkeit anheimzufallen. Sie würde sich der Versuchung erwehren, auf der Hut und wenig kooperativ sein, während sie ihren Tee schlürfte. Wenn der Seherin ihre eigenen Erleuchtungen wenig nützten, durfte sie nicht auf Kitty McClouds Hilfe rechnen. Außerdem schlug sich Kitty selbst mit genug Fragen herum. Sie nahm sich vor, ihr beachtliches Talent für Manipulation und Heuchelei weidlich zu nutzen. Sie hatte genügend Erfahrung darin, wie man das, was man sich vorgenommen hat, erreicht. Nie würde sie sich erniedrigen, um etwas zu bitten oder danach zu fragen.

Bei jedem anderen konnte sie sich auf ihre Fähigkeiten verlassen und aus dem Vollen schöpfen. Bei Maude war das etwas anderes. Das bevorstehende Gespräch würde ihr mehr abverlangen, und sie war sich nicht sicher, ob ihre Künste bei einer Hellseherin wie Maude Wirkung zeigen würden. Trotzdem reizte sie die Herausforderung, und das wog die Verunsicherung etwas auf. Sofern es um übernatürliche Fähigkeiten ging, war sie Maude McCloskey gewiss eine ebenbürtige Partnerin. Maudes Begabung beschränkte sich auf das Mitteilen, Kittys hingegen hatte etwas mit Kreativität zu tun. Kitty lebte von ihrer Phantasie – einer unerschöpflichen und vielseitigen Quelle. Maude aber war an die Realität gebunden, egal ob Vergangenheit, Gegenwart oder Zukunft; verglichen mit den Fähigkeiten einer pfiffigen Kitty McCloud, die ihr Handwerk verstand, war sie entschieden im Nachteil.

Maude würde, so hoffte Kitty, etwas über die Rückkehr von Mr Tovey durchblicken lassen. Dass der *in persona* und nicht als Geist erschienen war, stand inzwischen fest. Wen aber hatte man dann unter ihren Kohlköpfen begraben? Und warum durfte auch Declan – mit einer Selbstverständlichkeit, die auf lange Vertrautheit schließen ließ – Taddy und Brid sehen? Und zudem das gespenstische Schwein? Ihn nach einer gewissen Zeit darauf direkt ansprechen zu können, hatte Kitty veranlasst, ihn als Dachdecker zu engagieren.

Man sollte jedoch nicht verschweigen, dass sie noch einen anderen Beweggrund hatte. Sie war nämlich entschlossen, die Große Halle wieder ihrem ursprünglichen Zweck zuzuführen, sie von Kuhmist und miefenden Strohballen zu befreien, sie getreu dem Vorbild aus alten Zeiten in schmuckloser Einfachheit neu entstehen zu lassen. Kitty empfand es als eine Beleidigung, dass der Kronleuchter mit den hundert Kerzen, an dem Taddy und Brid gehangen hatten, in einem Raum prangte, in dem Kühe untergebracht waren, auch wenn sie friedfertige Kreaturen sein mochten. Sie und Kieran hatten viel zu lange damit gewartet, dem Raum die kühle Würde zurückzugeben, die für eine Gedenkstätte für das gemarterte Paar weitaus passender war. Die Steinplatten, die immer noch Schießpulver bargen, mit dem man die Burg mühelos in die Luft jagen konnte, mussten von Flecken befreit werden und wieder makellos erstrahlen, ein – wenn auch unzulänglicher – Tribut, den man dem hübschen Taddy und der unvergleichlichen Brid zollen musste, eine Erinnerung an den perfiden Beschluss von Lord Shaftoe, die beiden hängen zu lassen.

Nach all diesen Gedankenspielen sah Kitty dem Treffen mit Maude McCloskey etwas gelassener entgegen. Der Weg zu ihr führte über drei Hügel, und schon, als sie den ersten hinaufstieg, verfiel sie in eine alte Gewohnheit: Beim Laufen konnte der Kopf arbeiten. *The House of Mirth,* der Roman von Edith Wharton, den Declan ihr gebracht hatte, ließ ihr keine Ruhe. Es war das einzige Stück, das ihr aus dem verlorenen Haus geblieben war, das ihr die Fluten unerwartet zurückgegeben hatten. Schon das allein war Grund genug, einen nachdenklich zu machen. Warum war gerade dieses Buch ans Ufer gespült worden – kein anderes? Wiederum, war sie nicht Schriftstellerin? Genau genommen war schon allein die Tatsache, dass der Roman von Edith Wharton alias Pussy Jones in ihrem Bücherregal gestanden hatte, Beweis genug, dass sie ihn in die engere Wahl für eine Bearbeitung gezogen hatte. Und jetzt erinnerte sie sein Wiederauftauchen energisch daran, diesem Ansinnen ernsthaft nachzugehen. Kitty glaubte zwar nicht an Omen, doch auch an Geister hatte sie nicht geglaubt – und was war daraus geworden? Sie musste an Declan denken, wie er ihr das Buch gebracht hatte. Und in dem Zusammenhang gleich daran, dass er auch von Maude sprach, die er gesehen hätte. Und bei dieser Vorstellung blitzte ein anderer Gedanke auf, der ihr zuvor noch nie gekommen war. Hatte Maude ihn zu sich eingeladen? Oder hatte er sie ausfindig gemacht? Hatten sie sich rein zufällig getroffen? War das Gespräch über eventuelles Dachdecken nur ein Vorwand für Begegnungen gewesen? Von früheren gemeinsamen Erlebnissen der beiden wusste Kitty nichts. Konnte es etwa sein …

Kaum kam ihr dieser absurde Gedanke, da hakte er sich auch schon fest. Kitty wurde ihn nicht los. Aber was da an ihr nagte, konnte einfach nicht sein. Nein, nicht Declan! Bei all seinen Verrücktheiten – er hatte Niveau! Kitty selbst war der lebende Beweis dafür. Niemals würde er sich so weit herablassen und … Nein. Nicht er. Maude McCloskey doch nicht. Unmöglich. Nicht Declan, der sich in solcher Herrlichkeit hatte wiegen dürfen, nie im Leben würde er die höchsten Wonnen, die er mit Kitty genossen hatte, durch minderwertige Angebote entweihen, nie würde er versuchen wollen, sie bei einer anderen zu erleben, von übertreffen wollen konnte schon gar nicht die Rede sein.

Kitty beschleunigte ihren Schritt, strebte entschlossen ihrem Ziel entgegen, hügelauf und hügelab. Sie war schon auf dem zweiten Hügel, als Peter, Maudes acht Jahre alter Sohn, sie auf seinem Fahrrad überholte. Seinen Rucksack mit den Schulbüchern balancierte er vor sich auf dem Lenker, und wie immer war sein Hund Joey sein treuer Begleiter. Peter hielt an, und auch der Hund blieb stehen.

Der Junge stieg ab, schob sein Fahrrad und lief neben Kitty her. »Es stört Sie doch nicht, wenn ich mit zu Fuß laufe? Sie sind so in Gedanken versunken, irgendwie ganz weit weg.« Seine Kleidung sah ziemlich mitgenommen aus, der Pullover war völlig verrutscht, das Hemd steckte nicht in der Hose, und die war an den Knien völlig verdreckt, an den Schuhen klebte Schmutz, die Schnürsenkel hingen lose herum. Die rechte Wange war grün verschmiert, offensichtlich von Gras, und auf dem verschwitzten Gesicht waren etliche Kratzer. Das Haar war so wie immer, so etwas wie einen Kamm kannte Peter nicht.

Kitty ging nicht fehl in der Annahme, dass es auf dem Schulhof eine Prügelei gegeben hatte und der treue Hund zu spät hinzugekommen war, um seinem Herrn zur Seite zu springen. »Weil ich etwas dünn geraten bin, ist er darauf abgerichtet, jeden, der mich in der Schule nur anfasst, zu beißen«, hatte ihr Peter vergangenes Jahr erklärt, denn der Hund hatte zugebissen, als sie Peters Wange nur liebevoll getätschelt hatte. Wo war diesmal der Hund geblieben, als seine Dienste dringend nötig gewesen wären?

Auf seine Bemerkung über ihren geistesabwesenden Blick erwiderte sie: »Ich gedenke an einem neuen Buch zu arbeiten, und da ging mir einiges durch den Kopf.«

»Oh, ein Buch. Ja, natürlich. Meine Mutter sagt, Sie sind eine von den ganz Großen. Stimmt das?«

»Wie sollte ich deiner Mutter widersprechen?«

»Sie sagt, Sie würden Dinge sehen, die niemand anders sieht. Stimmt auch das?«

»Na ja, deshalb schreiben Schriftsteller ja schließlich.« (Dass sowohl Peter als auch seine Mutter über ähnliche übernatürliche Fähigkeiten verfügten, ließ sie außen vor.)

»Ach, das ist der Grund, weshalb Sie schreiben?« Er rieb sich die lädierte Wange. »Ich dachte, es wäre, um Geld zu verdienen und eine Burg kaufen zu können.«

»Früchte seiner Arbeit, die einem ungewollt zufallen, sollte man auch ernten, oder?«

»Ja, warum nicht? Außerdem wäre es schade, wenn Sie und Mr Sweeney nicht dort lebten und dieser wunderbare Ort unbewohnt bliebe. Das könnte man nicht gutheißen. Sind Sie auf dem Weg zu uns, kommen Sie zum Tee?«

»Deine Mutter war so freundlich, mich einzuladen.«

»Dann hat sie Ihnen sicher etwas zu erzählen.«

Kitty horchte auf. »Hat sie so etwas gesagt?«

»Muss sie ja nicht. Aber es ist meistens so, wenn sie jemanden einlädt. Und mir kann es nur recht sein, wenn Sie kommen. Wenn Sie nämlich da sind, schlägt sie mich nicht, weil ich doch nach der Schule noch Fußball gespielt habe, anstatt mich gleich um meine Pflichten im Haushalt zu kümmern.«

Sie liefen inzwischen nebeneinander, wobei Peter instinktiv das Fahrrad zwischen ihr und dem Hund führte. »Sie schlägt dich? Und das in Gegenwart des Hundes? Reagiert er bei ihr nicht so wie bei mir damals?«

»Im Gegenteil, er macht mit. Er beißt mich ins Bein, während sie mich ohrfeigt.«

»Einen Grund dazu hätte sie heute, weil du deine Sachen total verdreckt hast und du auch im Gesicht lauter Schrammen hast.«

»Meine Sachen? Wieso total verdreckt? Sieht man denen an, dass ich gespielt habe? Und mein Gesicht? Was soll mit dem sein?«

»Das sieht jeder, dass du Fußball gespielt hast, Peter. Oder dass dich jemand durch den Dreck gezerrt hat.«

»Niemand hat mich irgendwo durchgezerrt. Ich bin der Beste in der Mannschaft, und das wissen die alle.«

»Du?«, ihre Stimme verriet Erstaunen, und sie bereute es sofort. »Ich wusste gar nicht, dass du spielst«, schob sie deshalb rasch nach.

»Tatsächlich nicht? Das weiß doch jeder. Alle wissen, wie großartig ich bin. Und Sie hatten keine Ahnung davon?«

»Dafür weiß ich es jetzt.«

»Sie wundern sich, weil ich klein und dünn bin. Aber gerade

deshalb bin ich so großartig. Das Erste, was du lernst, ist loszurennen, wenn du klein und schmächtig bist. Und zwar schnell. Es gibt genügend Situationen, in denen du abhauen musst. Und das habe ich gelernt – mir blieb ja nichts anderes übrig. Und jetzt bin ich schneller als alle anderen. Und der Ball, na ja, oft genug hat man ihn mir weggenommen. Aber jetzt, wenn ich renne und dribbele und den Ball vor mir her treibe, schafft es keiner, ihn mir abzunehmen. Es gelingt ihnen einfach nicht. Oder so gut wie nicht.«

»Das muss ich mir direkt mal ansehen.«

»Das wird jetzt nichts. Heute war es das letzte Mal, dass wir gespielt haben. Jetzt ist eine Weile Pause. Meine Mutter tut mir leid. Sie ist immer ganz fertig, wenn sie mich schlägt. Kaum hat sie die erste Hälfte hinter sich gebracht, geht ihr schon die Puste aus, und dabei hat sie sich noch gar nicht die andere Seite meines Kopfes vorgenommen. Ich kann ihr das einfach nicht antun. Sie braucht auch eine Weile Pause. Ach ja, und ehe ich es vergesse, meine Mutter sagt, Sie wären eine alte Freundin von Declan Tovey, und Sie könnten vielleicht mit ihm reden und ein gutes Wort für mich einlegen, damit er mir das Dachdecken, das mit den Reetdächern, beibringt. Meine Mutter sagt, sie hätte ihn gefragt, und er hätte nur mit zwei Wörtern geantwortet: ›Nein. Niemals.‹ Einen Grund hätte er nicht genannt. Meine Mutter sagt, es ist ein Handwerk, das ausstirbt, und ich sollte es erlernen, bevor keiner mehr weiß, wie es geht. Aber er, Mr Tovey mein ich, blieb dabei. Doch vielleicht kriegen Sie ihn rum, er sei ein guter Freund von Ihnen, sagt meine Mutter, und für gute Freunde tun die Menschen gern was. Würden Sie mal mit ihm sprechen?«

Aha, dachte Kitty, darum geht es, deshalb hat sie mich eingeladen. Trotzdem konnte sie sich nicht zurückhalten und fragte: »Ist deine Mutter nicht selbst mit Mr Tovey eng befreundet?«

Eine Antwort bekam sie nicht, denn bis zum Haus waren es keine zehn Schritte mehr, und Maude stand schon in der offenen Tür, angetan mit schwarzem Rock und weißer Bluse, ein Aufzug, der, wie Kitty fand, ein Abglanz ihrer Schuluniform war, die seinerzeit, als Maude aufzublühen begann, durchaus vorteilhaft war. Es war nichts Ungewöhnliches für Kitty, dass Menschen sich gern so kleideten wie in jungen Jahren, aber dass auch Maude zu ihnen gehörte, hatte Kitty immer ein wenig irritiert. Es war ihr zwar ähnlich ergangen wie Kitty; bei beiden waren die für sie vom Schicksal vorgesehenen Vorzüge relativ spät zur Geltung gekommen, aber jetzt konnten sie sich doch durchaus sehen lassen. Warum sich Maude nicht geschmackvoller kleidete, sondern einem Abklatsch dessen treu blieb, was sie als staksige Schulgöre hatte tragen müssen, war Kitty unklar.

Maude strahlte über das ganze Gesicht und begrüßte sie fröhlich, wie es ihre Art war. »Wusste ich doch, dass du das bist.«

Wie sollte sie auch nicht. Maude hatte sie schließlich eingeladen. Und trotzdem gaben ihr die Worte zu denken. Verfolgte Maude sie etwa mit ihrer Hellseherei auf Schritt und Tritt, oder hing es von einer gewissen Entfernung ab, weil ihr Blickfeld begrenzt war? In einem Ton unbeschwerter Heiterkeit, der dem von Maude in nichts nachstand, grüßte sie zurück. »Ein kochender Teekessel verlockt. Dem kann man schlecht widerstehen.«

»O ja, der pfeift hin und wieder ganz gern. Und unsereins genießt das durchaus.« Sie rückte etwas zur Seite, um die Burgfrau von Kissane ins Haus zu lassen. Kitty überquerte die Schwelle und hörte hinter sich die an den Jungen gerichteten Worte: »Und du, junger Mann, zieh gefälligst die guten Schulsachen aus, ehe ich richtig mitkriege, wie du sie zugerichtet hast.«

Peter stürzte an Kitty vorbei und verschwand in einer Tür rechts, sein Hemdenzipfel flatterte in dem Wind, den er machte.

»Die Mädchen, Margaret und Ellen, sind zur Probe, sie üben für die Schulaufführung«, klärte Maude sie auf. »Singen und tanzen, sind mit Herz und Seele dabei, die Guten. Es wird Tränen geben, wenn sie erfahren, dass sie dich verpasst haben. Setz dich, ich bin gleich wieder da. Du hörst den Kessel bestimmt genauso gut wie ich.«

»Ist nicht zu überhören, klingt richtig gut.«

»Sein Pfeifton ist einmalig.«

Maude eilte hinaus und hätte fast einen links von der Küchentür stehenden kleinen Tisch umgerissen. Bei all ihren seherischen Fähigkeiten blieb ihr die natürliche Gabe versagt, Dinge, die sich unmittelbar vor ihrer Nase befanden, wahrzunehmen.

Der Fernseher lief, aber ohne Ton. Kaum zu glauben, was da gezeigt wurde – die Wiederholung einer weithin bekannten Folge von *Stolz und Vorurteil* mit Jennifer Ehle als Elizabeth, wenn Kitty den Namen richtig im Kopf hatte, und Colin Firth, einem bildschönen Mann, als Darcy. Beide erprobten mit unwiderstehlichem Charme ihre wahren Gefühle füreinander und sorgten damit für noch so manche weitere Episode und Szene, bis es Mrs Austen gefiel, ihnen mit unbeschreiblicher Raffinesse und unübertrefflichem Geschick die hoffentlich anhaltende Erfüllung ihrer Liebe zu bescheren. (Unübertrefflich natürlich nur, da Kitty McCloud den Gedanken an eine zu korrigierende Fassung verworfen hatte.)

Kitty zwang sich hinzusehen. Die beiden ergingen sich immer noch in ihrem sonderbaren Gehabe, Darcy höflich und selbstbewusst, Elizabeth von ihren Vorurteilen gehemmt, die sie gegenüber dem Mann hegte, dass Kitty Mühe hatte, nicht aufzustehen, zum Fernseher zu gehen und beide zu ohrfeigen.

Kein Kessel hatte gepfiffen, doch es dauerte nicht lange, und Maude kam mit einem Tablett herein. »Der Tee ist irgendwie verschwunden, aber das hier ist genauso gut.« Sie stellte das Tablett auf dem Tisch neben ihrem Stuhl ab, ging zum Fernseher und machte ihn aus. »Die brauchen wir uns doch nicht anzusehen, oder?«

Auf dem Tablett standen der Teekessel, zwei Tassen und Untertassen. In jeder Tasse lag eine Olive, wie Kitty feststellte. Maude setzte sich und schüttete in jede Tasse eine klare Flüssigkeit. In dem Kessel klapperten ganz deutlich Eiswürfel. »Nach deinen Jahren in Amerika dachte ich, das könnte dir gefallen. Ich habe natürlich das Rezept leicht verändert, aber wer macht das nicht.«

»Schon gut so.« Maude führte irgendetwas im Schilde. Kitty ja aber eigentlich auch.

Maude hielt Kitty das Tablett hin. »Zuerst du.«

»Ich nehme die hier, da ist mehr drin.«

»Ein Spruch wie von einer echten Amerikanerin«, sagte Maude mit verhaltenem Lachen. Sie stellte die andere Tasse auf den Tisch neben sich und legte das Tablett vor ihren Stuhl auf dem Fußboden ab. Mit der Tasse in der Hand prosteten sich beide Frauen dann zu. Kitty nahm einen herzhaften Schluck. Sie wusste nicht recht, wo sie Tasse und Untertasse absetzen sollte, und hielt sie fürs Erste in der Hand. Als Maude ihre nach einem weniger herzhaften Schluck auf dem Tablett zu ihren Füßen abstellte, nahm sie sich die Freiheit, ihre auf dem Teppich abzusetzen.

»Nicht doch, meine Liebe, nicht auf dem Teppich! Der ist ganz schmutzig, ich hab noch nicht sauber gemacht.« Sie schob mit der Schuhspitze das Tablett zu Kitty, so dass sie auch heranreichte. »Hier, da haben gut und gern beide Platz.«

Kitty bemerkte neben dem Teekessel eine Schale mit Oliven. Offensichtlich würde es nicht bei einem harmlosen Teestündchen bleiben. Ehe sie der Aufmunterung ihrer Gastgeberin Folge leistete, gönnte sie sich noch einen zweiten, nicht ganz so großen Schluck. Dann setzte sie Tasse und Untertasse neben dem Schälchen mit den Oliven auf dem Tablett ab. Beim Hinunterbeugen stellte sie sich vor, wie zum Ende der Teestunde sie und Maude über das Tablett taumeln würden, weil sie etwas zuviel gesüffelt hatten. Kieran würde kommen und sie nach Hause fahren müssen.

Das durfte nicht passieren. Vor allen Dingen musste sie zuvor für all die Dinge, die sie beschäftigten, Maude eine plausible Erklärung entlockt haben. Ob sie dann aber wissen würde, weshalb sie Maude überhaupt zu sich eingeladen hatte, blieb offen. Peters Interesse fürs Dachdecken lieferte keine rechte Erklärung für ihre Bereitschaft, eine Flasche Gin zu leeren und sich in extravaganter Gastfreundschaft zu üben. Was wollte Maude von ihr? Hatte Peter ihr etwas von den Enthüllungen des letzten Jahres erzählt, von Kittys und Kierans schandbarer Familiengeschichte? Wusste Maude, dass ein Vorfahre von ihr und einer von ihm sich verpflichtet hatten, die Burg in die Luft zu sprengen, sich aber zunächst nach Tralee aufgemacht hatten, um Verwandte von ihrer bevorstehenden Heirat in Kenntnis zu setzen? Hatte Maude in einer ihrer hellseherischen Eingebungen Wind davon bekommen, dass sie Declans Gebeine entdeckt hatten, die dann von einem losbrechenden Sturm im Meer begraben wurden? Hatte Maude die Totenwache gesehen, auf der es nicht weniger als drei Mordgeständnisse gegeben hatte, aber niemand beurteilen konnte, wer nun wirklich der Täter war?

Sollte Kitty mit all dem konfrontiert werden, würde sie rein gar nichts zugeben, sich lieber eine doppelte Portion Oliven einhelfen, um die nächste Runde des Wettstreits zu bestehen. Sollte doch Maude glauben, was sie glauben wollte, sehen, was sie gesehen haben mochte. Auf Bestätigungen von Kitty würde sie lange warten können, egal, wie viele Oliven sie opferte.

Nach einem weiteren, nicht zu verachtenden Schluck lehnte sich Maude zurück und eröffnete die Partie. »Allem Anschein nach ist Declan Tovey zu uns zurückgekehrt.«

Kitty genehmigte sich einen ähnlich großen Schluck wie Maude und hätte sich auch gern die Olive gegönnt, aber die musste noch etwas warten. Zunächst musste eine Antwort her. »Er war ganz schön lange weg. Hast du eine Idee, wohin es ihn verschlagen hatte?«

Maude leerte ihre Tasse. »Ich dachte immer, du würdest das wissen, so eng, wie ihr mal zusammen wart, oder war es eher Lolly McKeever – die heutige Lolly McCloud. Ist ja auch egal. Aber einer von euch oder ihr alle beide werdet wissen, wo er gewesen sein könnte und was ihn getrieben hat, wieder zurückzukommen.«

»Tatsächlich?« Kitty fischte sich die Olive, drehte sie zwischen Daumen und Zeigefinger hin und her und ließ sie wieder in die Tasse fallen. »Ich hatte immer den Eindruck, dass über das

Treiben von Declan Tovey du am allerbesten Bescheid wusstest.«

»Ich? Niemals. Mir war es nie vergönnt, in die Privilegien, die vielen gewährt wurden, eingeweiht zu sein, geschweige denn selbst an ihnen teilzuhaben. In der Beziehung bin ich eine von den Benachteiligten. Auf manchen Gebieten weiß ich herzlich wenig. Du hingegen …«

»Wenn ich an die vielen Stunden denke, bei denen er unter uns weilte, hat er dich gewiss hinreichend beeindruckt, dass du …«

»Ich bin in der Hinsicht immer unbeeindruckt geblieben. Im Gegensatz zu anderen. Ich hatte, wie du weißt, meine eigenen Ablenkungen und ging anderen Vorlieben nach. Ja. Anderen. Aber du …«

Kitty stopfte sich die Olive in den Mund und begann fieberhaft, darauf herumzukauen, nur der Kern war hinderlich. Auf keinen Fall durfte sie sich ihre innere Aufruhr anmerken lassen, und sie verlangsamte ihre Kieferarbeit. »Er hat dich nicht sonderlich beeindruckt, als du ihn zuletzt gesehen hast? Und hättest du ihn nicht allzu gern gefragt, wo er die ganze Zeit gewesen ist? Oder hast du es sowieso schon gewusst?«

Maude stand Kitty in nichts nach, steckte sich gleichfalls ihre Olive in den Mund, kaute sie aber nicht, sondern lutschte mehr auf ihr herum. »Ich hatte keinen Grund, ihn danach zu fragen. Von uns beiden bist du in allen Dingen viel bewanderter. Vergiss nicht, meine Liebe, was ich schon bei anderen Gelegenheiten gesagt habe – du weißt eine Menge. Manchmal habe ich sogar den Eindruck, du bist bei Wahrnehmungen und Vorkommnissen besser als ich, darum könnte ich dich beneiden. Habe ich dir nicht selbst gesagt, du bist eine Prophetin? Ich weiß, wovon ich rede. Deine schriftstellerischen Arbeiten sprechen für sich. Du weißt von Wahrheiten, die wir anderen gar nicht wahrnehmen. Dir ist die größte Gabe Gottes verliehen: Vorstellungskraft. Du brauchst keine Ermutigung von unsichtbaren Kräften, bist dir selbst Triebkraft genug. Ich weiß mancherlei, und das ist eins davon.«

Erst jetzt fing Maude an zu kauen. Schnell. So schnell, dass sie schon bald den Kern ausspuckte und auf das Tablett legte. Kitty tat es ihr nach.

Maude schenkte erneut ein und fragte vorsichtig: »Bin ich zu weit gegangen?« Sie ließ in beide Tassen eine Olive plumpsen. Es spritzte leicht.

»Nein. Schon gut so. Ich bin nur nicht daran gewöhnt, dass jemand weiß, worum es bei meinem Schreiben wirklich geht«, erwiderte Kitty. Sie nahm einen Schluck.

»Es geht nicht nur um dein Schreiben. Es geht um dich. Um dich, Kitty McCloud. Du hast einfach die Gabe. Scheu dich nicht davor. Nimm sie an. Ich habe es auch getan. Und mein lieber kleiner Peter, Kind, das er noch ist, hat es ebenfalls getan. Jetzt ist es an dir, uns darin zu folgen.« Sie nahm ebenfalls einen Schluck.

»Ich … ich bin etwas hilflos, ich verstehe es nicht richtig.« Vielleicht half ein weiterer Schluck.

»Nimm noch eine Olive. Und noch ein bisschen was zum Hinunterspülen.« Schon hatte sie den Teekessel in der Hand.

»O nein, lieber nicht.«

»So kenn ich dich ja gar nicht!« Maude goss ein und vergaß auch sich nicht. »Was gibt es da zu verstehen? Es hat nichts mit Verstehen zu tun. Das ist der Punkt. Du sprichst von Declan Tovey. Du glaubst, ich weiß, was ich nicht weiß. Und ich weiß es wirklich nicht, Ehrenwort. Ich weiß nur, was auch alle anderen im allgemeinen wissen. Damit meine ich die Geschichten, die umgehen, das übliche Geschwätz. Aber worüber wir vorhin sprachen, das waren keine Gerüchte. Du und Lolly McKeever. Und Declan Tovey. Das sind Tatsachen. Jetzt jedoch denke ich an die Uraltgeschichten. An Vorfahren, Taddy. Brid, du weißt das alles ganz gut. Da fällt mir ein, siehst du sie eigentlich immer noch? Taddy und Brid? Auf deinem Hochzeitsfest, erinnerst du dich? Du wusstest nicht mal ihre Namen. Und dabei warst du die einzige, die sie sehen konnte. Geistern sie immer noch herum?«

»Eigentlich … eigentlich haben wir über Declan gesprochen. Über Vorfahren.«

»Ach ja. Das war's. Aber darüber weißt du doch ohnehin Bescheid. Declan und die Sache mit dem Hängen auf der Burg. Auf deiner Burg, sollte ich lieber sagen.«

»Declan und die Sache mit dem Hängen?« Kitty fragte sich, ob das Thema nicht einen neuerlichen Schluck rechtfertigte, und entschied sich dafür.

»Du hast doch von all dem von Kindesbeinen an gehört.«

»Erzähl mir's. Dann weiß ich, ob es alte Kamellen sind oder nicht.«

»Eine überlieferte Geschichte bleibt eine Geschichte, nur dass die Toveys sie immer wie ein Evangelium verkündet haben. Und verständlich ist das ja, wo sie doch angeblich von Helden abstammen und so weiter.«

»Davon habe ich nie was gehört.«

Maude lachte auf. »Du willst mir doch nicht erzählen, dass all das, was über Jahrhunderte hinweg in jeder Hütte des Dorfes Gesprächsstoff war, an den McClouds völlig vorübergegangen ist?«

»Könnte doch sein. Aber was hat es mit Declan und der Abstammung von Helden auf sich?«

Mit einem zufriedenen Lächeln füllte Maude ein weiteres Mal die Tassen. »Du gebietest mir Einhalt, wenn ich zu vertraulich werde. Versprochen?«

Der Schluck, den Kitty sich jetzt gönnte, war mehr als großzügig. »Versprochen.«

»Das mit dem Hängen. Das ist dir ja bekannt, oder?«

»Ja.«

»Gut. Fangen wir also damit an. Und du gehst dazwischen, wenn ich etwas sage, was du schon …«

»Ja. Ja. Versprochen.«

»Das Hängen. Das Schießpulver. Längst hatten schon ein paar Generationen gelebt, da tauchte vor etwa zweihundert Jahren ein Lord Shaftoe auf. Er erfährt von einer Verschwörung, die ihn hochgehen lassen wollte. Du kennst das ja alles. Wir haben auf deiner Hochzeit darüber gesprochen. Aber hier kommt jetzt Declan ins Spiel. Der Lord will wissen, wer die Verschwörer sind. Die aus dem Dorf, die Cottagebewohner aus der Umgebung, irgendwer, meint er, müsste es wissen. Er verlangt die Namen der Übeltäter. Keiner rückt mit der Sprache heraus – wahrscheinlich weiß es auch niemand richtig. Geiseln werden genommen. Brid. Taddy. Wunderschön sollen sie gewesen sein. Jung und einander versprochen. Entweder die Verschwörer werden genannt oder das junge Paar wird gehängt.«

»Das weiß ich doch alles.« Kittys Geduld wurde reichlich strapaziert.

»Also gut. Jetzt zu Declan.« Maude nahm den Kessel und goss erneut ein. Kitty ließ es geschehen. Maude fuhr fort. »Vorfahren von Declan, seinerzeit schon ein alter Mann und eine alte Frau, treten vor den Lord. Er erwartet, dass sie sich zu der Tat bekennen, auch wenn es ihn insgeheim enttäuscht. Er hätte lieber Jüngere aufknüpfen wollen, welche, die noch das Leben vor sich hatten. Aber dann kommt es ganz anders. Die Alten wollen gar nicht die Tat gestehen, sondern sich für die Geiseln opfern. Sie flehen ihn an. ›Lassen Sie sie leben. Hängen Sie uns an ihrer statt und lassen Sie sie laufen.‹ Doch davon will der Lord nichts wissen.«

Maudes Tasse wurde um einen gehörigen Schluck leerer. »Warum die Trottel sich nicht einfach zur Tat bekannten und gehängt wurden, damit der Fall erledigt war, weiß niemand. Die Toveys haben immer behauptet, der alte Mann und die alte Frau wollten nicht lügen, weil sie fürchteten, dann nach ihrem Tod verdammt zu werden. Man mag es glauben oder nicht, jedenfalls hat die Familie beharrlich an dieser Version festgehalten.«

Maude verteilte erneut Oliven. Kitty wollte abwehren, überlegte es sich aber anders. Maude schenkte ein, setzte den Teekessel wieder ab und fuhr fort. »Für ihre Frechheit, vor dem Lord zu erscheinen und keine Namen zu nennen, ließ Shaftoe die alte Frau und den alten Mann auspeitschen und schickte sie nach Hause. Die Dorfbewohner waren erschrocken, als sie die Ärmsten sahen – vor Schmerzen gekrümmt und die Kleidung voller Blut –, und wollten wissen, was geschehen sei. Und sie erzählten ihre Leidensgeschichte. Genauso, wie ich sie dir geschildert habe. Ob es die heilige Wahrheit ist oder nicht, die Entscheidung überlasse ich dir.« Sie hob die Tasse und prostete Kitty zu.

Ein kaum merkliches Zögern, schon hob auch Kitty die Tasse. Warum hätte sie es nicht tun sollen? Maude, die vermutlich genau wusste, was sie tat, hatte sie mit Erkenntnissen versorgt, auf die sie nicht zu hoffen gewagt hatte. Natürlich war sie ein wenig enttäuscht, dass ihr eigenes Talent für Manipulation so wenig gefragt war, aber sie durfte sich nicht beklagen. Das Ganze war ein Triumph. Jetzt wusste sie Bescheid. Dass Declan Taddy und Brid sehen konnte, war – ähnlich wie bei ihr und Kieran – auf seine Vorfahren zurückzuführen. Was Maude berichtet hatte, war möglicherweise nur Dorfgerede, aber es konnte durchaus sein, dass sie der Geschichte bewusst diesen Anstrich gegeben hatte, um sich zurückzunehmen und Kitty daran zu hindern, ihr vorzuwerfen, sie hätte das alles von Anfang bis Ende erfunden.

Kitty hatte keinerlei Schwierigkeiten, Maudes Worten Glauben zu schenken. Das alles ergab einen Sinn – falls man diese Redewendung in diesem Zusammenhang überhaupt benutzen konnte. Sie leerte ihre Tasse, Maude die ihrige. Es war das einzig Vernünftige, was man in diesem Moment machen konnte.

Jetzt war Kitty klar, weshalb Maude sie zu sich gebeten hatte. Da sie in der Beurteilung anderer immer von sich ausging, hatte sie einen endlosen Schlagabtausch erwartet: Maude, die herauskriegen wollte, was Kitty über Declan wusste, und umgekehrt Kitty, die in Erfahrung bringen wollte, was die Seherin wusste. Und nun eröffnete ihr Maude im Zusammenhang mit Declan, Brid und Taddy eine durchaus plausible Geschichte, und das sogar aus freien Stücken. Kittys und Kierans Fähigkeit, die Geister zu sehen, beruhte auf einer weniger heldenhaften Vorgeschichte. Ihre Vorfahren waren (unwissentlich) für das Erhängen des jungen Paares verantwortlich gewesen. Bei Declans Vorfahren war das völlig anders. Und Maude hatte ihr zu diesem Wissen verholfen. Von nun an würden sie Freunde sein.

Maude langte schon wieder nach den Oliven, aber da kam Peter herein. Sie beugte sich zu Kitty und flüsterte: »Lass mich erst das Kind fortschicken, ehe wir uns noch einen gönnen. In Gegenwart der Familie halte ich mich zurück. Du verstehst schon.« Sie drehte sich zu ihrem Sohn um, der sich inzwischen umgezogen hatte: Jeans mit dem obligatorischen Riss über dem Knie und ein T-Shirt, das kürzer war, als es Jungen in seinem Alter heutzutage tragen. Es hing nicht bis zum Knie, reichte nur knapp über die Oberschenkel. »Sei ein braver Junge und mach dich an deine Haushaltspflichten. Wenn ich mich nicht irre, bist du spät dran. Stimmt's?«

»Ja, Ma.«

»Dann also los. Und verabschiede dich von Mrs Sweeney. Nein. Von Mrs McCloud.«

Peter störten die mahnenden Worte seiner Mutter wenig. Er bückte sich und griff nach einem der Olivenkerne vom Tablett. Kitty hatte den Eindruck, es war einer von ihren. Mit einer Mischung von Neugierde und Konzentration drehte er ihn hin und her und betrachtete ihn eingehend.

Kitty wusste sofort, was los war. Er hatte es schon früher gemacht, einmal mit einem Popel, den er sich aus der Nase gepult hatte, und ein anderes Mal mit einem Knopf, der von Lord Shaftoes Hemd abgesprungen war, als der Mann sich oben auf der Burg von der Brüstung hatte stürzen wollen. Kieran hatte ihn gerade noch retten können. Peter würde sogleich etwas offenbaren. Kitty hielt gespannt den Atem an.

Aber ehe der Junge noch den Mund auftun konnte, nahm ihm Maude den Kern aus den Fingern. Er schreckte auf und sah seine Mutter verstört an. »Nun lauf schon, Junge. Und verabschiede dich von Mrs McCloud. Oder muss ich es noch einmal sagen?«

Peter blinzelte und drehte den Kopf zur Seite, als müsse er sich erst wieder erinnern, wo er eigentlich war. Er schaute auf seine leere Hand, kniff die Augen zusammen, wie jemand, der langsam, noch wie von einem Traum benommen, wieder zu sich kommt. »Oh. Ja.« Er war noch immer nicht ganz beieinander. »Ja … Auf Wiedersehen, Mrs McCloud.« Er machte eine Pause. »Hat meine Mutter Sie darum gebeten, mit Mr Tovey wegen des Dachdeckens zu sprechen? Wo ich doch das Handwerk lernen möchte? Ich … ich würde das wirklich gern tun. Sie fragen ihn doch mal, oder?«

So traurig in sich versunken wirkte der Junge, dass Kitty einfach nicht anders konnte und sagte: »Natürlich. An mir soll's nicht liegen.«

Er nickte. »Schön. Und vielen Dank.« Ohne seiner Mutter, die immer noch den Olivenkern in der Hand hielt, einen Blick zu schenken, ging er zur Tür, drehte sich noch einmal wie benommen zu Kitty um und schloss dann die Tür hinter sich.

»Nun trink schon aus, damit ich nachgießen kann.« Maude flüsterte immer noch. »Und frag bitte wirklich Declan. Es würde dem Jungen unheimlich viel bedeuten.«

Kitty verdeckte die Tasse mit der Hand. »Nein. Nicht mehr. Ich fürchte, ich habe genug. Trotzdem, nett von dir. Sehr nett. Aber ich sollte jetzt lieber gehen. Zu viele Oliven bekommen mir nicht. Ich weiß nicht, woran das liegt.«

»Mir geht das genauso. Ich versteh das einfach nicht.« Maude nahm den Kessel und schüttete Kittys Tasse randvoll. Kitty ließ es geschehen. »Du kommst und schaust dir die Aufführung an, nicht wahr?«, redete Maude auf sie ein. »Wo doch die Mädchen mitspielen!«

Der offizielle Teil des Beisammenseins war beendet, jetzt begann der gesellige Teil. Kitty war sich dessen bewusst, dass sie dem die gleiche Aufmerksamkeit schenken musste. Mehr Enthüllungen waren nicht zu erwarten. Maude hatte ihr, wissentlich oder nicht, eine plausible Erklärung für Declans Fähigkeit gegeben, die Geister von Taddy und Brid sehen zu können. Der Anlass für die Einladung zum Tee war damit hinlänglich erklärt, und Kitty verlangte es nicht, mehr erfahren zu müssen.

»Margaret stellt den Broccoli dar«, erklärte Maude. »Sie spielt großartig, heißt es. Die arme Ellen ist nur eine Steckrübe, und das wurmt sie. Aber wenn sie erstmal zu singen anfängt, ist sie in ihrem Element, das wird sie aussöhnen. Du musst unbedingt kommen. Du wirst es dir nie verzeihen, wenn du es nicht tust. Außerdem haben wir noch jede Menge Oliven, und Margaret bereitet das Abendessen, Colcannon, ihre Spezialität, keiner kocht das Kohlgericht so großartig wie sie. Besser können wir es gar nicht haben.«

Kitty langte nach der Tasse und war drauf und dran, ihr zuzustimmen.

Kapitel 6

Der Abend war kühl, fast kalt, doch nicht kalt genug, um in Aaron die Vorstellung zu erwecken, es sei die Weihnachtszeit, in der Amerikaner unterschiedlicher Glaubensbekenntnisse Aufführungen von Händels *Messias* besuchten. Lolly hatte ihm klargemacht, in Irland sei das Oratorium nicht an Jahreszeiten oder Kirchenfeste gebunden. Schließlich und endlich sei *Der Messias* ein irisches Werk. Sie ging dabei nicht so weit wie Kitty, die darauf beharrte, Shakespeare sei unwiderlegbar irischer Abstammung, auch beanspruchte sie nicht, Händel sei ihr Landsmann, wies aber mit Nachdruck darauf hin, dass die Welturaufführung des Oratoriums nicht in einem der großen Konzertsäle Europas stattgefunden hatte, selbst London wäre dieser Ehre nicht teilhaftig geworden. Die Musick Hall in Fishamble Street in Dublin war es, *der* Stadt schlechthin, in der sich eine Zuhörerschaft versammeln konnte, die dieser Herrlichkeit würdig war.

Da Lolly nicht ein College in Amerika besucht hatte wie die Tante ihres Ehemanns, war sie etwas weniger nationalistisch eingestellt als Kitty. Dennoch war sie Kittys Beweisführung gegenüber aufgeschlossen gewesen, dass Shakespeares irische Wurzeln unbestreitbar seien. Kitty hatte Lolly auf die historische Tragödie *Richard II.* hingelenkt und ihr erklärt, zu Beginn des Stückes sei Richard ein hedonistischer Tyrann. Dann geht er nach Irland. Bei seiner Rückkehr hat er sich zu einem großen metaphysischen Poeten gewandelt. Sei das nicht ein von Mr Shakespeare beabsichtigter Hinweis für diejenigen gewesen, die genügend Scharfsinn besaßen, um daraus zu schließen, er sei gälischen Blutes? Dergleichen öffentlich zu machen, wäre mordsgefährlich gewesen, solange die jungfräuliche Königin auf dem englischen Thron hockte.

Lolly hatte das als eine Möglichkeit hingenommen. Daraufhin hatte Kitty, um ihre Beweiskette unumstößlich zu machen, Lolly zu *Hamlet*, Aufzug I, Szene 5, Zeile 136 gelotst. Und siehe da, auf der kalten Terrasse vorm Schloss Helsingör sucht der Prinz von Dänemark seinen Freund Horatio von der Glaubwürdigkeit des Geistes seines Vaters, den er eben gesehen hat, zu überzeugen und ruft zur Bekräftigung der Wahrheit seiner Worte aus: »Bei Sankt Patrick!« Im Stillen hatte Kitty noch an eine weitere Beweisstelle gedacht, die ebenfalls mit dem Prinzen von Dänemark zu tun hat. In Aufzug III, Szene 3, Zeile 73 geht der zur Rache angestachelte Hamlet an seinem mörderischen Onkel Claudius vorüber, der im Gebet versunken ist. Dabei sagt er im Selbstgespräch: *»Now might I do it pat.«* (Jetzt könnt ich's tun, bequem …) Diese Anspielung auf den Heiligen, die zugegebenermaßen spitzfindiger war als die bereits genannte, hätte, wie sie meinte, durchaus ihrer Argumentation dienen können, doch sie hatte darauf verzichtet, diese Stelle anzuführen, nicht nur, weil sie in ihrer Spitzfindigkeit so versteckt war, dass sie als Beweis unter Umständen wenig zog, sondern auch weil jeder einigermaßen klar denkende Mensch schon hinreichend überzeugt sein müsste von dem bislang Gebotenen. Kitty hatte deshalb zu Lolly mit Hinsicht auf Aufzug I, Szene 5, Zeile 136 nur gesagt: »Patrick ist der einzige Heilige, der im ganzen Stück angerufen wird!« Und das hatte sie mit solchem Nachdruck vorgebracht, dass Lolly gar nicht umhin konnte, Kittys Verkündigung beizupflichten. Und Lolly hatte es getan. Wenn auch zögerlich.

Die Fahrt nach Caherciveen zur Aufführung verlief angenehm, und das Dinner im Meeresfrüchte-Restaurant gegenüber von Valencia Island war sogar ein Hochgenuss. Von der großen, einer Festung gleichenden Kirche, in der das Oratorium gesungen werden sollte, war Aaron echt beeindruckt. Lolly hatte ihm voller Stolz erklärt, die Kirche sei ein Denkmal zur Erinnerung, aber weder an Patrick oder an Brendan, auch nicht an Michael

– ganz zu schweigen von Maria in ihren vielfältigen Erscheinungen –, sondern an Daniel O'Connell. Er hatte im Parlament, das von London aus Gesetze erließ, die Abgeordneten dazu gebracht, in einem Anfall von Toleranz in den Beziehungen zu den, wie man stets annahm, minderwertigen Nachbarn, den echten Iren die Katholische Emanzipation zuzubilligen. Lolly hatte dabei die Worte »echte Iren« hervorgehoben, um die bodenständige Bevölkerung von den Anglos zu unterscheiden, die sich zwar für Iren hielten, die aber, da zur Oberschicht gehörend, keine besonderen vom Parlament verabschiedeten Gesetze brauchten, denn die waren ihnen schon in die Wiege gelegt worden, waren sie doch von Geburt an Untertanen der Krone.

Große graue Steinmassen hoben sich gegen den dunkler werdenden Himmel ab. Die Kirche war in einem massiven gotischen Stil gehalten, wirkte eher bombastisch als majestätisch. Bevor sie noch die Pforte in der schmiedeeisernen Umzäunung durchschritten, hatte Aaron bereits mehrfach gesagt: »Sie wird im Chor singen. Da bin ich mir sicher.«

Lolly, die sein Gebaren eher amüsierte, als dass es ihr auf die Nerven ging, erwiderte: »Du weißt überhaupt nichts.«

»Es ist ein amerikanischer Chor, der auf Tournee ist. Lucille ist mit einem Mitglied unseres Kirchenchors durchgebrannt. Sie werden beide hier sein. Ich weiß das.«

»Diese deine – oder ehemals deine – Lucille und ihr ehrenwerter …«

»Ehrenwert war der nicht … Lucille war immerhin meine Frau.«

»Wie dem auch sei, wenn ich mich recht erinnere, haben sie in einer obskuren Kirche in irgendeinem Winkel von New York gesungen, Und jetzt sollen sie auf Welttournee sein und singen Händel?«

»Obskur ist die Kirche keinesfalls. Es ist St. Joseph in Greenwich Village – gegründet und finanziert von Iren. Du kannst mir glauben, es ist die beste Gemeinde weit und breit.«

»Meinetwegen. Aber das reicht wohl kaum, um deine Exfrau und ihren … Entführer? … in einen Weltklassechor zu bringen, der den langen Weg in die Grafschaft Kerry nicht scheut, damit sie dich runterputzen und zu einem Blödmann machen kann, der pausenlos über Lebenskrisen lamentiert.«

»Warte ab, du wirst sie sehen.«

»Da bin ich aber gespannt. Obwohl – sie könnte gegenwärtig sonstwo sein. Übrigens noch eins: Man muss kein Dr. Freud sein, es ist ganz offenkundig, all dein Gerede, dass sie hier sein wird, ist nichts als dein verbrämter Wunsch, sie zu sehen. Geht das nicht ein bisschen weniger auffällig?«

»Was heißt hier auffällig? Fass dir lieber an die eigene Nase. Wie war das mit der Person, die vor ein paar Wochen einen sah, den ich einen ›guten Bekannten‹ nennen möchte, der aber an die zwei Jahre tot ist? Sie sah einen sich bewegenden Schatten im Nebel und hielt ihn nicht etwa für ein Trugbild. Laut bei seinem Namen hat sie ihn gerufen. Declan! Declan! Ist das etwa nicht auffällig?«

»Ich dachte, das war sein Geist. Und richtig gerufen hab ich ihn auch nicht. Wirklich nicht.«

»Vielleicht nicht bewusst, aber unbewusst.«

»Ich hab ihn gesehen, und du hast ihn auch gesehen.«

»Ich habe ihn nicht gesehen. Damals nicht. Später bei der Burg, aber nicht damals. Ich habe eine dunkle Gestalt gesehen, die im Nebel verschwand, nicht anders als du. Und dann kam der Schrei: Declan! Declan! – klang wie ein Flehen aus tiefstem Bangen und Sehnen.«

»Schon gut. Schon gut«, wimmelte Lolly ab. »Lassen wir das jetzt. Lassen wir es.«

Sie gingen durch die Pforte und schritten auf dem Weg, der durch gepflegten Rasen führte, aufs Portal der Kirche zu.

»Soviel lass mich noch sagen«, fing Lolly an und brach ihr Waffenstillstandsangebot, »ich will ihn nie wieder sehen.«

»Ich Lucille auch nicht. Können wir jetzt die Sache sein lassen, wie du so reizend vorgeschlagen hast?«

»Das wäre das Beste. Und nicht mehr daran denken, sonst hören wir nichts von der Musik,«

»Ich werde sie hören. Und Lucille wird singen.«

»Stopp!«

»Schon gut. Schon gut.«

Sie gingen hinein.

Lucille gehörte zu den Ersten, die den Altarraum betraten. Es gab Applaus. Sie war die fünfte in der zweiten Reihe. Aaron wusste nicht recht, ob er entsetzt oder erleichtert sein sollte. Er beschloss, beides zu sein. Lucille trug wie der ganze Chor ein rotes Gewand, dass Aaron sofort für passend hielt. Scharlachrot, die Farbe für eine in Verruf geratene Frau. Lucille war etwas blonder, als er sie in Erinnerung hatte, doch ihre frische Schönheit blühte noch – eine Schönheit, die sie unwiderstehlich machte, eine Schönheit, die den Bariton, mit dem sie auf und davon gegangen war, nur allzu leicht betört hatte. Aaron stieß Lolly an. Starrte unverwandt auf Lucille, die sich nervös die Lippen leckte, ahnungslos, dass unheimliche Kräfte am Wirken waren, die sie und höchstwahrscheinlich ihren Ex-Gatten an diesem entlegenen Fleck der Erde zusammenbringen würden, ein Zufall, wie er sich in Romanen der viktorianischen Zeit ergab – nein, sogar ergeben musste. »Zweite Reihe, die Fünfte von links«, flüsterte Aaron.

Lolly schaute erst ihren Mann an, dann in den Altarraum, in dem gerade die letzten Sänger des in zwei Reihen aufgestellten Chors ihren Patz fanden. »Das ist nicht Lucille«, murmelte sie.

Die Solisten kamen auf die Bühne. Jeder klatschte, auch Aaron und Lolly. Noch ehe der Beifall verebbte, wiederholte Aaron das eine Wort: »Lucille.«

»Kann nicht sein.«

»Ich weiß, es kann nicht sein. Aber sie ist's.«

»Viel zu jung für dich.«

»Sie ist ein Jahr älter.«

»Trotzdem. Lucille ist das nicht.«

»Du hast sie vorher nie gesehen. Woher willst du das wissen?«

»Sie ist zu hübsch.«

»Zu hübsch für mich? Hast du das wirklich gesagt?«

»Habe ich eben gesagt.«

»Du meinst, ich hätte nur ein hässliches Weib zur Ehefrau bekommen können?«

Sie brauchte nicht zu antworten, denn dankenswerterweise trat der Dirigent auf. Er verneigte sich vorm Publikum, griff zum Taktstock und bedeutete dem Chor, sich zu erheben. Die Musik setzte ein. Was Lolly oder Aaron hörten oder nicht hörten, mag sich jeder selbst vorstellen.

Während der Pause musste nicht lange überlegt werden, ob man an die frische Luft gehen wollte. Der Himmel hatte sich leicht bedeckt. Weit im Osten stand bläulich schimmernd der Halbmond. Lolly und Aaron gingen an all den Händel-Enthusiasten vorbei und blieben getrennt voneinander in der Nähe der eisernen Pforte stehen. Um sich irgendwie zu beschäftigen, betrachteten sie angelegentlich die imposanten Grabmäler längst verstorbener Geistlicher. Sie schwiegen. Schließlich fragte Aaron: »Sollen wir gehen?«

»Warum gehen? Wo wir den ganzen Weg extra hergefahren sind.«

Etwas bedrückt meinte Aaron: »Du denkst vielleicht, ich bilde mir das alles ein. Das ist aber nicht so.«

»Ich verstehe.« Lolly winkte mit einer leichten Handbewegung ab. »Ich verstehe das wirklich.«

»Was verstehst du wirklich?«

»Dass du den Wunsch hast, die Frau zu sehen, die einstmals deine Ehefrau war, Lucille nämlich. Und ich verstehe das, meine das so, wie ich es gesagt habe.«

Während Aaron noch über eine Entgegnung nachsann, rief jemand: »Aaron! Aaron McCloud! Bist du das?«

Eine Frau im roten Chorgewand kam durch die Reihen der Grabmäler auf sie zu. Wenige Schritte vor ihnen sagte sie in einem Ton, der mehr wie ein spitzer Schrei klang: »Wenn du das nicht bist, dann habe ich Halluzinationen.«

»Lucille?«

»Getroffen, mein Bester.«

Aaron versuchte zu lächeln, doch so recht gelang ihm das nicht. »Wenn das keine Überraschung ist!«

»*Du* und überrascht? Ich habe dich gleich beim *Tröste dich, mein Volk!* erkannt. Ich habe mir in die Hosen gemacht, hab eben erst die Schlüpfer ausziehen können, muss nun sehen, wie ich ohne durchhalte bis zum Schluss.«

Lolly streckte ihr die Hand entgegen. »Wenn ich mich vorstellen darf. Ich bin seine Frau.«

»Ach … Sie auch? Aaron, sag ihr, ich war mal deine Frau, stimmt's?«

»Ja, das war wohl so.«

Lolly hielt ihr immer noch die Hand hin, wartete. »Ich bin Lolly McCloud.«

»So ein putziger Name, Lolly. McCloud ist schon okay – passt zu ihm, klingt nach so was Wolkigem. Kaum waren wir verheiratet, ist er hochgeschwebt in die Wolken und nie wieder runtergekommen. Aber ich vermute, das wissen Sie längst.«

Lolly ließ die Hand sinken. »Nein. Eigentlich nicht.«

»Manch einer hat eben mehr Glück. Ich meine … ich wünsche Ihnen alle Glückseligkeit der Welt.«

»Danke. Wir genießen sie bereits.« Lolly legte Nachdruck in ihre Worte, sodass sie fast überzeugend klangen.

»Wie schön«, sagte Lucille und lachte beinahe übermütig. »Ich sag's doch, Sie sind eben glücklicher dran.«

»Ganz offensichtlich.« Lolly lächelte nicht nur, verbeugte sich sogar.

»Wie lang ist die Pause?«, fragte Aaron Lucille. »Müssen wir nicht reingehen?«

»Keine Sorge. Die Pause ist ziemlich lang, damit sich unsere Stimmen erholen können. Bitte achtet nach *Ich weiß, dass mein Erlöser lebet* besonders auf das Solo meines Mannes *Sie schallt, die Posaun.* Er singt die Bass-Partie, wie ihr schon gehört habt, aber das ist seine große Nummer. Ihr könnt's im Programm nachlesen. Stanislaus Glyzinski.

»Glyzinski?« Aaron war echt überrascht. »Ich dachte, dein Mann heißt Aldershot. Jack Aldershot.«

»Jack? Ach iwo, längst nicht mehr. Mit dem konnte ich nicht verheiratet bleiben. Der hat mich genauso hereingelegt wie du.«

»Wie ich?«

»Wie du. Wenn du Aaron McCloud heißt, dann meine ich dich. Als ich Jack in St. Joseph begegnete, er war ein Bariton, hat er mich so behandelt wie du.«

»Oh?«, entfuhr es Lolly. Ihr blieb der Mund offen, als würde die Erwiderung dort Eingang finden und nicht im Ohr.

Lucille ging dazu über, sich mehr an die gegenwärtige Mrs McCloud als an den Mann zu wenden, dem sie jetzt nur noch die ehemalige Mrs McCloud war. »Er hat sich genauso verhalten wie Aaron, als er wollte, dass ich mich in ihn verliebe. Er hat all diese wundervollen Sachen gemacht. Er war ungemein rücksichtsvoll, ungemein freundlich. Genau wie Aaron, hat sich wirklich für meine Stimme interessiert, dafür, wie ich singe. Richtig echt schien das bei ihm, so wie auch bei Aaron. Ich habe *Letzte Rose in meinem Garten …* viel öfter für Jack gesungen als für Aaron. Ich brauchte nur eine Bemerkung fallen zu lassen, dass mir Männer gefielen, die mir die Tür aufhielten, und schon begann er, mir Türen aufzuhalten. So wie Aaron eben. Wenn ich nur nieste, war er gleich besorgt, ich brauchte nur zu hüsteln, um die Stimme klar zu kriegen, und schon fragte er, ob mir was fehlt. Er war fürsorglich. Immerzu, hat sich bald umgebracht. Und wenn er mich nicht küsste und umarmte, höflich war er stets. Ein wirklicher Gentleman. Aber das haben Sie gewiss alles selbst erfahren, nicht wahr?«

»Unser Verhältnis zueinander war etwas anders«, erwiderte Lolly.

»Da haben Sie aber Glück gehabt. Ich habe dann Aaron geheiratet und später Jack. Und wissen Sie, wie es danach weiterging?«

»Sie werden es mir bestimmt erzählen.«

»Sie haben mir nicht mehr den Hof gemacht, wie man so sagt. Sie haben mich nur noch belehrt. Ständig gesagt, was ich tun oder lassen sollte. Die ganze Zeit hieß es eigentlich nur: So erwarte ich, von dir behandelt zu werden, wenn wir verheiratet sind. Merk dir das. Immer schön fürsorglich und um mich rum sein. Immer schön meine Arbeit ernst nehmen – für Aaron hieß das, seine Schriftstellerei, für Jack seinen Buchhalterkram. Stellen Sie sich das vor. Wörter von dem einen, Zahlenkolonnen von dem anderen. Und ich soll mich immer eins, zwei, drei um ihn kümmern. Soll freundlich und großherzig und fröhlich und geduldig sein. Und was noch alles. Das wurde von mir erwartet. So eine sollte ich werden. Hatte man mir das nicht ordentlich beigebracht? War ich nicht von den besten Lehrern unterwiesen worden, hatten es mir nicht Männer vorgemacht, die wussten, was Verheiratetsein eigentlich bedeutet? Von Aaron habe ich das irgendwie hingenommen, ich war ja noch unerfahren. Aber als es dann bei Jack ebenso losging, habe ich mir gesagt, vergiss es. Männer sind so. Und uns Frauen bleibt keine Hoffnung. Dann begegnete ich Stan. Und der hat mir ins Gesicht gesagt, ich könnte überhaupt nicht singen, und wenn ich's tue, bitte nur, wenn genug andere Stimmen da wären, mich zu übertönen. Der hat sich keine Mühe gemacht, höflich zu sein, nicht besonders jedenfalls. Keine Geschenke gab's von ihm, nicht mal einen Verlobungsring. Zu unserer Trauung musste ich den aufstecken, den ich von Aaron hatte. Und da habe ich begriffen, Männer sind nicht einer wie der andere. Die sind nicht bloß Lehrmeister, die einem zeigen, wie's langgeht, wenn man sie geheiratet hat. Ich war hingerissen. Ich habe mit Aaron angefangen, einem Tenor, einem leidlichen. Dann kam Jack, ein Bariton. Jetzt weiß ich, wo mein Platz ist. Bei Stan. Dem Bass. Ihr werdet ihn gleich hören, und er ist wirklich wunderbar. Einer, den man wirklich lieben kann. Ein Mann, der weiß, wie er sich eine Partnerin warm hält. Ich hoffe, Lolly – ist das ein putziger Name –, ich hoffe, Aaron ist ein Stan geworden und nicht der alte Aaron geblieben.«

Bevor Lolly auch nur eine Silbe herausbringen konnte, sagte jemand mit leiser, heiserer Stimme – ganz dem Gegenteil von Lucilles Stimme: »Hallo, Lolly McKeever.«

Die Stimme kam von irgendwo bei den Grabmalen. Mit ihrem etwas übertriebenem, mädchenhaften Lachen, wie schon zuvor, rief Lucille: »McCloud, Dummkopf. Lolly McCloud ist das. Ob Sie's glauben oder nicht.«

Ein Mann näherte sich ihnen. Er trug zerknitterte Wollhosen, einen abgetragenen Mantel und lehmverdreckte Stiefel.

Lolly packte Aarons Oberarm und drückte ihn so heftig, als wollte sie ihn abschnüren. »Declan«, sagte sie, es sollte freudig überrascht klingen.

Der Fremde stellte sich zu der Gruppe. »Ich habe dich bei der Burg gesehen, doch du bist fortgelaufen. Störe ich?«

»Nein. Kein bisschen. Nein.« Lollys Ton verlor an Sicherheit. »Wir stehen hier nur so rum, unterhalten uns.«

Lucille fand das spaßig, aus welchem Grund auch immer. »Viel reden tun wir dabei aber nicht.« Sie streckte Declan die Hand hin. »Ich bin Lucille. Sie sind wohl ein Freund von Aaron.«

Declan schaute auf die Hand und wich zurück. Wie Lolly ein paar Tage zuvor, schien auch er zu zögern, sich auf eine nähere Bekanntschaft einzulassen. Zu Aaron sagte er: »Dann sind Sie bestimmt Aaron.«

»Aaron McCloud. Ich war auch bei der Burg neulich.« Er deutete eine Verbeugung an, wollte nicht riskieren, mit ausgestreckter Hand dazustehen.

»Kittys Cousin?«

»Neffe.«

»Auch nicht schlecht.«

Lucille, die nun begriff, dass Declan ihr auswich, zog langsam die ausgestreckte Hand zurück. Aaron hatte für einen Moment den Eindruck, sie würde sich bekreuzigen, sah aber erleichtert, dass sie die Hand zum Kopf führte und sich kratzte. Es schien ihr Vergnügen zu bereiten, die Frisur in Unordnung zu bringen. »Ich war mal seine Frau, Lucille McCloud. Jetzt heiße ich Lucille Glyzinski. Und *sie* ist Lolly McCloud. Will damit sagen, sie sind verheiratet.«

Declan starrte eine Weile vor sich hin, als wolle er begreifen, was für ein Geschöpf da vor ihm stand, und wandte sich dann an Aaron. »Sie sind also mit ihr verheiratet?«

»Ja, bin ich.«

Declan vergewisserte sich bei Lolly: »Dann bist du also mit ihm verheiratet?«

»Sieht so aus.« Sie fügte hinzu: »Ja, ja, wir sind verheiratet. Schon über ein Jahr.«

Declan schaute zu Boden. War sehr nachdenklich, als ob er die Bedeutung der Worte nur allmählich begriff, die eben gefallen waren, und sagte schließlich: »Ich erinnere mich. Bei der Burg. Ich habe da so etwas gehört, war mir aber nicht klar, was das bedeutete. Es schien so ... na ja, ... so, ist ja auch egal. Ich hätte genauer hinhören müssen.«

Aaron wollte es bei dieser Äußerung nicht bewenden lassen. »Es schien so, wie?«

Lolly sprang ihm bei. »Wunderbar?«

Lucille prustete los, hielt sich aber sofort die Hand vor den Mund.

Ohne darauf zu reagieren, sagte Declan, immer noch in Gedanken verloren: »Und Kitty McCloud ist mit Kieran Sweeney verheiratet. Ein Sweeney mit einer McCloud. Ist ja 'ne Menge passiert, während ich weg war.«

»Kann man so sagen«, meinte Aaron.

Declan ging darauf nicht ein. Er schaute zu Lolly, sah ihr direkt in die Augen. »Ich habe nicht erwartet, dass jetzt alles so anders ist.«

Lolly zuckte nur die Achseln. Lucille hatte das Gefühl, sie müsste wieder etwas zur Unterhaltung beisteuern. »Sie halten es wohl für einen Witz, dass sie mit ihm verheiratet ist, wie? Nach all dem, was ich vorhin gesagt habe. Er war auch mit mir verheiratet. Scheint ihm gut zu bekommen, nicht wahr?«

Wieder starrte Declan vor sich hin, als versuchte er sich klar zu werden, warum er eigentlich hier war und ausgerechnet jetzt. Auch das rote Chorgewand bot keine befriedigende Antwort. Um irgendwie die Situation zu retten, stellte Lolly in einem Ton fest, als habe sie die tollste Nachricht seit langem zu verkünden: »Und, Declan, du deckst jetzt die Reetdächer in der Burg. Ist das wirklich wahr?«

Total verwundert fragte Lucille dazwischen: »Burg? Was höre ich da von einer Burg?«

Aaron und Lolly scharrten mit den Füßen auf der Erde herum und blieben ihr eine Antwort schuldig.

Declan brauchte abermals einige Augenblicke, bis er verarbeitet hatte, was Lolly gesagt hatte. Er schien sich verschiedene Antworten zu überlegen, zuckte dann aber doch nur die Achseln. »Die Reetdächer auf der Burg sind immer von einem aus meiner Familie gedeckt worden. Und das von dem Tag an, da die ersten Mauern hochgezogen wurden.« Er blickte ihr wieder in die Augen. »Und dabei wird es auch bleiben. Alles andere mag sich ändern. Das aber nie. Ich werde mich getreulich daran halten, wie es immer war.«

Lucille trat von einem Fuß auf den anderen, als würde sie sich gleich in die Hosen machen. »Entschuldigt mich bitte, aber ich muss jetzt zurück.« Und an Declan gerichtet: »Ich singe mit. Haben Sie sich bestimmt schon gedacht, aufgemacht wie ich hier bin. So selten, wie wir Gelegenheit haben, uns mit Iren zu unterhalten, war das ein Erlebnis für mich. Eine besondere Ehre. Wirklich so interessant, und ich mag die Art, wie die Leute hier reden. Tagelang könnte ich zuhören, was sie sagen und wie sie es sagen, egal, ob das Sinn macht oder nicht. Aber nun müsst ihr mich entschuldigen …«

Um in Lucille von vornherein nicht die Erwartung aufkommen zu lassen, dass man nach der Aufführung auf sie warten würde, brachte es Aaron zuwege, sich zu verabschieden: »Höchstwahrscheinlich werden wir uns nachher nicht mehr sehen, daher möchte ich dir lieber gleich gratulieren. Eure Aufführrung wird wunderbar sein, ist es jetzt schon. Und grüß deinen … deinen Mann. Den jetzigen.«

Lucille war beinahe gerührt von der so untypischen Höflichkeit des Mannes, mit dem sie einst verheiratet war. Kopfschüttelnd schlug sie die Hände zusammen. »War das eine gewaltige Überraschung. Für uns alle.« Sie tippte Lolly auf die Schulter. »Und erst für Sie, was? Es war mir ein echtes Vergnügen, Sie kennenzulernen. Wirklich.« Sie griff Declans Hand, der erschreckt Luft holte. »Auch Ihnen hier zu begegnen, wie immer Sie heißen mögen.« Kräftig schüttelte sie ihm die Hand und ließ sie dann los. Schon im Fortgehen blieb sie stehen. »Und denkt dran. Mein Mann, der, den ich jetzt habe, hat seine große Nummer gleich im nächsten Teil. *Sie schallt, die Posaun*. Hört ihm gut zu. Darauf legt er Wert.« Schwungvoll raffte sie den Rock des Chorgewands und eilte den Hauptweg entlang. Mit einem »Verzeihung« hier und »Verzeihung« da drängte sie jeden beiseite, bis sie freie Bahn hatte und über den Rasen zum Seiteneingang lief, der Herrlichkeit der großen Chöre entgegen, die nun folgten. Aaron und Lolly schauten ihr nach, wie um sich zu vergewissern, dass sie wirklich fort war.

»Sollen wir jetzt nach Hause fahren?« Diesmal stellte Lolly die Frage.

Aaron seufzte. »Ich denke, wir vertragen Händel noch ein Weilchen. Ich könnte jetzt nicht einfach gehen.«

Sie drehten sich nach Declan um, wollten sehen, wie er sich entschieden hatte. Doch er war verschwunden. Sie hielten Ausschau, suchten ihn zwischen den Grabmalen, spähten nach ihm in der Menge, die sich in die Kirche begab. Er war nirgendwo.

Aaron nahm Lollys Arm. »Komm. Händel wird helfen.«

»Weshalb meinst du, ich brauche Hilfe?«

Er verzichtete, darauf zu antworten. Lolly ließ sich hineinführen. Lucille stand bereits auf ihrem Platz, schlüpferlos, die Fünfte von links, zweite Reihe.

Während der letzten Teile des Oratoriums saßen Aaron und Lolly wie versteinert auf ihren Plätzen. Als sie zum *Halleluja* aufstanden, wie es sich gehörte, hielten sie sich aufrecht wie Statuen und ließen die Musik um ihre nur allzu körperlichen Egos rauschen. Nach *Ich weiß, dass mein Erlöser lebet* hatte Lucilles gegenwärtiger Gatte, Stanislaus Glyzinski, sein großes Solo. *Sie schallt, die Posaun.* Nur allzu bedeutungsvoll klangen ihnen die folgenden Worte: *Und die Toten erstehn unverweslich.*

Während der erste Teil der Arie wiederholt wurde, entstand ein paar Kirchenbänke vor ihnen rechts eine Unruhe. Ein Mann stolperte auf den Mittelgang. Er fiel mehr auf ein Knie, als dass er es beugte. Seine Hosen waren zerknittert, der Mantel abgetragen, die Stiefel lehmverdreckt, sie hallten auf dem Marmorfußboden. Er hielt den Kopf geneigt, die rechte Hand vor den Mund gepresst, als mühte er sich, einen Schrei zu unterdrücken, der hier nicht statthaft war.

Als er an Aaron und Lolly vorbeiging, sahen sie, dass ihm Tränen aus den zusammengekniffenen Augen rannen und über den Handrücken liefen. *Und die Toten erstehn unverweslich …* Wieder erschallte die Posaune, der Weckruf der Trompete hallte durch den Riesenraum, schwang sich auf zu den Gewölbebögen hoch über dem Kirchenschiff. Der Mann schlurfte weiter. Als er an der Kirchenbank vorbeikam, in der Aaron und Lolly saßen, flüsterte Lolly tief ergriffen: »Declan.«

Der Mann stolperte schweren Schrittes dem Ausgang zu.

Kapitel 7

Es war beschlossene Sache. Kitty würde der jungen Professorin am College in Cork eine E-Mail schicken und ihr mitteilen, dass sie es sich noch einmal überlegt hatte. Es würde ihr eine Ehre sein, gemeinsam mit der Dozentin – einer Ms Eileen Mulligan – im Spätsommer ein eigens angesetztes Seminar zu leiten, das sich zum Ziel gestellt hatte, Kittys »Überarbeitungen« mit den Originaltiteln, über die sie sich hergemacht hatte, zu vergleichen. Es waren Lesungen, Diskussionen und Referate vorgesehen. Ms Mulligan hatte geeignete Studenten ausgewählt, und Kitty hatte die Bewerbungen der Kandidaten überflogen und abgenickt. Es würde Streitgespräche geben, auch musste man mit Anschuldigungen und Anwürfen rechnen, mit Beleidigungen und scharfen Entgegnungen, mit leidenschaftlicher Verteidigung und nicht weniger leidenschaftlichen Schmähungen. Für Kitty war das Vorhaben nicht ohne Reiz – sie hatte eine angeborene Vorliebe für Rede und Gegenrede. Das Seminar würde ihrem Bedürfnis nach Kontroversen entgegenkommen, es vielleicht sogar befriedigen. Sie fieberte dem Ereignis geradezu entgegen.

Ms Mulligan hatte verstanden, dem Angebot eine besondere Würze zu verleihen – es war keine Vergütung vorgesehen. Nicht einen Cent würde Kitty für ihre Arbeit bekommen. Das Seminar erfuhr keine finanzielle Unterstützung. Ms Mulligan hatte aus der Not eine Tugend gemacht und Kitty geschmeichelt, dass ihre Anwesenheit und Teilnahme nicht mit Geld zu bezahlen wären; jeder Betrag, egal wie hoch, wäre eine Beleidigung für sie, und Ms Mulligan, außerordentliche Professorin, die sie war, würde nie und nimmer für eine derartige Farce zu gewinnen sein. Kitty war nicht mit Gold aufzuwiegen – und sie war nicht geneigt, dem zu widersprechen.

In dem Schreiben war auch darauf hingewiesen worden, dass sich Hochschulen und Universitäten in ganz Irland rühmen konnten, Autoren von Rang und Namen für ihre Mitarbeit gewonnen zu haben. Insofern mangele es den Einrichtungen nicht an Autoritäten, nur könnten sie nicht alle zu Gastvorlesungen einladen. Und doch gab es eine Institution, der es gelungen war, eine anerkannte Schriftstellerin dafür zu gewinnen, einem angriffslustigen Publikum die Stirn zu bieten und sich natürlich auch den sie mit fragwürdigem Lob überschüttenden Bewunderern zu präsentieren, die sie ohne Frage begeistern würde. Das war Kitty McCloud, unablässig geschmäht, üppig bezahlt, Ms McCloud, die für sich in Anspruch nahm, dass sie, und sie allein, von der für schriftstellerisches Talent zuständigen Muse auserkoren war, die ursprünglichen und so töricht ausgeführten Eingebungen literarischer Ikonen, die es doch hätten besser wissen müssen, zur Vollendung zu bringen.

O ja, Ms McCloud wusste es besser und zögerte nicht, es die Welt wissen zu lassen. Mit anhaltend guten Nerven (wahrscheinlich sollte man besser sagen: mit anhaltender Frechheit) gab sie sich nicht mit der Arbeit eines Literaturkritikers zufrieden, sondern machte sich großzügig daran, in Büchern, die sie für brauchbar hielt, neue Wahrheiten zu erfinden, Schwächen der Schriftsteller auszugleichen, die einfach nicht den Mumm gehabt hatten, sich eventuellem Spott auszusetzen, und es sich versagten, ihren Romanen ein vernünftigeres Ende zu verpassen. Und jetzt hatte man sie gebeten, ihre Überarbeitungen von geheiligten Texten, in denen sie erbarmungslos und großherzig zugleich herumgefuhrwerkt hatte, einem »Kritischen Vergleich« zu unterziehen, wie es hieß.

Der Köder war ausgeworfen. Die Gelegenheit, die Arbeit der schreibenden Zunft zu verteidigen, durfte man sich nicht entgehen lassen, umso mehr, da sie sich vorgenommen hatte, Hohn nicht mit Spott zu vergelten, sondern irregeleiteten Ansichten voller Mitleid zu begegnen. Sie würde die Geduld in Person sein. Das Seminar bot ihr die Gelegenheit, sich in Barmherzigkeit zu üben, wie es sie die Nonnen gelehrt hatten – »Die Unwissenden belehren«. Es würde dem himmlischen Vater gefallen, und das durfte ihr nur recht sein, denn allzu leicht konnte sich ihr Mitleid als Stolz erweisen oder ihr Zorn aufwallen, wenn festgefahrene Meinungen aufeinanderprallten.

Als ihr das Angebot gemacht wurde, hatte sie Professor Mulligan mitgeteilt, sie würde es sich durch den Kopf gehen lassen – und sie tat es gründlich. Da war zum Beispiel ihr lieber Mann zu bedenken. Eine Trennung würden sie nicht ertragen. Die Wochen in Cork würden zudem eine Ablenkung von ihrem gegenwärtigen Projekt *The House of Mirth* bedeuten, das Kitty in *The House of Fenimore Blythe* umbenannt hatte – der neue Titel ergab sich durch Ms Whartons Lily Bart, die Hauptperson, die wie der ganze Roman durch Kitty ein völlig neues Gesicht bekommen würde.

Und dann war da noch der Gemüsegarten, der bearbeitet und abgeerntet werden wollte und ihr Sorgen machte. Ungeklärt blieb auch die Frage, wie Brid und Taddy, ja, natürlich auch das Schwein, zurechtkommen würden, wenn niemand Anteil an ihren Sorgen und Verwirrungen nahm. Sogar ihr selbst würde es schwerfallen, sie nicht sehen und nicht an ihren Leiden und Nöten teilhaben zu können. Wie sollte sie all die Tage ohne sie überstehen? Sollte sie doch lieber absagen? Auch wenn es ihr schwerfiel? Sehr schwerfiel.

Doch nun war die Entscheidung getroffen, und das, ehe sie auf die Idee gekommen war – von der ehelichen Verpflichtung mal abgesehen –, die Sache mit ihrem Mann zu besprechen. Er ahnte nichts, wusste nichts von dem ursprünglichen Angebot, von ihrer Ablehnung oder den neuerlichen Überlegungen, es endgültig anzunehmen.

Sie waren im Garten und pflückten grüne Bohnen. Zum Abendbrot sollte es Schweinshaxe mit grünen Bohnen geben, eine von Kittys Spezialitäten, die sie aus der Bronx (sie war einige Jahre an der Fordham University gewesen) mitgebracht hatte.

Kieran schien irgendwie abgelenkt. Ihm wiederum kam es so vor, als sei Kitty nicht recht bei der Sache. Sonst durchströmte beide bei der Arbeit im Garten immer ein Glücksgefühl, ein ungläubiges Staunen über das, was der Erdboden leistete und hervorbrachte – im Vergleich dazu waren ihre Mühen geradezu lachhaft. Die Natur beschenkte sie überreichlich, und sie fühlten sich den Göttern, deren Beitrag um ein Vielfaches größer war als der ihrige, zu Dank verpflichtet.

Kitty unternahm den Versuch, Kierans Gedanken eine andere Richtung zu geben. »Das College in Cork hat angefragt, ob ich bei einem Seminar, in dem meine Romane zur Diskussion stehen sollen, mitmachen würde. Ich habe ›nein‹ gesagt.«

Kieran reagierte sofort. »Ich weiß. Miss Mulligan hat es mir gesagt.«

»Noch mal.«

»Miss Mulligan. Aus Cork. Sie hat mir gesagt, du hättest abgelehnt.«

»Mit welchem Recht redet sie mit dir darüber?«

»Weil du ›nein‹ gesagt hast, ihr aber sehr daran liegt, dass du ›ja‹ sagst.«

»Aber was hast du damit zu schaffen? Es ist eine Angelegenheit, die ...«

»... die mich sehr wohl etwas angeht.«

»Vielleicht. Trotzdem, mit welchem Recht ...«

»Vermutlich mit gar keinem. Aber ob berechtigt oder unberechtigt, war der jungen Frau wohl ziemlich egal. Sie will dich haben. Unbedingt.«

»Ich weiß. Und ich habe es sehr wohl erwogen.«

»Sie möchte, dass du es dir noch einmal überlegst.«

»Das habe ich mehr als einmal getan. Immer wieder.«

»Dann hast du ja schon Übung darin und kannst es dir ein weiteres Mal überlegen.«

»Kieran, ich bin nicht gewillt, zwischen Cork und hier ständig hin und her zu pendeln ...«

»Du musst ja nicht pendeln. Fahr hin und bleib dort.«

»Hinfahren und bleiben? Ist dir klar, was du da sagst?«

»Weshalb Zeit mit der Fahrerei vergeuden? Cork ist doch eine ganz schön interessante Stadt. Ist es immer gewesen.«

»Ich soll dort hinfahren? Und einfach bleiben? Wie kannst du nur ...«

»Wieso können wir für die Zeit nicht zu der Familie meines Bruders ziehen? Die wohnen außerhalb von Blarney, da könnten wir sogar die Kühe mitnehmen.«

»Und was sollen dein Bruder und seine Frau und die ganze Familie davon halten?«

»Denen gefällt der Gedanke. Ich habe sie gefragt. Sie sind begeistert auf den Vorschlag angesprungen.«

»Aber ... aber ich habe doch keine Ahnung vom Unterrichten.«

»Nein? Denk doch nur mal daran, in wie vielen Dingen du mich belehrt hast.«

»Soll das ein Scherz sein?«

»Kitty, meine Liebe, dir bietet sich hier die Gelegenheit, das zu tun, was längst überfällig ist.«

»Nämlich?«

»Du weißt es genauso gut wie ich.«

»Mich zu verteidigen?«

»Nein. Eine Verteidigung hast du nicht nötig.«

»Was dann? Rück schon raus mit der Sprache.«

»Du könntest die anderen korrigieren. Dein ganzes Sinnen und Trachten gilt doch dem Korrigieren, es ist dein Ein und Alles.«

»Nein. Mein Ein und Alles bist du.«

»Dann mach das Belehren anderer zu deiner zweiten Lebensaufgabe. Sie werden sagen, was sie zu sagen haben, und du wirst sie eines Besseren belehren. Bei all deinen Talenten, darin bist du besonders gut.«

Und so ging es hin und her. Nicht allzu lange. Sie hatten das Bohnenbeet noch nicht ganz abgeerntet, da hatte Kitty schon versprochen, Ms Mulligan eine E-Mail zu schicken. Und Kieran wollte seinen Bruder anrufen und ihm mitteilen, dass er und seine Frau Kitty für eine Weile zu ihm und seiner Familie ziehen würden. Er würde die Kühe mitbringen und Kitty ihren Computer. Brid und Taddy, beruhigte Kieran seine Frau, hätten mehr als zweihundert Jahre ohne sie gelebt. Also würden sie auch ein paar Monate ohne sie auskommen. Und was das Schwein anging – nun ja, da hatte Kieran einen seiner geliebten Sprüche parat: »Ist doch scheißegal!«

Noch am gleichen Abend – sie schwelgten in Schweinehaxen und grünen Bohnen – hielt Kitty den Zeitpunkt für gekommen, ihren Mann darauf einzustimmen, dass Declan die Schuppen mit Reet eindecken würde. Als sie die Burg bezogen, hatte Kieran für Schiefer plädiert. Das hatte naturgemäß Kittys Widerspruchsgeist geweckt; sie sprach sich sofort für schilfgedeckte Dächer aus mit dem Erfolg, dass die Kühe von Anfang an in der Großen Halle untergebracht wurden und dort blieben. Seitdem hatte sich der den Kühen anhaftende Geruch in der ganzen Burg verbreitet, zog auch die Treppe hinauf ins Zwischengeschoss, wo Kitty an ihrem Computer arbeitete.

Zwar hatte sie gleich an dem Tag, als Declan ihr das völlig durchnässte Buch *The House of Mirth* brachte, das Dachdecken mit ihm abgesprochen, aber Kieran musste erst noch von seiner Vorliebe für Schiefer abgebracht werden. Kitty verwies darauf, dass Declan schon immer beider Freund und Kerry-Landsmann gewesen war. Kieran aber lachte nur und ließ sich ganz gegen seine Art zu einer endlosen Tirade hinreißen. »Freund, fürwahr, Miss Kitty McCloud! Kenn ich dich nicht von Kindesbeinen an? Und das bis zum heutigen Tag? Und habe ich dich nicht, eingeschworene Feinde, die wir waren, aus einem inneren Drang heraus auf Schritt und Tritt beobachtet? Keine deiner Faxen sind mir entgangen. Wie jeder andere auch wusste ich, dass du schon als junges Mädchen mit Declan Tovey …«

Mit blitzenden Augen fiel ihm Kitty ins Wort. »Was willst du damit sagen, Kieran *Sweeney*?«

»Lass mich nur ausreden, und du weißt Bescheid, Kitty *McCloud*.«

»Da bin ich gespannt.«

»Ich rede nur von dem, was alle Welt weiß.«

»Und was, bitteschön, ist das?«

»Ich muss es wohl nicht erst aussprechen.«

»Widersprich dir nicht selbst. Das behalte ich mir vor. Bring den Satz zu Ende, den du angefangen hast. ›Als ich noch ein junges Mädchen war …‹, was war da? Spuck die Worte nur aus, ich nehm sie dann schon und stopfe sie dir in deinen Hals zurück. Nun sprich schon. Sag, was dir auf der Zunge liegt.«

»Kitty, meine Liebe …«

»Das ›Kitty, meine Liebe‹ kannst du dir sparen. Wenn du etwas Verleumderisches sagen willst, dann los, sei ein Mann und sprich. Dein liebes *Weib* wartet.«

»Kitty, das ist doch lange her.«

»Warum erwähnst du es dann überhaupt?«

»Na ja …«

Kitty war nicht mehr zu halten. »Ist es, weil du auf Biegen und Brechen verhindern willst, dass ich das Wort ›Reet‹ in den Mund nehme? Und weil du gewillt bist, alles zu tun und zu sagen, damit ich still bin und nachgebe? Ist es das? Dann liegen wir für immer und ewig miteinander im Clinch.«

»Mit dir für immer und ewig irgendwo zu liegen, habe ich mir schon immer gewünscht.«

»Eins lass dir gesagt sein. Du verleumdest deine eigene Frau.«

»Ist Wahrheit Verleumdung?«

»Ja. Und nochmals ja. Wenn Dinge gesagt werden, um jemanden zu verletzen und zu erniedrigen …«

»Wenn sie aber gesagt werden, um auf einen berechtigten Punkt zu verweisen?«

»Und der wäre?«

Kieran schlug die Arme untereinander. »Der Punkt ist, dass mir zwangsläufig aufging, dass deine Entscheidung für die

Reetdächer unter den gegebenen Umständen und die Anstellung von Declan Tovey zum Dachdecken hier in der Burg tagein, tagaus, Tag für Tag ...«

»Willst du damit behaupten, dass ich ... *ich* ... dass ich ...«

»Es ging mir rein zwangsläufig auf. Wie konnte es auch anders sein?«

»Und wenn es so war, sagte dir dann nicht dein gesunder Menschenverstand, dass es eine törichte Vorstellung von einem törichten Mann war?«

Er löste die Arme und stemmte die Fäuste in die Hüften. »Was ich mir vorstellte, ist ja auch mal geschehen. Als du ...«

»Also gut.« Kittys Stimme klang eine Oktave tiefer als sonst. »Wenn wir schon mal dabei sind, will ich dich daran erinnern, was alle Welt noch weiß. Ich war ein junges Mädchen, hast du gesagt. Und du warst ein Junge ... und es hatte was mit einer Färse zu tun. Du kannst jeden fragen, alle wissen es.«

»Das war eine Mutprobe! Eine Wette, Conan Kennedy meinte, ich traute mich nicht.«

»Aber sehr geziert hast du dich nicht, soviel ich weiß. Und noch eins will ich dir sagen. Du unterstellst mir gewisse Motive, um Declan in meiner Nähe zu haben. Habe ich jemals etwas dagegen gehabt, Kieran Sweeney, dass du unter demselben Dach mit einer Herde Kühen und jeder Menge Färsen schläfst? Habe ich oder habe ich nicht?«

Kieran blieb keine Wahl. Er fing an zu lachen. »Vielleicht hättest du wirklich etwas dagegen haben sollen.«

Kittys Lippen zitterten, als wollten sie einen Wutausbruch unterdrücken. Es gelang nicht. Kitty warf den Kopf zurück, und ihrer Kehle entrangen sich raue Töne, eine Art heiseres Lachen, wie es Geisteskranke von sich geben. Es hörte nicht auf, und Kieran fiel ein, bis sie sich schließlich umschlangen und ihr krankhaftes Gelächter mit Küssen erstickten.

Sie lösten sich voneinander. Kitty liebkoste Kierans linke Wange, zupfte an den Stoppeln seines goldbraunen Bartes und bekannte mit sanfter Stimme: »Ja, Liebling. Ich habe es mit Declan gemacht. Aber nur, weil ich wusste, ich würde nie heiraten – und ich wollte doch wissen, wie es ist. Und ich habe mit ihm im siebenten Himmel geschwebt.«

»Und wieso kam eine Heirat für dich nicht in Frage?«

Sie schüttelte langsam den Kopf. »Du müsstest es am ehesten wissen.«

»Keine Ahnung.«

»Von Kindheit an wurde mir eingebläut, dich als Erzfeind zu betrachten. Und doch habe ich immer nur dich gewollt. Es war nicht nur Fleischeslust, all meine Sinne verlangten nach dir. Wenn ich aber dich nicht heiraten konnte, dann wollte ich auch keinen anderen ehelichen, siebenter Himmel hin, siebenter Himmel her. Und zum Schluss noch dies: In den allerhöchsten Wolken schwebe ich mit dir ... Mehr sag ich nicht.«

Der Fall Declan Tovey, Dachdecker, war entschieden.

Das Schilfrohr war noch nicht geliefert, aber Declan war da, bereitete die Schuppen vor, stellte Stützpfosten auf, notierte Maße und warf vielsagende Blicke auf die Stellen, wo gedeckt werden sollte. Ab und an nahm er eins seiner Werkzeuge zur Hand und starrte darauf, als wäre er unschlüssig, was er damit anfangen sollte. Als Kitty aus der Tür kam und mit aller Vorsicht eine Schüssel mit Rübensuppe balancierte, sah sie ihn regungslos stehen und unverwandt sein Klopfbrett betrachten. Das Werkzeug erinnerte sie an das, welches sie in dem Grab neben dem Skelett hatte liegen sehen. Sie war sich nicht sicher, ob sie ihn überhaupt stören sollte. Aber dann würde die Suppe, die Kieran aus simplen Steckrüben gezaubert hatte, kalt werden, und aufgewärmt würde sie längst nicht mehr so köstlich schmecken und auch an Duft einbüßen.

Schritt für Schritt tastete sie sich vorwärts und ließ kein Auge von der Schüssel, damit ja nichts überschwappte. Einmal blieb sie kurz stehen, um sich zu vergewissern, dass sie immer noch Richtung hielt, da bemerkte sie das Schwein – oder besser, seinen Geist –, das unablässig den Mann beäugte. Declan drehte sich um und sah das Schwein an. Eine ganze Minute lang ruhte sein Blick auf dem Tier. Dann schien er sich mit seiner Gegenwart abgefunden zu haben und richtete seine Aufmerksamkeit wieder auf das Klopfbrett in seiner Hand.

Kitty wartete. Zwar wusste sie von Maude, weshalb Declan Taddy und Brid sehen konnte, warum aber auch das Schwein? Sie rührte sich nicht vom Fleck. Soviel stand fest, Declan konnte das Schwein sehen. Seinen Geist. Und das Schwein, das immer mal auftauchte, schien zu ihm das gleiche Verhältnis zu haben wie zu Taddy und Brid. Das Phänomen mit den beiden war verständlich, denn Taddy, Brid und das Schwein entstammten der gleichen Sphäre. Declan war aber kein Geist wie sie. Und doch nahm Declan das Schwein wie selbstverständlich hin. Ließ sich nicht bei seiner Arbeit stören.

Das Ganze war noch verzwickter. Kitty und Kieran waren ja auch keine Geister und konnten trotzdem, wie Declan, das Schwein sehen. Für diese Gemeinsamkeit gab es nur eine Erklärung: Das Schwein war und blieb etwas Rätselhaftes. Es war, wie Kieran einmal gesagt hatte: »Was ich nicht weiß, macht mich nicht heiß.« Und ganz gegen ihre Natur hatte Kitty damals nicht zu widersprechen gewusst.

Darauf bedacht, nichts von der Suppe zu verschütten, nahm sie ihren Gang wieder auf und näherte sich dem Dachdecker. Sie streckte ihm die Schüssel entgegen. »Kieran möchte, dass du das hier kostest.«

Declan starrte auf die Schüssel in ihren Händen. Es war der gleiche stiere Blick, mit dem er das Schwein betrachtet hatte. Nichts in seinem Gesicht regte sich, nichts zeigte, dass er wirklich wahrnahm, was man ihm hinhielt. »Rübensuppe«, sagte Kitty, vermied aber jeden aufmunternden Ton, in dem man einem zögernden Kind gut zureden würde.

Er richtete seinen Blick auf Kitty. Er wirkte so Mitleid erregend, dass Kitty vor Schreck zurückzuckte, um ein Haar hätte sie die Suppe verschüttet und der Löffel wäre auf der Erde gelandet. Todernst und in aller Ruhe erklärte Declan: »Ich habe Käse und Brot, ein Stück Speck und auch einen Kornfladen mit von der Witwe Quinn, bei der ich wohne.«

»Aber das Haus sorgt doch immer …«

»Ja. Ich weiß. Das Haus sorgt für eine Mahlzeit zur Mittagszeit. Doch ich möchte nur meins – den Käse, den Speck, das Brot. Trotzdem, vielen Dank.«

»Vielleicht entschließt du dich wenigstens zu kosten, da ich mit der Suppe schon einmal hier bin.«

»Ich habe genug zu essen mit. Besten Dank, wirklich, auch an Kieran.«

»Tja, wenn du dich nicht überreden lässt …«

»Nein. Aber wie gesagt, besten Dank.« Er verzog sich in den letzten Schuppen.

Zu Kittys Verwunderung stand plötzlich Peter McCloskey neben ihr. »Ich wollte nur fragen, ob Sie ihn gefragt haben«, erklärte er und rieb sich mit der Schuhspitze am linken Knöchel.

»Peter, wieso bist du nicht in der Schule?«

»Wissen Sie denn nicht, dass wir Sommerferien haben?« Er gluckste vergnügt. »Aber haben Sie ihn gefragt?«

Kitty hielt nach einer geeigneten Stelle Ausschau, wo sie die Suppenschüssel abstellen konnte. Da sich nichts Passendes bot, drückte sie sie Peter in die Hände. »Hier. Iss.«

»Aber ich werde doch zu Hause zum Essen erwartet.«

»Da du nun einmal hier bist, betrachte die Suppe als ersten Gang.«

»Sie soll wirklich für mich sein? Haben Sie denn gewusst, dass ich kommen würde?«

Kitty war versucht, ihn daran zu erinnern, dass er derjenige mit hellseherischen Kräften war, nicht sie, ließ es aber. »Ja, ich wusste es. Nun geh schon und setz dich dort drüben auf die Steine und iss.«

»Mutter hat gesagt, Sie wüssten …«

»Komm mir jetzt nicht damit. Geh und iss, ehe die Suppe kalt wird. Sei ein braver Junge.«

»Und Sie haben ihn nicht gefragt?«

»Ich hab's schlichtweg vergessen. Ich mach es gleich. Geh und iss.«

Peter gehorchte, ging zur Steinmauer, kletterte hinauf, ohne auch nur einen Tropfen zu verschütten, und setzte sich, um den ersten Gang seines Mittagsmahls zu verspeisen. Kitty ging zu Declan. Er stand vor einer Hilfskonstruktion, die er gebaut hatte. Man hatte weder den Eindruck, dass er das Werk mit Befriedigung betrachtete, noch, dass er dabei war, den nächsten Schritt zu überlegen. »Peter McCloskey möchte gern, dass du ihm das Dachdecken mit Schilfrohr beibringst«, sagte sie. »Ich sollte dich schon längst fragen, hab's aber vergessen. Er meint es wirklich ernst. Es wäre eine Sünde, ihn zu enttäuschen. Er ist ein lieber Junge, und du brauchst ohnehin Hilfe. Er erwartet keine Entlohnung. Und zum Essen geht er nach Hause. Oder er kann auch bei uns essen, mit Kieran und mir.«

Declan hatte die ganze Zeit den Kopf geschüttelt, erst langsam, dann heftiger und schließlich so vehement, dass er dabei fast ins Wanken geriet. Mit schreckgeweiteten Augen sah er sie an. »Nein! Nein!«, stieß er hervor, halb abweisend, halb flehend, nichts weiter zu sagen, als stellte Kitty ein unzumutbares Ansinnen.

Sie blieb unbeirrt. »Brauchst du nicht aber ...«

»Niemand! Ich brauche niemand! Niemals!« Seine Worte klangen geradezu beschwörend, kamen einer flehentlichen Bitte gleich, ihn von einer unergründlichen Qual zu befreien.

Peter schien von all dem nichts gehört zu haben und rief von der Mauer herunter: »Gibt es zur Suppe auch Brot, Ms Sweeney?«

Kitty war von Declans Verhalten so bestürzt, dass sie auf den Zuruf völlig mechanisch reagierte und nur mechanisch das Wort wiederholte. »Brot?«

Peter kam mit halbleerer Suppenschüssel auf sie und Declan zu. »Ja, bitte. Brot würde gut zu der Suppe passen.«

»Ach so, Brot. Du möchtest eine Scheibe Brot.«

»Für die Suppe.« Wie zum Beweis hielt er ihr die Schüssel hin.

»Ja. Brot. Ich hätte daran denken können. Ich hol dir welches. Warte hier.«

Sie warf Declan einen Blick zu, eine unausgesprochene Bitte, dass auch er bleiben sollte, wo er war, und eilte fort.

Peter schaute auf die Schüssel in seinen Händen und streckte sie dann Declan entgegen. »Mögen Sie etwas Suppe?«

»Nein, danke«, flüsterte er.

»Hat Mrs Sweeney Sie meinetwegen gefragt? Hat sie Ihnen gesagt, dass ich gern Dachdecker werden möchte?« Er wartete gar nicht erst eine Antwort ab, sondern fuhr fort: »Falls sie Sie gefragt hat, haben Sie hoffentlich ›ja‹ gesagt. Meine Mutter hofft das auch. Erst befürchtete sie, bei all den Reichen jetzt hier würde dieses Kunsthandwerk in Vergessenheit geraten. Schilfdächer waren ja ein Zeichen der Armen. Jetzt meint aber meine Mutter, Schilfdächer werden bald wieder in sein, und nicht nur, weil man Dinge von früher nachahmen will. Sie werden bald wieder in Mode kommen, weil wir alle wieder arm sein werden. Es wird uns wie den Amerikanern gehen, hat sie gesagt, wo das ganze viele Geld nur zu ganz Wenigen fließt, so, wie es hier auch lange Zeit war, und der große Rest bekommt nichts ab, auch so, wie es bei uns mal war. In Amerika, sagt meine Mutter, gibt es Tausende und Abertausende, die nur von dem bisschen Suppe in den Suppenküchen leben, die es überall im Land gibt; das war bei uns während der großen Hungersnot auch nicht anders, nur, dass man dort nicht seine Religion wechseln muss, um etwas zu essen zu bekommen. Das geht schon eine ganze Weile so, aber es wird immer schlimmer, immer weniger haben mehr, als wären sie die feinen Lords und das ganze Land gehörte ihnen, und nur das Wenige, was übrigbleibt, fällt für die vielen anderen ab. So ist es jetzt in Amerika, und bei uns wird das auch bald so sein. Hat meine Mutter gesagt. Und dann wird das Dachdecken mit Schilfrohr wieder gefragt sein. Und dann habe ich etwas gelernt, womit ich meine Familie ernähren kann. Wenn ich Dachdecker bin. Deshalb hoffe ich auf ein ›Ja‹ von Ihnen. Meine Mutter sagt, Sie kennen sich da besser aus als jeder andere, nur sollte ich sonst nicht so werden wie Sie, vor dem kein Mädchen, keine Frau sicher ist. Aber so will ich ja auch nicht sein. Nur Dachdecker will ich werden. Damit ich für meine Familie sorgen kann, wenn wir alle wieder arm sind und der ganze Reichtum wieder bei den wenigen Reichen ist. So, wie es hier schon einmal war.«

Während der Junge wie ein Wasserfall redete, hatte Declan den Abstand zwischen sich und ihm Zentimeter um Zentimeter vergrößert. Als Peter verstummte, blieb er stehen. »Ich habe ihr mit ›Nein‹ geantwortet«, erklärte er, erst nur flüsternd, dann wurde er lauter. »Ich arbeite mit keinem. Ich will keinen. Ich brauche keinen. Geh jetzt. Und komm nicht wieder. Such dir einen anderen Dachdecker. Geh und such dir einen. Scher dich fort von hier. Hörst du, was ich sage?«

»Ms Sweeney bringt mir doch aber …«

Declan holte aus und schlug mit dem Handrücken gegen die Suppenschüssel, so dass die Suppe auf Peters Hemd und die Schüssel in Scherben vor seinen Füßen landete. Wütend starrte er den Jungen an. Peter bückte sich, um die Scherben aufzuheben. »Nein! Lass sie liegen! Geh!«

Peter kam wieder hoch, mit einer Scherbe in der Hand. Verständnislos sah er Declan an, drehte sich um und rannte zurück zum Hof, wo er sein Fahrrad hatte stehen lassen. Er sprang auf, verhedderte sich in den Pedalen, fiel auf die Steine und riss das Fahrrad mit. Er rappelte sich auf, führte das Fahrrad ein Stück, sprang im Rennen auf und strampelte, so schnell er nur konnte, davon, die Scherbe fest mit der Faust umschlossen. Schon im nächsten Moment sauste er über die Straße, die zu ihm nach Hause führte.

Kitty erschien mit einem beachtlichen Kanten Brot, selbstgebacken, einen Tag alt zwar, aber immerhin selbstgebacken. (Kieran buk jeden zweiten Tag. Jeden zweiten Tag war es damit einen Tag alt, aber es hatte nie Klagen gegeben.) »Wo ist Peter hin?«

»Peter?«

»Der Junge, der hier war. Der ein Stück Brot haben wollte. Und was ist mit der Suppe geschehen? Hat er sich deshalb aus dem Staub gemacht? Nur, weil er die Schüssel hat fallen lassen und sie entzweigegangen ist?«

»Er ist fort.«

»Schämte er sich, oder was?«

»Ja. Ja. Er … er schämte sich.«

»Dann musst du es eben essen. Das Brot. Bin deswegen extra hin- und hergerannt.«

»Na gut. Gib schon her.«

Kitty reichte es ihm, bückte sich und begann, langsam die Scherben aufzuheben.

»Ich mach das nachher. Ich habe die Schüssel zerbrochen. Also sammle ich auch die Scherben ein. Lass sie liegen. Ich mach das.«

»Du hast die Schüssel zerbrochen?«

»Ja. Ich habe sie ihm aus der Hand geschlagen.«

»Du hast was? Und weshalb?«

Declan schüttelte den Kopf. »Es gab keinen Grund. Es gab überhaupt keinen Grund.«

Kitty richtete sich auf und ließ die Scherben, die sie schon aufgehoben hatte, wieder fallen. Sie drehte sich um und wollte gerade gehen, als sie Peter sah, der zurückgekommen war, vom Rad stieg und mit unschlüssigen Schritten auf sie und Declan zukam. Kitty hoffte nur, dass der Junge jetzt nicht selbst seine Bitte vortragen würde. In der Stimmung, in der Declan war, würde er kein Ohr für ihn haben.

Peter blieb in sicherer Entfernung stehen; mit der linken Hand hielt er das Fahrrad, die rechte, zur Faust geballt, hatte er an den Schenkel gepresst. »Ich will Sie nicht schon wieder belästigen, Mr Tovey, ich habe Ihnen bereits genug Ärger bereitet.«

Kitty blickte zu Declan. Sein Gesicht war reglos, seine Haltung gleichgültig und gelassen.

»Ich möchte nur, dass Sie wissen, dass es schon in Ordnung

und verständlich war, dass sie so reagiert haben, auch wenn Mrs Sweeneys Schüssel zu Bruch ging und die Suppe hin ist. Sie hatten guten Grund, und wenn es Ihnen jetzt unangenehm ist – und das ist es ja –, dann vergessen Sie es. Es war nicht Ihre Schuld. Und meine auch nicht.«

Declan hielt den Blick gesenkt. Verhalten und als fürchtete er die Antwort, murmelte er: »Was schwafelt er da?«

»Er sagt, du hättest keine Schuld«, erklärte ihm Kitty. »Wegen der zerbrochenen Schüssel und der verschütteten Suppe. Dabei hast du ihm das ganze Hemd versaut, sieh nur.«

Peter zupfte sich vorn am Hemd und besah sich den Schaden. »Ist nicht weiter schlimm«, meinte er. »Ich lass es Mutter nicht sehen.«

»Selbst wenn er dir keine Schuld gibt«, sagte Kitty zu Declan, »ich …«

»Nein«, ging Peter dazwischen. »Bitte nicht. Ich verstehe es doch. Wirklich.«

Declans Angstgefühl steigerte sich, wich der Verzweiflung. »Schick ihn fort, bitte!«

»Weshalb?«, fragte Kitty. »Er tut keinem was zuleide. Er sagt sogar, er versteht es. Was er versteht, weiß ich nicht. Am besten, du fragst ihn.«

Das ließ Peter gar nicht erst zu, denn schon sprach er weiter. »Falls Sie sich fragen, wie ich das wissen kann, ich weiß es selbst nicht. Ich habe es gewusst, aber hab's vergessen. Manchmal weiß ich Dinge, und kaum kommen sie mir in den Sinn, sind sie schon wieder wie ausgelöscht. Erst vorhin ging es mir so, auf dem Nachhauseweg. Ich war dermaßen erschrocken, was da passiert war, das mit der zerbrochenen Schüssel und so, dass ich kurz absteigen musste. Ich lehnte mich auf der Brücke am Fluss an die Steinmauer, wollte warten, dass der Schreck verging. Ich schaute auf die Scherbe, die ich immer noch in der Hand hielt. Wenn Sie die wiederhaben wollen, Mrs Sweeney, um die Schüssel wieder zusammenzusetzen …«

»Nein«, beruhigte ihn Kitty. »Nein. Kaputt ist kaputt. Ist

schon gut so.« Sie überlegte einen Augenblick. »Geben kannst du sie mir ja trotzdem.«

Peter öffnete die Faust, betrachtete die Scherbe, ging auf Kitty zu und hielt ihr die ausgestreckte Hand hin. »Mir war da etwas in den Sinn gekommen – ich weiß jetzt nicht mehr, was –, aber so viel kann ich sagen, ich habe es verstanden. Und es ist vollkommen in Ordnung. Dass ich mich nicht mehr erinnern kann, tut doch nichts zur Sache, oder?«

»Nein«, murmelte Kitty. »Es tut nichts zur Sache. Jedenfalls jetzt nicht mehr. Aber wenn ... wenn es dir wieder einfällt ...«

»Nein«, rief Declan. »Er weiß es nicht. Er kann gar nichts wissen. Niemand weiß etwas. Scher dich jetzt heim zu deiner Mutter!«

Der Junge studierte nachdenklich das Gesicht des Mannes, wendete das Fahrrad, schwang sich auf den Sitz und radelte davon, diesmal weniger schnell.

Kitty blickte auf die Scherbe. »Du hättest zu dem Jungen nicht so grob sein müssen.« Ihr Blick wanderte zu den Scherben auf der Erde und dann zu Declan. Er hatte sich umgedreht und ging zurück zu den Ställen. Kitty sah ihm nach und folgte ihm langsam. »Musstest du so gemein zu ihm sein? Peter hat gesagt, er wüsste den Grund. Weißt du ihn? Weißt du, weshalb du so grob zu ihm warst? Du, ein erwachsener Mann, und er ein kleiner Junge – obendrein noch so schmächtig.« Declan ging ungerührt weiter. »Du bist nie grob gewesen, Declan. Jetzt aber warst du es. Wieso? Hast du eine Erklärung dafür?«

»Es gibt keine Erklärung.« Die Antwort kam ruhig, aber stehen blieb er nicht. Kitty wartete ab, ließ ihn nicht aus den Augen. Früher war er immer großspurig durch die Gegend stolziert, jetzt jedoch wirkten seine Schritte unsicher. Immer noch in sich gekehrt, räumte er aus dem hintersten Schuppen letzte Gegenstände, die Hausbesetzer, junge Leute, zurückgelassen hatten. Sie hatten in der Burg gehaust, ehe Kitty sie erworben hatte. Anstatt die Sachen einfach nach draußen zu werfen, denn Besseres hatten sie nicht verdient, trug er sie mehr oder weniger einzeln heraus und stapelte sie auf einen Haufen, so gut es eben ging. Verdreckte Klamotten und Kissen, die zu reinigen nichts mehr gebracht hätte, Schuhe und Stiefel, alle möglichen längst überholten technischen Gerätschaften, eine ausgediente Gitarre, eine rote Perücke, halbvolle Flaschen mit Pflegelotion und Creme – Schönheitsmittelchen, die die Illusion nähren sollten, dass jugendliches Aussehen unvergänglich ist. Sorgfältig wurde eins aufs andere gestapelt, wenngleich es den Aufwand nicht lohnte.

Unmerklich war das Phantomschwein erschienen und sah dem Treiben interessiert zu, während das lebende Schwein friedlich in seinem Verschlag schlief. Declan, den Arm voller Zeitschriften, blieb stehen, nahm die Geistererscheinung und deren sichtliches Interesse wahr und warf das zerfledderte Papierbündel auf den immer größer werdenden Berg. Dann kehrte er in den Schuppen zurück, um mehr von dem Gerümpel zu holen.

Das Schwein war inzwischen auf den Abfallhaufen geklettert und wühlte in dem Durcheinander herum, als verfügte es noch immer über die Gabe, Nützliches ans Tageslicht zu befördern oder auch Dinge, die den Menschen nichts mehr bedeuteten. Declan brachte eine Matratze angeschleppt, darauf bedacht, sie möglichst weit von sich zu halten. Er stampfte mit dem Fuß auf, ein sinnloser Versuch, das Schwein zu verscheuchen. Unbeeindruckt schnüffelte es weiter in dem Abfall herum. Zu seinem Leidwesen vermochte es nichts von dem Unrat in die Gegend zu schleudern. Declan ließ es noch kurz gewähren und warf dann die Matratze hoch oben auf den Haufen. Wäre es ein Schwein von Fleisch und Blut gewesen, hätte es beträchtlichen Schaden genommen. So aber tauchte es einfach am Fuß des Abfallberges wieder auf und nahm erneut seinen Beobachtungsposten ein.

Gleichermaßen bestürzt und entrüstet hatte Kitty derweil immer wieder die Scherbe betrachten müssen und konnte sich nicht erklären, weshalb Declan – Declan Tovey – sich so und nicht anders verhalten hatte. Sie näherte sich ihm und blieb vor ihm stehen, sah ihn aber nicht an, mehr an ihm vorbei, als nähme sie gar nichts wahr.

Declan unterbrach sein emsiges Tun. »Was ist?«

Kitty blickte wieder auf die Scherbe in ihrer Hand. Langsam begann sie die Hand zu schließen, hielt inne und öffnete sie wieder. Sie versuchte es ein zweites Mal, und wieder kam sie nur bis zur Hälfte, als sträubte sich die Hand. Kitty ließ es geschehen und streckte die Finger. Ein leichtes Zucken ging durch die Hand, dann verharrte sie in der geöffneten Haltung. Kitty starrte auf die Scherbe, die auf der Handfläche ruhte, und murmelte kaum hörbar: »In dem Grab wurde ein Knabe gefunden, ausgebuddelt vom Schwein. Vielleicht war es auch ein junger Mann. Ein Lehrling war er jedenfalls, lernte das Handwerk eines Dachdeckers. Er stürzte herunter. Der Kopf. Schädelfraktur. Er starb. Wurde im Garten begraben. Eine Kappe, zum Bedecken der Wunde. Ein Klopfbrett im Beutel neben ihm, ein Gedenken an sein Hoffen und Sehnen, es zum Dachdeckermeister zu bringen. Sollte nicht für ewig da liegen. Du flohst in den Norden, um die Familie zu finden, zu der er gehörte. Und wir fanden das Skelett und wuschen es und kleideten es an, veranstalteten eine Totenwache, wie es sich gehört, und gruben ein tieferes Grab.

Dann aber wurde das Meer seiner gewahr, stellte fest, dass er der Erde zurückgegeben werden wollte. Wütend bäumte es sich auf. Zu schön war der Bursche, liebenswert und gut. Das Meer wollte ihn für sich. Es rief die Winde herbei. Mit voller Wucht donnerten die Wogen gegen die Steilküste. Die Winde fielen in das Getöse ein. Und es geschah. Wenn das Haus mit untergehen musste, dann war es eben so. Das Meer wollte den jungen Mann haben. Es konnte nicht anders. Er war so liebenswert und schön. Und nun ist er dort. Und wir sind hier. Und wir warten, und wir suchen, doch er wird nie kommen, nicht ans Ufer. Niemals.«

Sie nahm die Scherbe, drehte sie zwischen Daumen und Zeigefinger, schloss dann die Hand zur Faust, die Scherbe fest darin.

Ganz ruhig fragte Declan: »Woher weißt du das alles, wenn es dir doch keiner hat erzählen können, außer einem, der aber nie ein Wort darüber verlauten lassen würde?«

Kitty blickte in seine Richtung, presste beide Hände zusammen, die Scherbe zwischen den Handflächen. Dann nahm sie sie wieder in die rechte Hand, drückte sie ins Fleisch, dass es schmerzte, und sagte: »Weiß ich was?«

»Das, was du eben gesagt hast.«

»Ich gesagt? Ich und was gesagt? Was denn? Nichts habe ich gesagt.«

»Du hast es erzählt, es hätte nie erzählt werden dürfen.«

»Erzählt? Was?«

»Er hieß Michael – und wird immer so heißen. Den Rest weißt du.«

»Ich … ich weiß nichts. Wovon redest du?«

»Eben erst. Du hast in deine Hand gestarrt. Auf die Scherbe von der Schüssel. Und darin hast du alles gesehen, was geschehen ist. Ganz genau, wie es war.«

»Ich … ich …« Kitty blickte auf ihre Faust und öffnete sie. Da lag die Scherbe. Sie schloss die Faust, ganz fest, so dass die Ränder in die Handfläche schnitten. »Ich … ich habe was getan? Und was soll ich gesagt haben?«

»Alles.«

»Ich weiß doch aber nichts.«

»Du weißt alles. Er fiel vom Dach, überlebte noch den Tag, lehnte sich an eine Steinmauer und … und …«

Wieder machte Kitty die Faust auf und starrte auf das, was sie da hielt. »Nein! Ich weise das zurück. Ich habe nichts gesehen. Ich weiß nichts. Ich schwöre es!«

»Kann ja sein, du weißt jetzt nichts. Du wusstest es aber, als du darüber gesprochen hast.«

»Nein. Ich weise das zurück. Hörst du? Ich weise es zurück.«

»Was weist du zurück?«

»Dass ich … etwas weiß … etwas sehe …«

»Du hast einen Jungen gesehen, hast du gesagt, ein junger Mann lag in einem Grab und ist nun im Meer.«

»Das hätte ich gesagt? Niemals!«

»Du hast es aber gesagt. Auch, dass er ein Lehrling war …«

»Ein Lehrling? Ja, das … ach das! Das würde Sinn machen. Ich werde wohl darauf angespielt haben, wie du auf Peter und seine Bitte, dein Lehrling sein zu dürfen, reagiert hast. Vielleicht habe ich …«

»Und wusstest du nicht auch, dass ich in den Norden gezogen war, um die Familie ausfindig zu machen? Um ihn dort zu beerdigen, damit er nicht hier seine letzte Ruhe finden musste, wo ihn niemand kannte?«

»Ich … ich …«

»Und wussten wir nicht beide, dass das Meer nach ihm verlangte – schön und liebenswert, wie er war?«

»Auch das habe ich gesagt?«

»Ja.«

»Dann … dann habe ich es erfunden. Anders kann es gar nicht sein. Ich … ich bin Schriftstellerin. Ich erfinde die ganze Zeit etwas. Ich schmücke die Dinge aus. Ich mache sie so interessant wie …«

»Dann aber wurde das Meer seiner gewahr«, fing Declan an, ihre Worte zu wiederholen, »dass er der Erde zurückgegeben werden sollte. Wütend bäumte es sich auf. Zu schön war der Bursche, liebenswert und gut. Das Meer wollte ihn für sich. Es rief die Winde herbei …«

Kitty schleuderte die Scherbe auf den gestapelten Müll. »Das hat Maude McCloskey getan! Sie … sie … Maude. Es war Maude. Sag ihr an meiner statt, ich weise es zurück! Ich will keine Hexe sein! Es ist schrecklich, was sie da angerichtet hat.«

Ein Krähenschwarm kreiste über ihnen, veranstaltete förmlich einen Hexentanz und verspottete krächzend Kittys Protest, flog hoch über die Zinnen der Burg, stieß wieder herab und machte sich auf der Suche nach Beute über den Haufen Unrat her. Aus einem Rachegefühl heraus wollte Kitty schon drohend die Faust erheben, merkte aber, dass Declan gar nicht mehr da stand, wo er eben noch gestanden hatte. Er ging zum Schuppen ganz hinten zurück, langsam, mit gesenktem Kopf.

Kitty wusste jetzt, warum er so gramerfüllt war. Augenscheinlich hatte sie – unwissend, aber allsehend – von dem Tod des jungen Mannes gesprochen, von der Wanderung seines Herrn und Meisters in den weiten Norden. Und nun fand er nicht mal mehr das Skelett vor, konnte nicht die Trauerfeierlichkeiten ausrichten, die ihm so am Herzen gelegen hatten.

Er schleppte weiteres Zeug aus dem Stall an und warf es auf den Stapel zu dem Übrigen. Die Krähen ließen sich auf dem frisch gesetzten Dachbalken des Stalls nieder und warteten ab. Auch das Schwein war noch da; in der Hoffnung, etwas Interessantes ans Tageslicht zu befördern, schnüffelte es in altbekannter Manier herum. Kitty drängte es, zu Declan zu gehen, mit ihm über den Kummer zu sprechen, den sie nun auch selbst empfand. Kummer um ihn. Um den toten jungen Mann. Um Declans Verlust, der durch nichts gemildert werden konnte.

Ganz oben auf den Haufen hatte er ein farbiges Laken und ein Kissen, aus dem Federn quollen, gepackt. Das schien das Letzte aus dem Stall zu sein. Er stand da und betrachtete das vollendete Werk.

Eine Krähe flatterte herab und setze sich auf das ausrangierte Kissen, breitete die Flügel aus und nahm eine Besitzerpose ein. Das Schwein hingegen besann sich auf seinen Geisterstatus und verschwand in der unteren Hälfte des aufgestapelten Hügels. Es musste etwas gesichtet haben, das seinen Vorstellungen entsprach und zu einer letzten Inspektion mit dem Rüssel lockte.

Kitty hielt es schließlich doch für besser, Abstand zu wahren. Sie würde Declans Wunsch nach Einsamkeit respektieren, ihn seinem Gram überlassen, den er mit sich allein ausmachen wollte. Sie würde es nicht wagen, ihr Mitleid zu bekunden oder sich über ihre eigenen neuerlichen Sorgen zu äußern, und so machte sie langsam kehrt, ging aber nicht zur Burg zurück, sondern nahm sich die Hänge des Crohan zum Ziel. Sie wollte in aller Ruhe umherwandern zwischen den wiederkäuenden Kühen. Der Spaziergang würde ihr guttun. Wenn ihr in ihrem gegenwärtigen Zustand überhaupt etwas guttun konnte. Vor allem angesichts ihrer Angst, eine Hexe zu werden.

Kapitel 8

Das aufmüpfige, schielende Schwein, das ursprünglich den Festtagsbraten hatte abgeben sollen und das Lolly und Aaron dann Kitty und Kieran zurückgebracht hatten, war seit seiner Rückkehr auf die Burg Kissane aus unerfindlichem Grund ein friedlicher Mitbürger geworden. Es zeigte sich sanftmütig und kooperativ, es fraß und fraß und fraß und hatte genügend Speck angesetzt, sodass der Tag des ihm vorbestimmten Schicksals näherrückte. Man würde es dem Metzger in Tralee überantworten. Kitty und Kieran ahnten, woher die Friedfertigkeit des Schweins rührte – es war die geisterhafte Gegenwart des verspeisten Schweins.

Ihren Beobachtungen zufolge konnte das lebendige Schwein das Phantom seines Artgenossen nicht sehen, sondern spürte nur seine Gegenwart, und das Phantom hatte in ihm eine Gemütsverfassung erwirkt, die an Frohsinn grenzte. In dem Versuch, dem Phänomen, das sich ihnen darbot, eine vernünftige Erklärung zu geben – was ohnehin schon ein Widerspruch in sich ist –, kamen sie zu der Schlussfolgerung, dass es sich um wahre Liebe handelte, eine Liebe, die stark genug war, dem Tod zu trotzen und Trost und Glückseligkeit in der imaginären Gegenwart des verstorbenen Geliebten zu finden. Hatte man nicht das ursprüngliche Schwein, jetzt der Schatten seines früheren Ichs, zu Lolly gegeben, weil sie eine engagierte Schweinezüchterin war? Und war es nicht wieder bei ihnen gelandet, weil es lesbische Neigungen hatte, die den Eber zur Raserei brachten, die Säue aber, sofern sie die auserwählten Opfer seiner Begierde waren, nicht sonderlich schreckten? Es war durchaus möglich, dass während der Zeit ihrer Wohngemeinschaft – der von dem ursprünglichen Schwein und dem, das eigentlich für den Festschmaus auserkoren war (dem jetzigen auf der Burg Kissane) –

eine Beziehung im Schweinehimmel ihre Erfüllung gefunden hatte, als aber das Schicksal (man könnte auch sagen Kitty McCloud) eingegriffen hatte, wurde das überlebende Schwein wieder seiner Herde zugeführt, wo sexuell erregte Ferkel es in seinem Liebeskummer störten, von dem zu erlösen es lautstark den Himmel bat.

Bis zu einem gewissen Grad hatte sich der Himmel gnädig gezeigt, und das Tier landete erneut auf der Burg, wo es sich der unsichtbaren Gesellschaft seines geliebten Gefährten erfreute. Das brachte den Nebeneffekt mit sich, dass das Schwein zur Zufriedenheit aller fett wurde und die Geschichte nun mit der Trennung der beiden Liebenden enden sollte.

Lolly lenkte ihren Laster in den Hof. Das wohlgenährte Schwein lag nicht weitab von den Nebengebäuden, an denen sich Declan zu schaffen machte, behäbig in der Sonne. Lolly bremste scharf, kletterte aus der Fahrerkabine und betrachtete zufrieden das schlachtreife Tier. Sie war keineswegs der einzige Gast, was sie aber nicht wissen konnte. Brid und Taddy verfolgten aufmerksam Declan, der das Dach des vorletzten Schuppens deckte. Auch das Geisterschwein fehlte nicht und hielt getreulich Wacht über seinen schlummernden Artgenossen. Im guten Glauben, sie hätte Declan ganz für sich allein, ging Lolly schnurstracks auf ihn zu.

»Declan«, rief sie überschwänglich. Von der Verunsicherung bei ihrer letzten Begegnung mit ihm auf eben diesem Hof, nach der sie sich rasch in die Spülküche zurückgezogen hatte, um ihm nicht gegenüberstehen zu müssen, war nichts geblieben. Ihre Bewegungen waren zielgerichtet und entschlossen. Als wäre eine merkwürdige Verwandlung mit ihr vorgegangen, ein böser Zauber gewichen. Sie war ganz die alte, die selbstbewusste Frau, die Spaß an peinlichen Situationen hatte und jede Form der Geselligkeit liebte, sei es mit Mensch oder Schwein.

»Deine Arbeit da ist für ganz Kerry ein Gewinn. Schön wird alles wieder aussehen.«

Declan nickte, er war mit voller Konzentration bei der Sache und nicht gewillt, die Arbeit auch nur einen Moment ruhen zu lassen. Sachgemäß rückte er das Schilfrohr in die entsprechende Position, darauf bedacht, die gesamte Fläche des Daches mit der gleichen Sorgfalt zu bedenken, die oberen Lagen etwas lockerer zu legen, damit der Regen gut abperlen konnte. Einer derartigen Gleichgültigkeit ihr gegenüber konnte Lolly nur mit lautem Lachen begegnen.

»Lass dich durch mich nicht stören. Ich will deine Aufmerksamkeit nicht unnötig auf mich lenken. Dir ist in deinem Leben nicht viel erspart geblieben, mein törichtes Verhalten sollte nicht auch noch dazukommen. Neulich war ich Lolly McCloud. Und vergiss bitte auch die unglückselige Begegnung in Caherciveen mit diesem albernen Frauenzimmer. (Lolly war offensichtlich entschlossen, ihr eigenes befremdliches Verhalten und auch das von Declan außer Acht zu lassen, als wäre an dem seltsamen Wortwechsel vor der Kirche nur die arme Lucille schuld gewesen.)

»Ich bin jetzt wieder ganz Lolly McKeever. Nicht, dass ich von meinem Mann nichts mehr wissen will, nein, den liebe ich von ganzem Herzen, aber ich habe mich auf meine wahre Berufung besonnen … habe wieder Vernunft angenommen. Ich habe nur so getan, als wäre ich eine McCloud, als könnte ein dem Gesetz nach angenommener Name gleich eine Schriftstellerin aus mir machen. Dabei habe ich sogar ein Buch geschrieben. Reiner Blödsinn, den ich da zu Papier gebracht habe. Kannst du dir vorstellen, dass eine Frau mit meiner Intelligenz und meinem gesunden Menschenstand einen Roman über Geister schreibt und über Menschen, die verrückt genug sind, sich in die zu verlieben?«

Der Dachdecker horchte auf. Nur einen flüchtigen Moment schaute er zu Brid und Taddy, die ebenfalls ihr Augenmerk auf die Frau wenige Schritte von ihnen entfernt gerichtet hatten. Sie wirkten zutiefst verstört.

Declan wendete sich wieder seiner Arbeit zu. Lolly, der die Bestürzung der Geister entging, fuhr unbeirrt fort: »Ich habe tatsächlich so was geschrieben. Nicht genug damit. Ich habe die Geister in einer Burg angesiedelt, so einer wie diese hier. Und dann zergrübelte ich mir den Kopf, wie ich sie wieder loswerden könnte. Kannst du dir vorstellen, was da Kitty – oder war es Kieran – vorschlug? Jag doch die Burg in die Luft! Das haben sie gesagt! Das würde dem Spuk ein Ende setzen. Ich habe ja nicht unbedingt was gegen Special Effects, aber die Burg in die Luft jagen und auf diese Weise die Geister loswerden? War das nicht ein bisschen zu viel des Guten? Doch sie beharrten darauf und taten so, als wüssten sie in solchen Dingen Bescheid. Kannst du dir so was vorstellen?«

Declan hörte sehr wohl zu, gab jedoch vor, völlig in seine Arbeit vertieft zu sein. Dabei spitzte er die Ohren, und auch die Geister ließen kein Auge von Lolly.

»Und dann bin ich noch blöd genug und frage, wie. Wie jagt man eine Burg in die Luft? Da antwortet mir Kieran – oder war es doch Kitty?: ›In den Fußbodenplatten der Großen Halle ist Schießpulver verborgen.‹ Kommt ja mehr als gelegen, dachte ich. Da will man eine Burg in die Luft jagen, und – wer hätte das gedacht – das Schießpulver liegt schon die ganze Zeit parat. Kannst du dir vorstellen, dass dir jemand so etwas vorschlägt? Ich bin ja Neuling auf dem Gebiet – des Romanschreibens, mein ich –, aber selbst ich weiß doch, dass man so etwas nicht tut und obendrein erwartet, dass der Leser bei so etwas mitgeht. Und doch habe ich es geschrieben. Aber davon bin ich geheilt. Schluss mit den Geistern. Das ist absolut verrückt. Genauso verrückt ist, dass ich das Schweinehalten aufgab und mit dem Schreiben anfing. War auf Abwege geraten, geschieht nie wieder, kannst mir glauben.«

Declan hatte seine Arbeit unterbrochen, sich umgedreht und betrachtete eingehend die Sprecherin. Sie hatte gut sitzende Jeans an und ein Hemd von sattem Blau, wahrscheinlich sogar eins von ihrem Mann, das das Blau ihrer Augen noch intensiver zur Geltung kommen ließ. Das rotbraune Haar glänzte in der Sonne.

Er hatte Mühe, sich zu konzentrieren, und flüchtete sich mit einem Blick zu Brid und Taddy. Es half. Nur, dass ihn die alte Traurigkeit überkam, als er die beiden ansah. So wie damals, als er noch Kind war. Kaum hatte man ihn in das Familiengeheimnis eingeweiht und mit den geschichtlichen Wahrheiten vertraut gemacht, war er durch die verlassene Burg gestreift, hatte sich in die Räume gestohlen, wo das Paar umherirrte, war gleich ihnen über die Felder gewandert, war die Wendeltreppe hinauf zu den Zinnen geklettert, wo im Zwischengeschoss Brid am Webstuhl saß und Taddy an der Harfe. Überall war der junge Declan, im Grunde genommen noch ein Kind und doch schon als erwachsen geltend, mit dabei gewesen, ein von ihnen hingenommener, wenn auch nicht anerkannter Gefährte, er selbst bezaubert von ihrer Schönheit und betrübt ob ihres Ausgeschlossenseins. Er hätte etwas darum gegeben, hätte er ihre Reise in Ruhm und Ehren enden lassen können.

Doch Kräfte dieser Art waren ihm versagt. Nie hatte er etwas von den Riten erfahren, mit denen er ihnen den Weg hätte ebnen können. In jungen Jahren hatte er sie beschworen, mit ihm zu sprechen, ihm mit Gesten oder Mimik zu bedeuten, wie er hätte helfen können. Aber auch sie waren in ihrer Macht beschränkt. Sie warteten nur mit ihrer Gegenwart auf. Mit vierzehn hatte er beschlossen, die Burg in Zukunft zu meiden. Schon der bloße Anblick von Brid war mehr, als er mit seinen erwachenden Trieben ertragen konnte. Er würde nicht bei seinem Vater, sondern bei einem umherziehenden Dachdecker in die Lehre gehen. Er würde sein Dorf, sein Land verlassen. Er würde sich auf die Wanderschaft begeben, ab und an zurückkehren, aber nie zur Burg. Doch jetzt in seinem Kummer war er gekommen, um Trost bei ihnen zu finden – all sein Hoffen und Wünschen und Beten ging dahin, dass sein geliebter Toter, sein Michael, den das Meer zu sich genommen hatte, sich zu ihnen gesellen würde, dass man dem Jungen gewähren würde, ihr Gefährte zu sein. Doch Brid und Taddy hatten keinerlei Einfluss darauf. Ein Schatten konnte keinen Schatten rufen. Wohl konnten die beiden göttliche Sendboten sein, doch ihre Botschaft war Schweigen, und Declan war gleich ihnen zum Schweigen verdammt.

Von Lolly aber konnte er vielleicht Dinge erfahren, die von Bedeutung waren. Die Zerstörung der Burg würde Brid und Taddy erlösen können? Angeblich hatten Kitty und Kieran das der Frau hier gesagt. War es geheimes Wissen oder Wunschdenken gewesen? Wenn sie es wussten, musste er es herausfinden.

Lachend knuffte und stupste Lolly das dösende Schwein. Trotz aller Mühen erntete sie nur ein gelegentliches Grunzen. Der geisterhafte Artgenosse beobachtete sie argwöhnisch, senkte den massigen Kopf und bereitete sich auf einen Angriff vor – als wäre er dazu noch imstande.

Lolly verlegte sich nun auf die empfindlicheren Körperteile des Schweins und versetzte fröhlich jauchzend dem Schwein einen Schlag auf die Schnauze. Das Schwein quiekte laut auf, mehr aus Empörung als aus Schmerz. Von seiner Regung ermutigt, wiederholte Lolly den Schlag, woraufhin sich das Schwein erhob. Sein Quieken und Kreischen nahm merklich an Tonhöhe und Lautstärke zu. Es kam aus dem Verschlag getrottet. Auch sein wachsamer Gefährte hob die Schnauze gen Himmel, vermochte jedoch nicht, seinen Protest vernehmbar von sich zu geben.

Mit oft geübten Tricks wurde das Schwein in Richtung des wartenden Lasters manövriert. Bei seinen vergeblichen Versuchen, sich der entwürdigenden Behandlung zu widersetzen, merkte es nicht, in welche Falle es ging. Lolly kannte kein Pardon, mit erbarmungslosen Knüffen und Hieben trieb sie das Schwein auf die Rampe, bis sie es schließlich auf der Ladefläche hatte. Sie schob die Rampe mit hinauf und verschloss die Ladeklappe. Das Schwein tat weiterhin seine Empörung kund, während sein geliebter Partner sich mit seinem gewaltigen Kopf und den massiven Schultern unter den Truck stemmte, als wollte er ihn umkippen. Wäre das Tier noch mit seinen irdischen Kräften ausgestattet gewesen, hätte ihm das durchaus gelingen können, davon war Declan überzeugt. So aber waren all seine Mühen umsonst.

Als käme ein Retter in der Not, fuhr ein cremefarbener Bentley auf den Hof. Ohne Rücksicht darauf, dass es die Ausfahrt des Lasters blockierte, hielt das Auto an und hätte sich an dessen Stoßstange fast die Tür der Beifahrerseite aufgeschrammt. Ein Mann in mittleren Jahren, gekleidet in Leinen und Seide in gedämpften Farben, entstieg dem Bentley. Auffällig war der lässig um den Hals geschlungene Schal, der vermutlich den Kragen des Jacketts schonen sollte – edelste Rohseide, die von Geld, Rang und Privilegien zeugte. Der Mann machte einen ungemein hochnäsigen Eindruck, und Declan hatte Mühe – ähnlich dem Schwein –, nicht einen entrüsteten Grunzer von sich zu geben. Mit einem herablassenden Lächeln bewegte sich der Mann auf Lolly zu, die hinten an ihrem Laster stand. »Ich bitte um Verzeihung, dass ich unangemeldet erscheine«, erklärte er, »aber ich war zufällig hier in der Nähe unterwegs und dachte, ich sollte mal bei Mr und Mrs Sweeney vorbeischauen, die, wenn ich mich nicht irre, hier auf der Burg ihren Wohnsitz haben.«

»Sie sind nicht da«, erwiderte Lolly kurz und knapp.

»Ach, wie schade. Aber es ist natürlich mein Fehler.« Mit der bloßen Andeutung einer Neigung des Kopfes fügte er hinzu: »Lord Shaftoe.«

»Lolly McCloud, geborene McKeever.« Lolly veränderte ihre Haltung nicht im Geringsten.

»Freut mich sehr.«

»Wenn Sie meinen.«

Ein krampfhaftes Lächeln schob die Mundwinkel des Mannes zur Seite und verzerrte sein Gesicht. »McCloud, sagen Sie. Dann sind Sie also mit den Mietern verwandt.«

»Mit den Besitzern.«

»Natürlich.« Wieder das entstellende Grinsen.

»Ich bin mit dem Neffen von Kitty McCloud verheiratet.«

»Oh, dann sind Sie ja hier so gut wie zu Hause.«

»Ich wohne woanders.«

»Aber Sie sind doch wohl jederzeit willkommen. Gehe ich in der Annahme recht?«

Lolly zuckte mit den Schultern.

Declan wendete seinen Blick von dem Mann ab und stellte fest, dass Brid und Taddy verschwunden waren. Da sie das ab und an taten, beunruhigte ihn das nicht sonderlich, nur war auch die Aufmerksamkeit des Geisterschweins nicht länger auf seinen Artgefährten gerichtet, sondern auf den Fremden, der neben Lolly stand. Die ließ sich von ihm nicht beeindrucken, wohingegen Declan beschloss, dem weiteren Verlauf der Dinge genau zu folgen. Dieser Mensch war nicht zufällig hier.

»Wenn ich Sie bitten dürfte – Ihr Auto blockiert mir die Ausfahrt«, stellte Lolly sachlich fest.

»Oh. Das tut mir leid. Wie gedankenlos von mir. Aber darf ich zunächst noch eine Frage stellen: Sagt Ihnen mein Name – Shaftoe, wie schon erwähnt – Lord Shaftoe etwas?«

»Shaftoe sagt mir nichts. Und Lord schon gar nicht.«

»Eine amüsante Bemerkung.« Um die schmalen Lippen zuckte es heftiger als zuvor. »Ich muss gestehen, dass meine Beweggründe, hier Halt zu machen, sentimental, ja, mir peinlich sind. Sie müssen nämlich wissen, das hier war die Heimstatt meiner Vorfahren, und zwischen den gegenwärtigen Mietern und mir war es zu törichten Streitigkeiten gekommen, die, wie ich zugeben muss, zu ihren Gunsten entschieden wurden.«

»Ich habe davon gehört.« Lolly blieb ungerührt. »Sollten Sie nicht eigentlich im Gefängnis sitzen?«

»Für eine gewisse Zeit war das auch der Fall. Ja, ja. Eine interessante Abwechslung. Eine ungeahnte Gelegenheit, mich in einer Fertigkeit zu üben, die ich nicht für möglich gehalten hätte, im Squash nämlich. Solcher Art sind die Strafen, die einem von einer zivilisierten Gesellschaft auferlegt werden. Und außerdem ist man nicht umsonst Lord, selbst heutzutage, da jede Form von Hochachtung verkümmert.«

Seine kosmetisch aufgetragene Gesichtsfarbe strafte den Lord Lügen, denn – wie Declan feststellte – hatte der gute Mann versucht, die Blässe, die von dem Entzug des Sonnenlichts herrührte, zu übertünchen. Squash, von wegen. Der Mann hatte in einer Zelle geschmachtet – wie es sich in einer Gesellschaft gehörte, die sich ihrer vom Gesetz vorgeschriebenen Verantwortung bewusst war.

»Ich gehe von der freudigen Gewissheit aus, dass das Heim meiner Vorfahren in kompetenten, oder sollte ich lieber sagen, *treusorgenden* Händen ist«, äußerte der Lord.

»Können Sie gerne sagen«, meinte Lolly, »nur blockiert Ihr Wagen immer noch ...«

Declan hatte seinen Hochsitz verlassen, möglicherweise wurde sein Eingreifen nötig.

»Ja, natürlich«, fiel ihr der Lord ins Wort. »Ich werde ihn sogleich zur Seite fahren. Doch zuvor, glauben Sie, es gäbe etwas dagegen einzuwenden, wenn ich, wie soll ich sagen, durch das Gelände streife und in Träumereien schwelge, die unerfüllt blieben? Ich meine damit die Rückgabe der Burg an ihren rechtmäßigen ... ich meine, die Erfüllung meiner Kindheitsträume, dass ich als Lord Shaftoe durch die Hallen, Wiesen und Felder wandle, wo sich in glückvolleren Zeiten meine Vorfahren die Ehre gaben.«

»Ich fürchte, mir steht es nicht zu, Ihnen das zu gestatten. Würden Sie jetzt endlich Ihr dämliches ...«

»Aber ja. Nur einen Moment noch. Ich sehe da jemand, der vielleicht ein wenig zuvorkommender ist.« Er hob die Hand und rief: »Mr Sweeney! Ich bin's. Ich ... ja ... ich bin hier, um Ihnen zu danken. Sie haben doch nichts dagegen.«

Declan hatte Kieran schon von Weitem den Berghang hinabsteigen sehen. Der Burgherr hatte dann aber einen großen Bogen gezogen, um den Morast am Fuße des Crohan zu umgehen. Als er jetzt den Hof betrat, begrüßte er den Eindringling mit den Worten: »Mr Shaftoe, wenn mich nicht alles täuscht.«

Der Lord brach in ein befremdliches Gelächter aus, halb kichernd, halb meckernd. »Wenn Ihnen die Form der Anrede beliebt. Ich will gewiss nichts Besseres sein als jeder andere, das heißt, es kommt darauf an, wer der andere ist.« Sichtlich zufrieden mit seiner sinnigen Bemerkung beendete er den Satz mit erneutem Lachen. Dass keiner der Umstehenden sein Verhalten lustig fand, störte ihn nicht.

Kieran kam näher. »Wieso sitzen Sie nicht im Gefängnis?«

»Man kann von dem Staat schlecht erwarten, dass er einen da unendlich festhält, oder? Ich jedenfalls nicht. Ich habe seine Gastfreundschaft eine Zeitlang genossen, das reicht, jetzt muss ich wieder für mich selbst verantwortlich sein. Wie jeder andere Bürger, der etwas auf sich hält.«

»Sie sind doch sicher aus einem bestimmten Grund gekommen.«

»Vor allen Dingen, um Ihnen zu danken. Ich will mich da nicht in Einzelheiten verlieren, bin ich doch sicher, dass Sie nicht vergessen haben, wie freundlich Sie waren. Sie haben mich daran gehindert, eine Tat zu vollbringen, die absolut gegen meine Natur ist, erst recht gegen meinen Stand in höheren Kreisen. Sie wollten mein Leben retten und haben es im Endeffekt auch getan. Der Tag damals? Oben auf den Zinnen? Erinnern Sie sich?«

»Und ob.«

»Gut. Auch ich werde das nie vergessen. Kein Wandel der Zeiten wird meiner Dankbarkeit etwas anhaben können. Wann immer es eine Frage der Ehre ist, bin ich ein Mann der Standhaftigkeit. Und Ihr Handeln verdient weit mehr, als in meinen bescheidenen Kräften steht.«

»Nett von Ihnen. Danke.«

»Das wäre nun also gesagt. Ich kann mir nicht vorstellen … ich meine, ich gedenke nach Australien zurückzukehren, und ich hoffte sehnlich, dass ich, ehe ich … fast hätte ich gesagt *in See steche,* aber wer tut das heute schon noch … also bevor ich von dem Land meiner Vorfahren Abschied nehme, das sich am besten hier in der Burg manifestiert, hoffe ich doch, dass Sie mir einen letzten … vielleicht raschen Rundgang …«

»Ich denke, Sie haben genügend Erinnerungen.«

»Dann gestatten Sie mir, selbige aufzufrischen … lebendig werden zu lassen, ehe ich …«

»Ich finde, es ist wirklich nicht …«

»Sie verstehen gewiss besser als jeder andere Sterbliche, was die Burg für mich bedeutet.«

»O ja. So viel, dass Sie nicht vor Fälschungen und unwahren Behauptungen zurückschrecken, um sie an sich zu bringen.«

»Aber das beweist doch nur umso mehr, wie groß meine Liebe zur Burg ist. Dass ich mich so weit vergessen konnte, kriminelle Handlungen zu begehen. Dass ich meinen Namen entwürdigte und mich auf Dinge einließ, die eigentlich Meineidigen und Schurken vorbehalten sind.«

»Ist ja heiter. Wirklich heiter. Trotzdem, ich halte es wirklich nicht …«

»Vielleicht könnten Sie sich auf einen Kompromiss einlassen. Vergessen wir den Rundgang. Nur einen kleinen Schritt hinein. In die Große Halle – für die ich so überwältigende Pläne hatte und von denen nun nicht ein einziger verwirklicht wird. Das werden Sie mir doch nicht wirklich abschlagen wollen.«

»Wenn damit dieses leidige Gespräch ein Ende hat, na gut.«

»Großzügig wie immer. Ich danke vielmals.«

»Denken Sie dran, die Halle dient gegenwärtig mehr oder weniger als Rinderstall.«

»Ich habe mich seit langem darin geübt, widerwärtige Dinge – ganz gleich, ob sie Auge oder Nase beleidigen – zu ignorieren oder besser, bewusst darüber hinwegzusehen. Sie können getrost sein, ich bin bei dem Erlebnis, das Sie mir so großzügig gewähren, auf alles gefasst.«

»Okay. Kommen Sie. Aber passen Sie auf, wohin Sie treten.«

Wieder ein verächtlicher Lacher, dann strebte der Lord der Großen Halle zu, vorbei an dem Laster, auf dem das Schwein vor sich hin wimmerte. Kieran machte die imposanten Türen weit auf.

Der Gestank drang bis zu Declan und Lolly, aber keiner von beiden zeigte die geringste Reaktion. Für sie gehörte der Geruch zu Kühen, die für sie liebenswerte und friedliche Tiere waren. Er schwängerte die Luft und erinnerte daran, dass so beruhigende Geschöpfe wie Kühe Mitbewohner der Burg waren. Declan tat es fast leid, dass dank seiner Mühen die Kühe bald in Ställen hausen würden, auch wenn ihnen die Naturelemente wegen seiner meisterlich gedeckten Dächer nichts würden anhaben können. Es war durchaus möglich, dass sie den Prunk, der sie über ein Jahr umgeben hatte, vermissen würden, aber Declan tröstete sich damit, dass diese Kühe anpassungsfähig waren, eine Fähigkeit, die den meisten ihrer Art abhanden gekommen war.

»Hoffentlich versinkt er im Mist«, hörte Declan Lolly sagen. »Und wälzt sich richtig drin, ehe er sich wieder hochrappelt. Vielleicht sollte ich reingehen und ein wenig nachhelfen.«

Declan war schon im Gehen, um sich wieder seiner Dachdeckerei zu widmen, als er den Lord, mühsam humpelnd herauskommen sah. Kieran bot ihm am linken Arm festen Halt. Frischer Kuhmist ließ den linken Schuh nur noch erahnen. Lolly ergötzte sich schadenfroh an dem Anblick. Vergeblich stampfte der Lord mit dem Fuß auf, der Dreck saß fest. »Dass da überall, wo man hintritt, Kuhfladen herumliegen, hatte ich nicht erwartet.«

Kieran nahm das Missgeschick seines Gastes sichtlich erheitert zur Kenntnis. »Ich hatte Sie ja gewarnt.«

»Trotzdem war mit der Größenordnung beim besten Willen nicht zu rechnen.«

»Dafür haben Sie jetzt wieder trockenen Boden unter den Füßen. Leben Sie wohl, ehe Sie eine weitere Bescherung ereilt.«

Kieran steuerte ihn zu dem Bentley und öffnete sogar die Tür für ihn. Der Lord zögerte mit dem Einsteigen. »Vielleicht gestatten Sie mir ein paar Schritte auf dem Gras dort ... um ... um ... Sie sehen ja, mein Schuh ist arg verschmutzt.«

»Das ist kein Gras. Das ist unser Garten, und der ist bereits bestens gedüngt, danke.«

»Gewiss kann mir jemand hier beispringen und ...«

»Derlei Dienstleistungen gehören nicht zur Gastfreundschaft des Hauses. Leben Sie wohl, Mr Shaftoe.«

Der Lord stieg ein, schlug die Tür zu, ließ unnötig laut den Motor an, wendete rasant, dass der Kies aufspritzte, und raste davon. Kieran klopfte sich den Staub und Schmutz von den Hosen – das Intermezzo Lord Shaftoe war für ihn beendet.

Er nickte Declan und Lolly zu und ging hinüber zum Garten, wo er mehr oder weniger wahllos etwas pflückte oder aufsammelte. Das seiner Freiheit beraubte Schwein stemmte sich gegen die Ladeklappe des Lasters, schrie und quiekte, als ginge es bereits ums Schlachten. Lolly kletterte in ihren Wagen und fuhr ab. Das Geisterschwein lief los und stellte sich dem Laster in den Weg. Erreichen konnte es damit nichts. Der Wagen fuhr drauf los, und hinter ihm tauchte das Schwein unversehrt mitten auf der Straße wieder auf, ein Beweis dafür – falls es denn eines Beweises bedurfte –, dass die Welt der Geister ohne die Hilfe eines irdischen Verbündeten nichts ausrichten konnte.

Mit zunächst gesenktem, dann erhobenem Kopf schaute es ein, zwei Momente zur Tür der Großen Halle, die noch offen stand, und trottete hinein. Natürlich wusste Declan, dass das Tier keine offene Tür nötig gehabt hätte, um in die Halle zu gelangen, doch er nutzte die Gelegenheit und folgte dem Schwein.

Die Stelle mit dem verschmierten Kuhfladen, auf dem der Lord ausgerutscht war, war nicht zu übersehen. Zu übersehen war aber auch nicht das Schwein, das nach oben starrte. Und dort oben an dem großen Kronleuchter mit den hundert Kerzen hingen an groben Stricken Brid und Taddy, ihre leblosen Körper schwangen in dem Luftzug, der durch die offene Tür entstand, sacht hin und her. Ergreifend, die schwarzen und geschwollenen Zungen, die herausquellenden Augen.

Nie zuvor hatte Declan dieses Bild gesehen. Nie hatte man ihn auf eine solche Möglichkeit vorbereitet. Er musste sie da herunterholen. Schnell. Doch noch ehe er an die Tür gelangte, um das nötige Werkzeug herbeizuschaffen, ging ihm auf, dass auch die Stricke nur Geisterspuk waren, sich seinem Eingreifen widersetzen würden. Er drehte sich um, sah erneut hin. Langsam schwebten sie umher, aufeinander zu und wieder voneinander weg. Die leblosen Augen vermochten sich gegenseitig keinen Trost zu spenden.

In nahezu feierlichem Ernst kniete Declan Tovey in dem dick gestreuten Stroh nieder, senkte die Stirn in den viehischen Gestank. Mit ausgestreckten Armen legte er einen Eid ab. Er würde sie befreien, sie erlösen. Was immer ihm das auch abverlangte, er schwor, Mittel und Wege zu finden.

Er erhob sich und blieb stehen. Die beiden waren verschwunden. Auch das Schwein. Er stand allein in dem riesigen Raum inmitten von Scheiße und Pisse. Eine heilige Stätte und derart entweiht. Ja, er würde die Dächer der Ställe decken. Noch heute würde er damit fertig werden, noch diese Stunde, dann die Kühe hier hinaustreiben, sodass nur noch frische Seeluft vom Meer hereinströmte. Ja, das würde er tun und sein Leben als erfüllt betrachten. Das war es, weshalb er als Nachgeborener seiner Vorfahren, die er in Ehren hielt, auf Erden weilte. Es sollte vollendet, vollbracht werden.

Als er hinausging, traf er auf Kieran, der irgendein Bündel anschleppte. Declan hastete an ihm vorbei, ohne ihn im Geringsten zu beachten, und bemerkte nicht, dass Kieran ihn verdutzt ansah. Wie sollte der auch nicht, so verdreckt, wie Declan war, obendrein roch er nach Pisse. Doch für Declan spielte das alles keine Rolle.

Kapitel 9

Die Burg musste gesprengt werden. Declan hatte es geschworen, und er selbst würde es tun. Der Anblick der beiden Gehängten, Brid und Taddy, hatte ihn in seiner Entschlossenheit bestärkt. Schon seit seinem zehnten Lebensjahr war er von dem inneren Wunsch beseelt, sie befreien zu können – seit dem Tag, da er, wie es in der Familie Brauch war, als Mann betrachtet wurde. Ende September am Michaelistag hatte ihn sein Vater an die Hand genommen und war mit ihm zur Burg Kissane gewandert, ein gutes Stück Weges, aber kürzer hätte er nicht sein dürfen, denn der Vater brauchte die Zeit, um ihn auf das Geheimnisumwobene vorzubereiten, in das er nun eingeweiht werden sollte.

Von Kindesbeinen an hatte er mit dem Heldentum der Tovey-Ahnen gelebt. Seine Vorfahren waren, selbst schon im fortgeschrittenen Alter, bereit gewesen, sich statt des hübschen Taddy und der schönen Brid hängen zu lassen, damit den beiden der Weg ins ihnen vorbestimmte Glück offen stand. Doch ihr großherziges Angebot hatte nur dazu geführt, dass Seine Lordschaft sie auspeitschen ließ, denn er sah sich um das Vergnügen gebracht, dem Leben von zwei so hoffnungsvollen gutaussehenden Menschen ein Ende zu setzen. Und nun war für den zehn Jahre alten Declan die Zeit gekommen, die mit dem Mysterium verbundenen weiteren Geheimnisse zu erfahren. »Zu allererst musst du ein Gelübde ablegen«, hatte sein Vater gesagt, »nie darfst du es brechen, sonst bist du verdammt in alle Ewigkeit. Bist du Manns genug, dich daran zu halten?«

»Ja, Dad.«

»Dann hör gut zu. Und zeige niemandem außer deinen eigenen Kindern, was du heute zu sehen bekommst. Hast du verstanden?«

»Ja, Dad.«

»Du bist ein wackerer Mann, Declan. Dein Vater ist stolz auf dich.« Und dann erzählte er ihm die Geschichte.

Declan und sein Vater erreichten die Burg. »Du darfst jetzt nicht sprechen und musst ganz leise sein«, sagte der Vater. Er räumte am Fuße des Turms ein paar Steine zur Seite und wies nach unten ins Dunkle. »Folge mir und bleib an meiner Hand, denn nur ich kenne den Weg.« Er ging ein paar in den Fels gehauene Stufen hinab und verschwand in der Dunkelheit. Declan hielt sich dicht hinter ihm. Es war feucht und muffig, das Atmen machte Mühe. Von panischer Angst erfasst, fuchtelte Declan wild mit den Armen umher, ertastete die Schulter des Vaters und suchte dessen Hand, die er fest umklammert hielt. Sein Vater führte ihn durch das Verlies, eine verfallene Treppe hinauf und von dort durch eine offen stehende Tür, durch die sie auf die untere Ebene der Burg gelangten. Es ging weiter durch mehrere Räume mit steingemauerten, teilweise getünchten Wänden, bis sie an eine Wendeltreppe kamen. Sie befanden sich im Burgturm und kletterten hinauf.

Den ersten großen Absatz ignorierten sie, er war völlig leer, hoch oben war ein Fenster in die Mauer eingelassen. Was Declan auf dem zweiten Treppenabsatz zu sehen bekam, enttäuschte ihn. So viel Geheimniskrämerei, und alles, was sich ihm zeigte, war ein junger Mann, der auf einem Schemel hockte, eine Harfe ohne Saiten an die Brust drückte und so tat, als ob er spielte. Na gut, es gab auch noch einen Webstuhl, dem Aussehen nach ganz schön alt, und an dem saß ein Mädchen, vielleicht schon mehr ein Backfisch, denn der Zehnjährige spürte bei ihrem Anblick gewisse Regungen. Das Mädchen tat, als würde es weben.

»Sieh genau hin, aber sage nichts«, flüsterte sein Vater.

Gehorsam schaute Declan hin. Der junge Mann und auch das Mädchen schenkten ihnen keinerlei Beachtung, betrieben weiterhin ihre Narretei, als wären sie allein. Hatte sein Vater ihn den ganzen weiten Weg wegen dieser jungen Leute, die wohl nicht ganz richtig im Kopf waren und die sich in einer Burgruine ihre Bleibe gesucht hatten, hierher geschleppt? Dann aber sah Declan ihre Nacken, die Haut einst wundgescheuert von einem groben Strick und jetzt vernarbt. Der Vater legte dem Jungen einen Finger auf die Lippen. Sie blieben so stehen und schauten den beiden weiter zu.

»Das ist Brid«, sagte sein Vater schließlich, »und das ist Taddy.«

Das waren Namen, die Declan kannte. In ehrfürchtiger Scheu stand er mit offenem Mund da. Er war völlig versunken in den Anblick, und sein Vater nicht minder. Die Harfe blieb stumm und wurde doch gezupft, lautlos bewegte sich der Webstuhl hin und her, ohne jeglichen Faden ein müßiges Geschäft.

Schließlich schlichen sich der Junge und sein Vater leise davon. Auf dem Heimweg vermieden sie jedes Geräusch, verhielten sich wie die beiden jungen Menschen, die sie eben gesehen hatten. Auch nahm ihn sein Vater nicht länger an die Hand. Declan war jetzt ein Mann, war von diesem Tag an erwachsen. Er war in das Geheimnis eingeweiht, würde fortan Hüter der rätselhaften Erscheinungen sein.

Bei Sonnenuntergang hatten sie die Burg verlassen, inzwischen war der Feuerball hinter der Bergkuppe gänzlich verschwunden. »Nur wir können sie sehen, niemand anders«, erklärte sein Vater. »Weshalb das so ist, wissen wir. Unsere Vorfahren waren bereit, sich für sie zu opfern. Das Phänomen als solches wird für immer und ewig absonderlich und wundersam bleiben, niemand von uns wird es restlos erklären können. Wir wissen nur, dass sie da sind. Jederzeit, wenn uns danach ist, an ihrem Kummer und Leid Anteil zu nehmen, auch an dem Kummer und Leid, das unsere Vorfahren ertragen haben, können wir dorthin gehen und werden Brid und Taddy vorfinden. Irgendwo. Vielleicht nicht in den gleichen Räumen. Auch auf den Feldern habe ich sie gesehen, im Obstgarten, der längst verkommen ist. Und fortan darfst auch du dorthin gehen. Wenn es dich danach verlangt. Aber vergiss nie dein Gelöbnis. Man würde die Toveys für verrückt halten – vielleicht sind wir es auch. Aber es ist ein heiliger Wahnsinn. Und nur der unsrige. Von Bluts wegen. Nie dürfen Brid und Taddy vergessen oder im Stich gelassen werden. Hast du meine Worte vernommen, mein Sohn?«

»Ja, Dad.« Declan ergriff seines Vaters Hand, und sein Vater verweigerte sie ihm nicht.

Ohne dass Declan von dem einen oder anderen Konkreteres erfahren hätte, begann er, die Mosaiksteinchen für sich zusammenzusetzen, Beweisstücke dafür, dass Kitty und Kieran nicht nur von den nötigen Hilfsmitteln wussten, wie die Geister freikommen könnten, sondern auch, wie deren Freilassung zu bewerkstelligen war. Das hatte er sich aus Lollys wirrem Geschimpfe über ihre Romanschreiberei zusammengereimt. Auch wenn Lolly Kittys und Kierans Bemerkungen nicht ernst nahm, waren sie auf ihren Wahrheitsgehalt hin zu überprüfen. Declan konnte sich durchaus vorstellen, dass die beiden aus einer gewissen Sachkenntnis heraus geredet hatten. Warum sollte unter den Steinplatten in der Großen Halle nicht tatsächlich das nötige Schießpulver verborgen sein? Und warum sollte man es trotz der langen Lagerung dort nicht auch heute noch verwenden können? Allerdings war Kitty McCloud mit allen Wassern gewaschen, wenn es darum ging, eine Fabel zu erfinden und die Verwicklungen der Handlung zu einem befriedigenden Ende zu bringen. Es war durchaus vorstellbar, dass sie – von dem Wunsch beseelt, ihrer Freundin Lolly zu helfen –, die für sie einfachste Lösung herausposaunt hatte, um das arme Weib von ihren Qualen zu erlösen und ihrem dämlichen Roman einen extravaganten Schluss zu bescheren. Hauptsache, das Buch wurde fertig und die arme »Schriftstellerin« saß nicht länger in der Klemme. Trotzdem, wie einfallsreich Kitty auch sein mochte, Declan war geneigt, das, was er gehört hatte, für bare Münze zu nehmen und entsprechende Schlussfolgerungen zu ziehen.

Natürlich könnte er Verschiedenes ausprobieren, um das, was

er zu wissen glaubte, auf seinen Wahrheitsgehalt hin zu überprüfen, selbst auf die Gefahr hin, sich dabei selbst in die Luft zu sprengen und Kitty, Kieran und die Kühe gleich mit. Oder sollte er Kitty zur Rede stellen und sie mit seinen Vermutungen konfrontieren? Doch den Gedanken verwarf er. Wenn sie und Kieran tatsächlich wussten, wie man die Burg hochjagen konnte, es aber unterlassen hatten, mussten sie für sich beschlossen haben, es nicht zu tun. Wenn er nämlich Fragen stellte, aus denen auch nur andeutungsweise sein eigener Entschluss zu erkennen war, ein Entschluss, der im Widerspruch zu dem ihrigen stand, könnten sie leicht versuchen, Schritte seinerseits zu unterbinden, die dazu angetan wären, dem tragischen Spuk auf der Burg Kissane ein Ende zu machen. (Weshalb Kitty und Kieran sich so und nicht anders entschlossen hatten, war nicht seine Sache. Für ihn galt das Gelübde, das er abgelegt hatte, und nichts konnte ihn davon abbringen, sich daran zu halten.)

Und dann kam ihm Kittys unheimliche Vision in den Sinn, in der sie nicht nur von Michaels Tod, sondern auch von Declans heimlichen Gefühlen gesprochen hatte. Doch als der Zauber, oder was immer es gewesen war, vorüber war, konnte sie sich an nichts von dem, was sie gesehen oder gesagt hatte, erinnern. Egal, bei jemandem, der mit hellseherischen Kräften ausgestattet war, konnte man nicht sicher sein, ob er nicht auch die geheimen Pläne eines anderen durchschaute. Das hieß, er durfte in ihrer Gegenwart nicht einmal an irgendwelche verschwörerischen Vorhaben denken.

Declan war mit dem Anbringen von Haken beschäftigt, die für den Halt der Binsen an den Dachsparren wichtig waren, als er aus einem Augenwinkel heraus Peter McCloskey im Hofeingang stehen sah; sein Fahrrad hatte er an die Wand eines Stalles gelehnt, der letzte, der noch zu decken war. In der linken Hand, die er krampfhaft an den Körper gepresst hatte, hielt er ein Buch. »Ich weiß, Sie wollen keinen Gehilfen«, rief er mit seiner piepsigen Stimme, »aber ich wollte mal fragen, ob ich Ihnen vielleicht bei der Arbeit zusehen darf? Ich werde ganz still sein und nichts machen. Nur zusehen. Das verspreche ich.«

Declan blickte in das frische Gesicht, sah das wellige Haar, das die schüchtern blickenden Augen fast verdeckte, auf die zarten Gliedmaßen. Trotz aller Scheu hatte der Junge seine Stimme in Gewalt – sie klang geradezu *männlich,* wie Declan fand, und es kostete ihn mehr Anstrengung als gewöhnlich, den nächsten Haken anzubringen. Trotz großer Konzentration wollte es ihm nicht gleich gelingen, und so murmelte er schließlich, wenn auch ohne aufzusehen, aber laut genug, dass der Junge es hören konnte: »Du wirst ganz still sein? Und nichts weiter machen?«

»Versprochen. So, wie ich es gesagt habe. Soll ich es noch einmal sagen?«

»Nicht nötig. Ich habe Ohren.« Er nickte zu dem Stapel mit dem Gerümpel von den Hausbesetzern hinüber. »Dort drüben.«

Behände kletterte der Junge über all den Unrat hinweg nach oben, als bestiege er den Gipfel auf der Insel Skellig Michael. Mit strahlendem Gesicht suchte er sich zwischen dem ausrangierten Müll eine passende Stelle zum Sitzen und ließ Declan mit einem dankbaren Kopfnicken wissen, dass er es zufrieden war.

»Ich werde nichts erklären«, sagte Declan und wandte sich wieder seiner Arbeit zu. »Hast du verstanden?«

»Ist auch gar nicht nötig. Ich weiß, was da gemacht wird.« Stolz hielt er das Buch hoch. »Ich habe das hier studiert. Alles gelesen. Über Strohdächer und wie man sie deckt. Ich weiß, dass Sie mit Schilfrohr arbeiten und jetzt gerade die Haken oder Knechte einsetzen. Und da drüben bei dem nächsten Schuppen haben Sie schon die Dachkonstruktion vorbereitet, die Sie brauchen, die schrägen Dinger da sind Sparren, und das dünnere Holz darüber sind Trägerlatten, und das darunter sind die Pfetten. Stimmt's?«

»Steht das alles da drin?«

»Hier.« Wieder hielt er das Buch hoch. »Wollen Sie mal sehen?«

»Glaubst du, dass ich das nötig habe?«

»O nein. An so was habe ich nicht gedacht.«

»Aber es steht alles in dem Buch da? Wie man Dachdecker wird?«

»Nicht alles. Das ginge ja auch gar nicht. Man lernt doch nur, wenn man selbst Hand anlegt. Was in dem Buch steht, lässt all das aus, was nur ein Meister des Fachs weiß. Deshalb hoffte ich ja, Sie würden mich wenigstens zusehen lassen. Und ich bin auch ganz still.« Er lachte leise. »Das eine Versprechen habe ich schon gebrochen. Tut mir leid. Ich hoffe, Sie ändern nicht Ihre …«

»Bleib, wo du bist. Es geht schon in Ordnung.«

»Vielen Dank, Sir.«

»Ich bin kein ›Sir‹. Weder ein König noch eine Königin hat mich dazu gemacht – und sollten sie mir wirklich ein Schwert an den Nacken setzen, dann gewiss nicht, um mich zum Ritter zu schlagen und einen ›Sir‹ aus mir zu machen.«

»Ich bitte um Entschuldigung, Mr Tovey.«

»Die Anrede gefällt mir schon besser.« Er grummelte vor sich hin und versuchte, sich auf seine Arbeit zu konzentrieren, so gut es ging. Er bedauerte zutiefst, dass er den Jungen beim letzten Mal so grob behandelt hatte. Der hatte doch nichts dafür gekonnt. So ein schmächtiges Kerlchen. Und so wissbegierig. Declan gab sich alle Mühe, sich nicht von dem Jungen ablenken zu lassen, der aufmerksam jeden seiner Handgriffe verfolgte. Er sollte ihn besser fortschicken. Nein. Er sollte bleiben.

Nach einer ganzen Weile meinte Declan: »Wir machen jetzt eine Pause. Und du wirst was essen.« Es klang mehr nach einer Anordnung als nach einer Aufforderung oder Einladung.

»Was soll ich?«, fragte der Junge verwirrt.

»Wir essen jetzt etwas. Höchste Zeit.« Er kletterte die Leiter hinab, wischte sich die Hände, indem er die Handflächen gegeneinander rieb, und ging zu seinem Lederbeutel, den er einen Stall weiter abgestellt hatte. Aus dem holte er allerlei Nahrhaftes – säuberlich in Zeitungspapier verpackt – für die Mittagspause.

»Oh, das darf ich nicht annehmen, Mr Tovey.«

»Wieso nicht?«

»Ich muss zu Hause essen.«

»Wenn du Dachdecker werden willst, isst du dort und dann, wenn du Hunger verspürst. Und den haben wir jetzt. Wir setzen uns dort drüben auf die Steine.«

»Aber ich sollte doch nur zusehen …«

»Soll ich etwa zulassen, dass du mir beim Essen zusiehst?«

»Ich geh lieber nach Hause. Und wenn ich darf, komm ich später wieder. Ich mache, was Sie sagen.«

»Und das habe ich dir schon gesagt. Wir essen jetzt, und dann schaust du mir weiter zu. Wenn du magst, kannst du ja beim Essen auch in deinem Buch lesen.«

»Ich hab das längst durch. Zweimal schon.«

»Dann isst du eben nur. Dort drüben, wie ich gesagt habe. Auf der Mauer. Auf den Steinen.«

Sie setzten sich und aßen. Declan beging den Fehler, einen Blick auf den Jungen neben sich zu werfen. Der saß da, starrte geradeaus, mampfte gedankenverloren Brot und Speck, knirschte auch mal mit den Zähnen, wenn er mit einer Brotkruste kämpfte. Declan hätte nicht hinschauen dürfen. Kummervolle Erinnerung stieg in ihm hoch. Von ferne hörte er das Meer. Wellen brandeten unermüdlich gegen die Steilküste. Weiter draußen schwoll das Wasser an, war in steter Bewegung, blieb ungerührt von dem, was unten auf dem Grund lag.

Er reichte dem Jungen einen Lauchstängel. »Ist für Sie auch noch was da?«, fragte der Kleine.

»Mehr als genug. Die sind aus dem Garten. Ich habe sie heute früh gemopst. Aber mit Erlaubnis, wir sollten es also nicht übertreiben.«

Peter kicherte.

Declan wollte eigentlich etwas Nettes zu ihm sagen, ließ es aber. Er hatte schon mehr Worte verschwendet, als er ursprünglich gewillt war zu verlieren.

Außerdem war der Junge völlig mit seiner Stange Lauch beschäftigt, da sollte man ihn besser nicht stören. Doch dann hörte er sich sagen: »Ich hätte neulich nicht so grob zu dir sein dürfen. Und das mit der Suppe und dem bekleckerten Hemd.« Er machte eine Pause, fand, das war genug, und fügte jedoch hinzu: »Es tut mir leid. Es war nicht richtig von mir.«

Peter kaute weiter. »Sie hatten guten Grund.«

»Auch wenn man einen Grund hat, darf man sich nicht so verhalten, wie ich es getan habe.«

Lange Zeit sprach keiner von beiden. Peters Mampfen und Kauen war das einzige, was man hörte. Plötzlich kam Declan ein Gedanke. Womöglich konnte der Junge wie seine Mutter – und wie Kitty, die ja von Michael gesprochen hatte – Brid und Taddy sehen oder wusste zumindest um sie, hatte vielleicht sogar eine Idee, wie man sie befreien könnte. Wie man es bewerkstelligen könnte. Und wieder hörte er sich, wenn auch zögernd, sagen: »Dort drüben, wo die Kühe am Hang grasen, siehst du da jemand?«

»Wo soll ich jemand sehen?«

»Dort.« Er zeigte zum Crohan-Berg hinter der Burg.

»Da ist niemand.«

»Niemand, sagst du?«

»Ja. Ich sehe niemand. Weshalb fragen Sie?«

»Hast du schon mal von Brid und Taddy gehört?«

»Brid? Taddy? Natürlich. Wer hat das nicht? Es heißt, sie seien hier in der Burg. Ich kann nur hoffen, das stimmt nicht.«

»Wieso das?«

»Ich hätte Angst. Sie sind tot, also sollten sie auch nicht hier sein.«

»Und wenn sie es doch sind?«

»Dann muss man sie fortschicken.«

»Aber wie?«

Peter lachte. »Na einfach sagen, sie sollen gehen.«

»Und wenn sie das nicht können?«

Der Junge zuckte mit den Achseln und biss erneut herzhaft in seine Stange Lauch. »Dann muss man sie fragen, warum sie es nicht können.«

»Und wenn sie es nicht wissen?«

Er überlegte und lachte wieder. »Warum fragen *sie* dann nicht einfach?«

»Wen sollten sie denn fragen?«

»Na, jemanden, der es weiß«, erwiderte Peter.

»Und wer könnte das sein?«

Mit vollem Mund, und diesmal ohne zu lachen, sagte Peter: »Ich denke, ich sollte still sein und nicht sprechen.«

Declan hielt es ebenfalls für besser zu schweigen. Er hätte das Thema nicht anschneiden sollen. Es ging den Jungen nichts an – und so sollte es auch bleiben. Er brach den Kornfladen in zwei Teile, da stellte Peter ganz unschuldig und ernsthaft die Frage: »Sehen Sie sie? Brid und Taddy?«

Declan überlegte kurz, dann nickte er zum Berg hinüber. »Dort drüben sind sie.«

Peter schluckte. »Ist es … ist es, weil Sie hier arbeiten? Und wenn ich auch hier arbeiten würde, könnte ich sie dann ebenfalls sehen?«

»Nein. Damit hat es nichts zu tun.«

»Aber … aber Mr und Mrs Sweeney … sie … sie sehen sie. So viel weiß ich.«

»Haben sie dir das erzählt?«

Die Antwort klang verwundert. »Ich kann mich nicht erinnern. Ich glaube nicht, dass sie es mir erzählt haben.«

»Haben sie dir erzählt, weshalb sie sie sehen können?«

»Nein. Wie sollten sie das auch können? Sie wussten es ja selbst nicht.«

»Du aber wusstest es?«

»Ich hätte es gewusst?«

»Und weißt du es jetzt?«

»Ich … ich weiß nicht, ob ich es weiß oder nicht.«

»Aber du weißt doch Dinge.«

»Ich … ich denke, schon. Manchmal.«

»So wie neulich, als ich so barsch zu dir war?«

»Ach das? Ja. Aber dann … ich hab's Ihnen ja gesagt … dann habe ich es vergessen.«

»Und du hast auch vergessen, was du Mr und Mrs Sweeney erzählt hast?«

Peter blinzelte und schaute auf das letzte Stückchen Lauch in seiner rechten Hand, Lauch aus dem Garten, gepflanzt, gehegt und gepflegt von Kitty und Kieran. »Habe ich ihnen was erzählt? Ich meine ... habe ich zu ihnen davon gesprochen, dass es wegen ihrer Vorfahren ist ... wegen einem der Ahnen von Mr Sweeney und einem anderen von Mrs Sweeney ...« Ganz langsam führte er das letzte Stückchen Lauch zu seinem Mund, und ganz sanft legte Declan die Hand zurück auf sein Knie. Versonnen betrachtete Peter das Stückchen Lauch, als fragte er sich, was es war und was es in seiner Hand suchte. Dann sagte er: »Sie wollten sich heiraten. Die Vorfahren. Und so zogen sie los, um ihre Cousins und Cousinen, ihre Tanten und Onkel einzuladen. Den ganzen langen Weg bis Tralee gingen sie und luden alle zur Hochzeit ein. Und während sie weg waren ...«

»Ja?«

»Peter schaute auf und wandte den Kopf zum Hang. »Sind sie immer noch dort?«, flüsterte er.

»Sie sind fort.«

»Um gehängt zu werden?«

»Ja, um gehängt zu werden.« Auch Declan flüsterte.

»Dabei sollten es doch aber ... doch aber ...«

»Die Verwandten von Kitty McCloud und Kieran Sweeney sein?«

»Ging es um die? Kann sein. Eine McCloud? Ein Sweeney?« Er fuhr sich mit der Zunge über die Lippen, den Blick immer noch auf den Berg gerichtet.

»Ja? Wann?«

»Wann?«

»Kannst du dich erinnern, wann du ihnen das erzählt hast?«

»Es ... es könnte gewesen sein ... als das mit dem verkohlten Stück ... ja, wovon? Ach ja, das verkohlte Stück Steinplatte, das sie in das Feuer geworfen hatten, und es ... was? Es ... es explodierte. Zerbarst in lauter kleine Stücke. Und als es abgekühlt war, hob ich ein kleines Stückchen auf, und ich … ich … ich kann mich nicht mehr erinnern. Sie … Mr und Mrs Sweeney … sie wohnen jetzt auf der Burg …« Er schien noch mehr sagen zu wollen, war aber nicht dazu imstande und schüttelte nur den Kopf.

Ganz sacht nahm Declan das Stück Lauch aus Peters Hand. Lange schaute der Junge auf die leere Handfläche. Declan ergriff die Hand, schloss sie zur Faust und berührte Peters Arm. »Es ist genug. Es ist genug. Lass es gut sein.« Er gab ihm das Stück Lauch zurück.

Peter sann noch eine Weile nach, dann schob er das letzte Stückchen Lauch in den Mund und begann zu kauen. Langsam und bedächtig. Declan störte ihn nicht und schwieg respektvoll. Nach einer gebührenden Pause meinte er: »Wir haben da noch den Fladen. Den müssen wir noch essen, und dann geht's weiter.«

Kapitel 10

Die Fahrt nach Killarney verlief ohne jeden Zwischenfall, außer dass Aaron sich schuldig fühlte, weil er seine Frau belogen hatte. Da er irischer Abstammung war, wandelte sich sein Schuldgefühl von bloßer Selbstanklage zu unerbittlicher Seelenqual. Das ließ ihm keine Ruhe. Dreimal war er versucht gewesen, umzukehren und Lolly zu gestehen, dass er nicht nach Killarney fuhr, um die restaurierte Burganlage Ross zu besichtigen, sondern um sich mit Lucille zu treffen. Er hatte geplant, die Nachmittagsaufführung des *Messias* zu besuchen, die letzte, bevor die Sänger, mit Lobpreisungen überhäuft, nach Amerika zurückflogen. Aaron rechnete damit, dass Lucille ihn, wie in Caherciveen, wieder entdecken und während der Pause aufspüren würde. Abgesehen davon, dass er sich die geistliche Stärkung holen wollte, die von dem Oratorium unfehlbar ausging, beabsichtigte er, von seinem Gewissen gedrängt, den so männlich tapferen Akt zu vollziehen, seiner fehlgeleiteten Frau zu verzeihen, dass sie ihr Ehegelöbnis gebrochen und eheliche Wonnen in den Armen eines anderen – wo sonst wohl – gesucht hatte.

Das alles hätte er auch Lolly erzählen können. Denn schließlich und endlich konnte er es sich zugutehalten, dass es ihm und seinem verletzten Ego gelang, alle bösen Gefühle fahren zu lassen, die der Treuebruch seiner ersten Gattin in ihm erweckt hatte. Seine Großherzigkeit berührte ihn tief – Lucille würde es ähnlich ergehen. Hätte er aber Lolly gegenüber den Namen Lucille erwähnt, hätte das spöttische Bemerkungen nach sich gezogen, die er sich lieber hatte ersparen wollen. Zu unumwundenen Anschuldigungen wäre es zwar sicher nicht gekommen, wohl aber zu einigen nicht ganz so zarten Sticheleien, sodass es mit dem Vergeben schwierig geworden wäre.

Wenn ihn die versteckten Anspielungen seiner Frau auch

nicht bis ins Mark treffen würden, so war es ihm doch sicherer, erst gar nicht Anlass dazu zu geben, sowohl Lolly als auch sich selbst zuliebe. Warum sollte er sie beunruhigen? Warum ihr unnötige Sorgen bereiten? So zu denken, ermöglichte es Aaron, während er durch Killorglin fuhr, sich selbst davon zu überzeugen, dass er seiner Frau gegenüber keinesfalls geheuchelt, sondern liebevoll auf sie Rücksicht genommen hatte. Er stellte sich vor, wie er die Musik genießen würde. Mit völlig reinem Gewissen. Und der Beifall, den er sich selbst spendete, würde bei der Absolution, die er der nichtswürdigen Lucille erteilte, beträchtlich anwachsen.

Die Kirche in Killarney war nicht so großartig wie die in Caherciveen, stand dafür aber auf weitläufigerem Gelände. Eine ansehnliche Schafherde hätte mindestens eine Woche lang zu tun, die grünen Rasenflächen abzuweiden. Die Kirchenbänke schienen etwas härter zu sein, doch nichts konnte Aarons wachsende Euphorie eindämmen.

Das Podest, auf dem der Chor Aufstellung nehmen würde, stand da, auch die Stühle für die Solisten und das Orchester waren da sowie das Podium für den Dirigenten. Aus dem typischen Sonntagswetter – mehr Nebel als Nieselregen – strömte die Menge herein, war bereit, sich erheben zu lassen, eine Weile Aufschub zu erlangen von den Lasten und dem Stöhnen unterm Joch ihres Lebens.

Und da kam auch schon Lucille, diesmal die Vierte in ihrer Reihe, woraus man schließen konnte, dass ein Chormitglied früher nach Amerika zurückgereist war oder (kaum vorstellbar) ein besseres Angebot erhalten hatte. Lucille war, wie es ihr zukam, gekleidet wie zuvor; ihrem Chorgewand fehlte nur der scharlachrote Buchstabe A, um sie noch kenntlicher als das zu machen, was sie war: Adultera, Ehebrecherin. Trotzdem, sie war hübsch im Sinne eines weitverbreiteten Klischees: blondes Haar, engelgleich geringelt und gewellt, reichte bis auf die Schultern, Augen, deren Blau bis zu Aaron in der fünften Reihe strahlte,

Wangenknochen so gut wie keine, doch die wohlgeformten und fülligen Lippen machten den kleinen Mangel mehr als wett. Und erst die Haut, die erfüllte jeden Anspruch auf Schönheit; sie war von einer Frische, aus der Gesundheit und Wohlbefinden sprachen, sorgloses Gemüt und liebenswerte Kameradschaft. Vielleicht lag es an Aarons gegenwärtigem Landleben, dass er die Summe all dieser Vorzüge mit der Sanftmut und Gelassenheit einer Kuh verglich, eine Einschätzung, die jedoch ein Temperament unberücksichtigt ließ, das abenteuerlustig genug war, mit einem Bariton auf und davon zu ziehen. Auf der Stelle beschloss Aaron, ihr nicht nur ihr ehebrecherisches Verhalten zu vergeben, sondern auch ihre allgemeineren Mängel. Der Becher seiner Großherzigkeit drohte überzufließen.

Das Oratorium begann. Lucille schien sich mehr anzustrengen als alle übrigen, doch das konnte daran liegen, dass ihr bei ihren begrenzten stimmlichen Mitteln gar nichts anderes übrigblieb. Aaron bemühte sich, ihre unverwechselbare Stimme herauszuhören, aber die Sänger waren so aufeinander eingestellt, dass eine einzelne Stimme, selbst wenn sie Lucilles besondere Farbe hatte, nicht hervorstach.

Teil eins endete mit angemessenem Beifall. Aaron, der sich sicher war, dass Lucille ihn erblickt hatte (sie wirkte ein bisschen durcheinander beim *Uns ist zum Heil ein Kind geboren*, hatte sich aber bei der Chorpartie *Wie Schafe geh'n* längst gefangen), eilte durch das Hauptportal hinaus auf den Fußweg, der die Grünfläche teilte. Das würde ihm den gehörigen Rahmen geben, in dem er die bewegte Szene zu spielen gedachte, die er sich ausgemalt hatte.

Er wartete. Keine Lucille erschien. Vielleicht hatte sie ihn doch nicht gesehen. Vielleicht war das sonderbare Benehmen, das er beobachtet hatte – ein nervöses Zupfen an ihrem rechten Ohrläppchen, wiederholtes Schniefen, das er zu hören glaubte –, eben nur eine Eigenart Lucilles. Vielleicht hatte sie sich wieder nass gemacht, als sie ihn erblickte. Er überlegte schon, ob er um die Kirche herumgehen und den Erstbesten bitten sollte, dem

Sopran zweite Reihe, Vierte von links zu sagen, dass ein Bekannter aus Amerika sie gern gesprochen hätte. (Selbst in dieser Erwartungshaltung hätte er es nicht fertiggebracht, den Namen Lucille Glyzinski auszusprechen, was sein Nachfragen vereinfacht hätte.) Doch bevor er sich dazu durchringen konnte, hörte er die ihm nur allzu bekannte Stimme. »Diesmal habe ich dicht gehalten, musste eben erst pinkeln gehen. Was machst du ausgerechnet hier? Mitten im Regen. Ich habe dich im Narthex gesucht und dann erst gesehen, dass du draußen …«

»Wo hast du mich gesucht?«

»Was meinst du mit ›wo‹?«

»Das Wort, das du eben benutzt hast. Wo hast du dich umgeschaut?«

»Im Narthex. Was soll daran falsch sein?«

»Habe ich noch nie gehört.«

»Die Vorhalle ist das. Du solltest öfter zur Kirche gehen. Wieso bist du überhaupt hier? Du hast doch die ganze Aufführung schon gehört. Der Regen wird meiner Stimme schaden.«

»Ist ja bloß Nebel. Und der ist gut für die Stimme. Macht sie weicher.«

»Woher hast du denn die Weisheit?«

»Hört man immer wieder.«

»Sag mal, wo?«

»Du hast wunderbar gesungen.«

»Danke. Wie willst du das wissen?«

»Ich kenn dich doch. Da höre ich das eben.«

»Du kennst mich gar nicht.«

»Wir waren verheiratet. Schon vergessen?«

»Genau deshalb weiß ich, dass du mich eigentlich nicht kennst.«

»Schon gut. Lassen wir es dabei …«

»Viel Zeit habe ich nicht. Wir haben eben nur Pause. Was treibt dich bloß her?«

»Ich wollte Händel hören.«

»Ach, sieh mal an. Seit wann bist du der große Barock-Fan? Dass ich nicht lache.«

»Dann lach nur. Ich bin gekommen, um dir zu sagen … ich meine, ich möchte, dass du weißt, dass ich … ich … ich … »

»Nun spuck's schon aus, verdammt noch mal.«

»Ich vergebe dir.«

»Wie bitte?«

»Ich vergebe dir.«

»Oh! Tatsächlich? Was denn? Was habe ich nun wieder verbrochen?«

»Ich vergebe dir, dass du mich verlassen hast.«

»Du vergibst mir was?«

»Ich vergebe dir, dass du mich verlassen hast. Das ist es. Und damit habe ich es gesagt. Ich meine das wirklich. Ich habe dir vergeben.«

»Du hast *mir* vergeben?«

»Genau das habe ich eben gesagt.«

»Habe ich gehört.«

»Damit weißt du nun, ich habe dir vergeben.«

»Da wird der Hund in der Pfanne verrückt.«

»Was soll das heißen?«

»Stell dich nicht so blöd.«

»Lucille, uns bleibt nicht viel Zeit. Ich bin hergekommen, um dir zu vergeben, und das habe ich getan. Wenn du jetzt zurück musst …«

»Natürlich muss ich zurück, aber das hat noch Zeit, die können auch ohne mich weitermachen. *Ich* bin diejenige, die dir vergeben sollte, nicht *du* mir. Und ich sage dir, wie ich hier stehe, ich vergebe dir nicht und werde das nie tun. Du Fatzke.«

»Lucille …«

»Ich weiß, wie ich heiße. Interessiert dich vielleicht, weshalb ich dir nicht vergebe?«

»Komm, Lucille …«

»Für dich, bitteschön, Glyzinski, Mrs Glyzinski. Ich werde dir nie vergeben, weil du mir vorgegaukelt hast, du würdest mich lieben.«

»Ich habe dich geliebt.«

»Hör auf, Worte zu benutzen, von denen du nicht mal weißt, was sie bedeuten.«

»Ich habe dich wirklich geliebt.«

»Hör auf damit, oder ich mache mir wieder in die Hosen – diesmal vor Lachen.«

»Glaub mir oder glaub mir nicht, aber …«

»Ich glaube dir nicht. Ich habe dir damals geglaubt. Jetzt glaube ich dir nicht mehr. Was du dir damals gedacht hast, war … ich verkneif mir lieber das Wort. Du hast jemand gewollt, der andere Männer neidisch macht, verblüfft sollten die sich fragen, warum so ein Depp wie du so ein tolles Weibsstück wie mich erwischen konnte.«

»Das ist doch nicht …«

»Halt den Mund. Ich bin noch nicht fertig. Du hast jemand gewollt, den du jederzeit flachlegen kannst – was übrigens, wenn du mich fragst, hätte öfter sein können.«

»Zu wahrer Liebe gehört doch wohl mehr.«

»Und gebraucht hast du jemand, der dich anbetet und verehrt wie einen Gott, obwohl du bloß ein elender Wicht bist. Schon gar nicht davon zu reden, dass du eine billige Putze haben wolltest, ein Kammermädchen und eine Köchin … Na ja. Stimmt schon. Da wäre etwas, das du mir vergeben kannst. Ich kann nicht kochen. Habe es nie gekonnt, ich versuche es jetzt nicht mal. Du vergibst mir das, und ich vergebe dir, nicht nur, dass du ein lausiger Ehemann warst, sondern dass du ein lausiger Schriftsteller bist.«

»Ich bin kein lausiger Schriftsteller.«

»Ach, du mein Gott! Glaub doch wenigstens einmal, was in der Zeitung steht. Du bist ein lausiger Schreiberling. Und das vergebe ich dir. Dafür kannst du genauso wenig wie ich dafür, dass ich nicht kochen kann. Wäre das nicht ein Handel, auf den wir uns einigen könnten? Du wolltest von Vergeben reden. Ich rede gerade von Vergeben. Also los, äußere dich.«

»Lucille, ich … ich …«

»Ich … ich … ich, immer nur ich. Also lassen wir's. Ich muss gleich weg, pinkeln. Danke, dass du hier warst. Freu dich an dem Rest. Und denke dran, nicht um dich geht's. Um den *Messias* geht's. Den wahrhaft Liebenden. Kapiert?«

»Ich habe nie gesagt … ich habe nie gedacht …«

»Tut mir leid. Jetzt muss ich wirklich laufen, länger halt ich's nicht aus.«

Aaron überlegte, ob er zum zweiten Teil gehen sollte oder nicht und statt dessen zur Burg Ross fahren, und wäre es nur, um aus sich einen aufrichtigen Ehemann zu machen. Doch bevor er wusste, wie ihm geschah, saß er auf seinem Platz und harrte der Dinge, die da kommen würden.

Der Chor sammelte sich im Altarraum. Lucille war nicht dabei. Nachdem die Sänger, abgesehen von den Solisten, sich aufgestellt hatten, kam sie und musste nun am ganzen Chor entlang hinüber zu ihrer Seite. Augenscheinlich hatte sie wirklich pinkeln müssen. Ein paar aus dem Publikum hielten sie für die erste Solistin und fingen an zu klatschen. Lucille verneigte sich flüchtig, strebte der zweiten Reihe zu und sorgte so für Unruhe, denn die Sängerinnen, die rechts und links von ihr stehen sollten, mussten ihrer verspäteten Kollegin Platz machen. Der Beifall erstarb, sobald Lucille an den Stühlen vorbei war, die auf die echten Solisten warteten, brandete aber wieder auf, als diese hereinkamen, und steigerte sich, als der Dirigent aufs Podium stieg.

Aaron schaute und lauschte. Dort stand Lucille, nahm ihn jedoch nicht wahr. Die Musik setzte ein. Sie sang und sang und sang, gab alles, was sie hatte, so wenig es auch sein mochte. Dass sie der Aufgabe vielleicht nicht gewachsen war, kümmerte sie nicht. Sich aus vollem Herzen hinzugeben, schien genug zu sein. Leidenschaft trieb sie an. Eine Gefühlstiefe beseelte sie, die er nie zuvor an ihr bemerkt hatte. Sie war einfach großartig.

So hatte er sie bislang nicht gesehen. Bis dahin hatte er nicht die mindeste Vorstellung gehabt, wer sie war und was sie war, wie kühn und furchtlos sie war, welche Beseeltheit von ihr ausging, die er nie erspürt hatte. Jetzt, viel zu spät freilich, betete er sie an. Sie glücklich zu machen, sollte sein erster und einziger Lebenszweck werden. Er liebte sie.

Das *Halleluja* war unerträglich schön. *Würdig ist das Lamm* trieb ihm Tränen der Freude und Verzweiflung in die Augen. Er mühte sich nicht, sie zurückzuhalten oder von den Wangen, den Lippen, dem Kinn zu wischen, ließ sie ungehindert auf seine einzige gute Krawatte tropfen.

Nachdem das letzte Echo des großen *Amen* in atemloser Stille verklungen war und der Beifall sich erschöpft hatte, stürzte Aaron aus der Kirche. Die Ellenbogen nutzend, drängte er sich durch die Menge, die sich vor ihm staute, denn niemand hatte Eile, hinaus in den strömenden Regen zu gehen. Währenddessen hatte Lucille offenbar bereits einen der Busse bestiegen, die vor der Sakristeitür hielten, um alle Mitwirkenden rechtzeitig für den Abendflug nach Amerika zum Shannon Airport zu schaffen. Ihn kümmerte der Regen nicht, er lief an den Bussen entlang, hoffte, sie ein letztes Mal zu erblicken, doch diese Hoffnung blieb unerfüllt. Einer nach dem anderen fuhren die Busse davon. Sie war entschwunden, war mit dem Gatten entschwunden, der bei der Arie *Sie erschallt, die Posaun* an Stimmglanz verlor und bei jeder der unendlichen Wiederholungen, die Händel vorschrieb, ausdrucksloser geworden war.

Der letzte Bus rollte die Straße hinunter und verschwand hinter der ersten Biegung. Aaron, der mittlerweile gar nicht mehr spürte, wie durchnässt er war, ging zu seinem Auto, stieg ein und saß eine Weile unentschlossen da. Welche Richtung sollte er einschlagen – zum Flughafen in Shannon oder zur Schweinefarm? Im Grunde genommen blieb ihm keine Wahl. Er ließ den Motor an, reihte sich in den Verkehr ein und fuhr nach Hause, wo ihn die Schweine erwarteten. Und seine Frau.

Lolly, die den Wetterunbilden trotzte, hatte einen Schlapphut über die unzerstörbare Pracht ihres rotbraunen Haars gestülpt und kippte das Futter in die Tröge, während die Schweine vor

Fresslust quiekten. Aaron stand da und beobachtete seine Frau bei der Arbeit, sah zu, wie das Futter in die Tröge schwappte, und begriff, wie sehr er sie eigentlich liebte, weit mehr als Lucille. Der letzte Eindruck, den er von seiner einstigen Ehefrau hatte, wie sie beim großen *Amen* mitsang, würde eine Vision bleiben, die er nie verdrängen wollte. Das Bild würde er immer vor Augen haben, so würde *sie* stets bei ihm sein. Aber wirklich eingebunden war er in die Mysterien des Landes, in das er geraten war, und er lebte mit einer anderen Art von Visionen, mit richtigen Geistern wie Brid und Taddy oder Declan. Er hatte sich damit, wie mit all dem anderen, voll und ganz abgefunden.

Er ging zu seiner Frau hinüber, griff sich einen Eimer mit Schweinefutter und übernahm seinen Teil des Abendpensums. Beim Grunzen und Quieken um ihn herum musste er an das Schwein denken, das ihn auf seine widerborstige Weise in dieses Verwirrspiel der Sinne gebracht hatte. Es war ihm zum Haus seiner Tante gefolgt und hatte das Beet mit den Kohlköpfen umgewühlt. War das Schwein ein Fluch oder ein Segen für ihn gewesen? Fürs Erste blieb die Frage offen. Er musste sich voll und ganz auf den Eimer mit dem Futter konzentrieren und auf die Schweine, die ihm ihre Rüssel entgegenreckten.

Während Aarons Gedanken um das unlängst dahingeschiedene Schwein kreisten, befand sich das Tier in Declans Nähe und blieb getreulich in seinem Blickfeld. In einem der fertig gedeckten Schuppen packte Declan seine Werkzeuge zusammen, denn der Regen wollte und wollte nicht aufhören. Das Geisterschwein war ihm in den letzten Tagen nicht von der Seite gewichen, hatte ihm aufmerksam zugeschaut, als wäre es ein Oberaufseher, der zu kontrollieren hatte, ob er seine Arbeit so erledigte, wie es vereinbart war.

Declan hatte sich unter seinen prüfenden Blicken sogar wohlgefühlt, hatten sie ihn doch von seiner zwanghaften Vorstellung von der Burg, von Brid und Taddy – und sogar von dem Schwein – zeitweilig abgelenkt, zeitweise seine wilde Entschlossenheit verdrängt, die Burg dem Erdboden gleichzumachen und Brid und Taddy von dem Fluch zu erlösen, der sie hier gefangen hielt.

Er ließ die Werkzeuge in seinen Beutel fallen und zog das grobe Lederband fest, das ihn oben verschloss. Das Schwein, das der Platzregen nicht im mindesten störte, hatte seine Aufmerksamkeit dem Abfallhaufen zugewandt, der immer noch auf dem Burghof lag. Es kletterte seitlich auf den unansehnlichen Unrat, als sei es das Natürlichste von der Welt, und verschwand in dem Haufen, die Schnauze vornweg, als wäre es ein leibhaftiges Schwein, das in dem Haufen Abfall wühlte, darauf aus, den widerlichen Müll weit und breit zu verstreuen. Glücklicherweise stand das nicht in der Macht eines Phantoms. Es musste sich damit begnügen, das Innere des Haufens zu erkunden und daraus wieder aufzutauchen, wobei ihm nur die Erinnerung an das Chaos blieb, das es dort in längst vergangenen Tagen angerichtet haben könnte.

Das Schwein kam schließlich wieder zum Vorschein, ohne auch nur das Mindeste verändert zu haben. Es stieg hinunter auf den festen Boden, drehte sich um, und blickte, den Rüssel erhoben, dorthin, wo es eben noch gewesen war.

Declan brummte amüsiert vor sich hin und warf sich den Beutel über die Schulter. Er machte zwei Schritte auf seinen klapprigen Lieferwagen zu, blieb unentschlossen stehen und drehte sich um. Das Schwein stierte immer noch unverwandt auf den Abfallhaufen, den es eben inspiziert hatte. Unerforschlich bleiben die Wege eines Schweins – und erst recht dieses Schweins. Sollte Declan neugierig gemacht werden? Erwartete man von ihm – als sei auch er ein Schwein –, in einem Abfallhaufen zu wühlen? Er wandte sich ab, ging ein paar Schritte, blieb wieder stehen. Und schon kehrte er um. Das Schwein hatte sich nicht von der Stelle gerührt, hatte sich von nichts ablenken lassen. Argwöhnisch näherte Declan sich ihm. Je näher er an das Tier herankam, umso mehr spürte er, dass man etwas von ihm wollte. Das konnte nur mit dem Haufen zu tun haben, der das Schwein so in seinen Bann gezogen hatte.

Er verfolgte die Blickrichtung des Tiers, ging zu der anvisierten Stelle und blieb stehen. Der starre Blick wich keinen Zentimeter. Declan langte in den Haufen und zerrte einen Schottenrock heraus, der zerknautscht inmitten der weggeworfenen Sachen gelegen hatte. Und gleich kam ihm noch mehr entgegen: Teile eines zerfetzten Zelts, ein verbeulter Teekessel, eine zerbrochene Tischtenniskelle und ein mottenzerfressener Sweater. Noch hielt sich, was ringsum gestapelt war, würde aber bald in die Höhlung sinken, die er in den Müllberg grub. Er wollte den Berg schon systematisch abbauen, doch da gelang es ihm, ein Metallkästchen mit daran baumelnden Drähten zu packen. Vermutlich eine Vorrichtung, die Kieran sich als Zeituhr für seine Koch- und Backkünste in der Burgküche gebastelt hatte. Immer noch stierte das Schwein auf das Loch, das Declan gemacht hatte. Der Dachdecker griff abermals hinein und bekam ein verdrecktes Buch mit vielen Eselsohren zu fassen. Eigentlich kein Buch, mehr einen der Kataloge, die um die Weihnachtszeit die Briefkästen verstopfen. Er ließ ihn fallen und steckte die Hand – vielmehr fast den ganzen Arm – wieder in den Haufen. Daraufhin senkte das Schwein den Kopf und trottete auf unhörbaren Geisterhufen davon. Hinter dem dritten Stall verschwand es gänzlich.

Declan zog den Arm zurück und wartete, ob das Schwein wieder erscheinen würde. Das tat es aber nicht. An dem weiteren Verlauf der Dinge schien es nicht interessiert. Wie töricht von ihm zu denken, was das Schwein tat oder nicht tat, hätte eine besondere Bedeutung, hätte irgend etwas mit ihm zu tun. Er lachte kurz auf. Er hatte das vom Schwein initiierte Spiel mitgemacht und musste nun die Strafe des Verlierers hinnehmen: nämlich die Demütigung, dass ihn ein Schwein an der Nase herumgeführt hatte – noch dazu ein Geisterschwein.

Er begann den Krempel, den er herausgeholt hatte, aufzusammeln, denn streng erzogen, wie er war, musste er die Ordnung der Dinge wiederherstellen, hatte er sie einmal durcheinandergebracht. Der Abfallhaufen sollte in der ursprünglichen

Form erhalten bleiben. Der Kessel, der Rock, die Kelle wurden zurückgeworfen. Als Nächstes würden das Buch und die Vorrichtung folgen, wozu sie auch immer gedient haben mochte. Er wollte sie richtig tief in das Loch stopfen, wo er sie gefunden hatte, und den Sweater und den ganzen anderen Kram hinterherschieben. Er nahm die zerfledderten Seiten auf und schaute kurz drauf. Vielleicht gaben sie Aufschluss darüber, was die Hausbesetzer interessiert hatte, eventuell sogar Einblick in ihr Verhalten, ihre Belange, ihre Zukunftspläne. Als ob ihn das ernsthaft gekümmert hätte.

Er schlug den Katalog aufs Geratewohl auf, las, was da stand, auch die Bleistiftnotizen am Rand und erblickte ein flüchtig gezeichnetes Diagramm. Er las weiter, aber nur wenige Zeilen, dann klappte er die Werbeschrift langsam zu. Er nahm das Metallkästchen mit den herumhängenden Drähten auf. Sah es sich genauer an, schlug den Katalog wieder auf.

Er rührte sich nicht vom Fleck. Wie lange er dort reglos im Regen stehen blieb, wusste er nicht. Zuerst dachte er daran, sein Hemd aufzuknöpfen und die bedruckten Seiten und das Kästchen hineinzuschieben, um sie einigermaßen zu schützen. Dann aber lief er in den Schuppen und öffnete den Beutel. Er zwängte Katalog und Kästchen hinein und zog mit zitternden Händen die Lederschnur zu. Jetzt waren die Sachen sicher, der herabprasselnde Regen konnte ihnen nichts anhaben.

Declan stolperte fast über die eigenen Füße, zwang sich dann, so gut es ging, normal zu gehen. Vor dem Portal zur Großen Halle blieb er stehen und nahm den Schlüssel, den Kitty ihm gegeben hatte, falls er die »sanitären Einrichtungen« benutzen wollte. Er ging hinein, schloss den Türflügel, lehnte sich dagegen, öffnete den Beutel und zog das Buch heraus. Er schlug es auf und wieder zu, ohne darin gelesen zu haben. Das brauchte er auch gar nicht. Er wusste, was er in der Hand hielt. Es war nicht nur ein Katalog, in dem in allen Einzelheiten beschrieben wurde, wie man Sprengstoffe zur Explosion brachte. Auf die Ränder waren auch Notizen und Zeichnungen gekritzelt, wie man die

Drähte des Metallkastens mit dem unter den Platten liegenden Schießpulver verbinden musste.

Declan schaute zum schmiedeeisernen Kronleuchter mit den hundert Kerzenhalterungen hoch, an dem er die Erhängten gesehen hatte. Der nächste Blick wanderte zu seinen Füßen. Er schob mit dem Stiefel den Kuhfladen beiseite, in den er getreten war. Gebannt starrte er auf die sichtbar gewordenen Steinplatten. Langsam kniete er nieder und legte die Handflächen auf die Bodenplatten, unter denen das Schießpulver verborgen war. Er schloss die Augen und segnete das Schwein.

Kapitel 11

Einen schöneren Tag hatte Kitty noch nie erlebt. Der Himmel hatte sich von allen Wolken befreit und thronte ohne jede Beeinträchtigung über einer See, die sich friedlich gab, in steter Dünung hob und senkte. Das Meer verspürte kein Bedürfnis, sich wild aufzubäumen, wozu es im Allgemeinen neigte. Sonst rollten die Wogen, ihrer Natur entsprechend, erbarmungslos auf die Klippen zu, an diesem wundervollen Tag aber plätscherten sie nur gegen die sich auftürmende Felswand und leckten daran wie ein schwanzwedelndes Schoßhündchen. Kein Schiff unterbrach die Horizontlinie, nicht einmal ein Curragh machte sich die friedvolle Stimmung der See zunutze.

Das Gras, durch das sie auf den Klippenrand zu stapfte, war noch taufeucht, die Flockenblumen mit den Purpurköpfchen und die Disteln fingen gerade an zu blühen. An einem Tag wie diesem konnte sich nicht einmal der immerwährende Geruch der See gegen den Duft des Klees durchsetzen, den eine sanfte, von irgendwo aus dem Norden kommende Brise ihr zuwehte. Selbst die Kormorane, die aufstiegen, ins Wasser schossen und wieder hochkamen, dämpften ihre beutegierigen Schreie. Unten auf dem Sandstreifen trippelten die Strandläufer und wichen geschickt dem sich ständig ändernden Wassersaum aus.

Kitty musste sich eingestehen, dass ihr Wahrnehmungsvermögen von der neuen Erkenntnis, dass sie schwanger war, beeinflusst sein könnte. Sie hatte diese frohe Kunde Kieran gestern Abend vor dem Schlafengehen eröffnet. Wie um sie an seine unermüdlichen Bemühungen, es dazu kommen zu lassen, zu erinnern, hatte er weder zärtliche noch besorgte Floskeln geäußert, sondern hatte seine Worte »Na endlich, kann ich da nur sagen« lediglich mit einem vergnügten Grinsen begleitet.

Als er gleich darauf Kitty in die Arme gefallen war, fürchtete sie schon, er sei ohnmächtig geworden. Doch er kam rasch wieder zu sich, löste sich von ihr und legte ihr seine riesigen Pranken auf die Schultern. Zu sprechen war ihm unmöglich. Die Laute, die aus seinem Mund kamen, aus der Kehle und aus der weiter südlichen Region waren ganz und gar tierhaft: Grunzer und Brüller, Quieken, dann halberstickte Schreie, die nur ein erneutes Sich-an-Kittys-Brüste-Drängen stillen konnte. Sein Gebaren versetzte Kitty in einen solchen Freudentaumel, dass sie fürchtete, man würde sie im Himmel aufnehmen, ehe noch das große Ereignis stattgefunden hatte. Sie beruhigte sich etwas, als sie spürte, wie der an ihren Leib gepresste Körper ihres Mannes sich hob und senkte. Zuerst dachte sie, er schluchzte, doch der wackere Mann löste sich wieder von ihr, und sie vernahm sein unbändiges, freudiges Lachen, das ihr üppiger Busen erstickt hatte, das nun aber frei herausschallte und die Deckenbalken über ihnen und die Dielenbretter unter ihnen in Schwingungen versetzte.

Plötzlich hörte das Lachen auf. Kieran schaute seiner Frau beinahe ängstlich in die Augen, mit Blicken, so durchdringend, wie sie sonst nur in Momenten zärtlichster Zuneigung waren. Langsam schloss er seine Frau in die Arme, und sanft wiegten die beiden hin und her. Dann kamen ihm die Tränen und Kitty ebenfalls.

In der Morgendämmerung, Kitty schlief noch, war ihr Arm zu ihrem Mann hinübergewandert, und sie spürte, dass er nicht neben ihr lag. Im Nu war sie hellwach und hob den Kopf vom Kissen. Kieran stand am Fenster, splitternackt, den Mund halb offen, die Stirn gerunzelt, und stierte zum heller werdenden Horizont.

Selbst in ihrem schlaftrunkenen Zustand konnte sie es nicht lassen, die herrliche Gestalt zu bewundern. Verglichen mit ihrem Mann mit den markanten Gesichtszügen und dem lohfarbenen Bart kamen ihr andere Männer wie überzüchtet vor. Die hatten eine zuvor erreichte Vollkommenheit überschritten, Kieran Sweeney aber erinnerte sie daran, was Männer früher waren und wie sie noch immer sein müssten. Seine weit auseinanderstehenden Augen waren von einem strahlenden Blau, das Steine durchdringen konnte und erst recht natürlich ihr empfindsames Herz. Zu der etwas übergroßen Nase, die eine leichte Neigung nach links hatte, passte der volle Mund, den weniger begnadete Geschöpfe in solcher Breite nicht benötigten. Das Kinn unter dem sorgsam gestutzten Bart sprang auffallend vor, hatte aber nichts von der Arroganz, die das leicht vermuten ließ. Und was seinen Körper betraf, der war nach einem Ebenbild von Göttern gestaltet, die kerniger waren und nicht so gekünstelt wie ihre verweichlichten Nachfolger. Sein Rückgrat wölbte sich etwas nach innen und betonte die felsenfesten Gesäßbacken; ein Anblick, dem sie auf immer und ewig verfallen war. Sie musste sich zwingen, ihren Blick zu den Füßen gleiten zu lassen, die Gott sei Dank nichts besonders Auffälliges boten, abgesehen davon, dass sie zu den größten im ganzen Land gehörten.

Kitty, die ebenso nackt war wie er, ließ die Beine über die Bettkante gleiten, stand auf und stellte sich neben ihn. Auch sie sagte nichts, schaute nur angespannt nach draußen. Als er keinerlei Anstalten machte, auf ihre unmittelbare Gegenwart zu reagieren, streckte sie die Hand aus und ließ sie auf seiner Schulter ruhen. Wartete, wollte schweigen, ewig warten, sollte es nicht anders gehen.

Nach einer Weile fragte Kieran leise, ohne sich im mindesten zu bewegen: »Wird unser Kind in der Wiege unter dem versonnenen Blick von Geistern schlafen können?«

Ein solcher Gedanke war Kitty noch nicht in den Sinn gekommen. Bei weniger wichtigem Anlass hätte sie vermutlich gleich geantwortet: »Wir springen von der Brücke, wenn es soweit ist.« Aber hier handelte es sich um etwas, das viel zu ernst war, um mit einer sarkastischen oder albernen Bemerkung abgetan zu werden. Sie war unfähig, darauf etwas zu erwidern, und sagte gar nichts, was ihrem Naturell widersprach.

Nach einer bedachtsam gewählten Pause fing Kieran erneut

an: »Sie … oder er … unser liebes, liebes Kind, *unser* Kind … und, weil es eben unser Kind ist, … wird sie sehen. Brid. Taddy.« Er machte eine Pause und fügte hinzu: »Vielleicht sogar das Schwein. Wollen wir das wirklich?«

Wieder hatte Kitty nichts zu bieten als Stillschweigen.

Nach einer Pause, die diesmal kürzer ausfiel, redete Kieran weiter. »Wie wird es einem Kleinkind ergehen, wenn es entdeckt, dass die Welt mitunter Grenzen überschreitet, dass Wände, die in der Wirklichkeit vorhanden sind, sich erweitern? Geheimnisse werden sich ihm auftun, die unser Kind anders werden lassen als seine Altersgenossen. Dadurch wird ein verwirrtes Mädchen oder ein durcheinandergebrachter Junge in eine Einsamkeit gedrängt werden, über der ein Schatten liegt, Tag und Nacht. Und wir werden erzählen müssen, wo das alles angefangen hat und wie und warum. Hineingeboren wird es in eine Schande, die nie getilgt werden kann. Soll ein *Kind* schon damit belastet werden? Wann sollen wir ihm die Geschichte erzählen? Wann soll ihm das alles erklärt werden? Wie können wir es trösten und beruhigen, wenn wir doch selber, ebenso wie unser Baby, von Vorfahren abstammen, die mitschuldig waren, dass Brid gehängt wurde, dass Taddy gehängt wurde? Sie sind Geister, doch wenn sie erscheinen, erinnern sie ewig an ein uraltes Unrecht. Und unsere Kinder werden diese unselige Erinnerung erben, und ihre Kinder nach ihnen. Wie sollen wir ihnen sagen ›Lebt damit, wenn ihr könnt‹ – ›Lebt damit, weil ihr müsst‹, wie, Kitty, wie?«

Kitty setzte sich auf die Bettkante. Ohne den Kopf zu heben und zu ihrem Mann zu sehen, sagte sie: »Wir ziehen doch bald zu deinem Bruder, weil sich das mit meinem Kurs in Cork besser macht. Danach wollte ich auf die Burg zurückkehren, damit das Kind dort geboren wird, wo es einmal der Erbe sein wird, wenn Gott uns abberuft. Etwas anderes habe ich mir bisher nicht vorstellen können.«

Sie wartete, dass Kieran etwas sagte, doch auch er ließ den Kopf hängen, wollte nicht länger in die Ferne schauen. Kitty atmete langsam ein und aus. Sie hatte eine Lösung gefunden, hatte einen Entschluss gefasst. »Wir ziehen zu deinem Bruder. Wir kehren nie hierher zurück – jedenfalls nicht auf die Burg.« Kieran schwieg. »Die Burg wird in andere Hände übergehen. An Leute, die Brid und Taddy nicht sehen können. An jemand, der von dem Fluch frei ist, der uns auferlegt ist.«

»Dem Fluch? Oder der Ehre?«

»Beides.«

Ohne ihr viel Zeit zu lassen, sagte Kieran: »An jemand wie Lord Shaftoe? Und Brid und Taddy lassen wir dort hängen, Harfe und Webstuhl bleiben unberührt? Wollen wir das wirklich?«

Kitty malte sich die unausweichlichen Bilder aus, dann hob sie den Kopf. Kieran schaute in den heller werdenden Himmel. Sie war versucht, wieder zu ihm zu gehen, aber vielleicht war für das, was sie zu sagen hatte, ein wenig Abstand besser. »Du weißt genauso gut wie ich, was wir tun müssen. Soll ich es aussprechen oder machst du es?«

Keine Antwort. Kitty blieb ruhig, konnte es dann aber doch nicht länger aushalten. »Diese Burg, die ich mehr als mein Heim empfinde als das Haus, in dem ich geboren und aufgewachsen bin, diese Zeugin unserer großen Liebe, dieses Erbe, dass ich gehofft habe, unseren Kindern zu hinterlassen und die wieder ihren Kindern, wird vernichtet werden. Das wird das Ende sein. Es gibt keinen anderen Ausweg. Bewerkstelligen werden das du und ich, wir beide.«

»Wir werden das nicht machen.« Kierans Stimme klang fest und entschlossen.

»Muss ich es allein tun?«

»Keiner wird das machen. Es wird nie geschehen.«

»Du hast doch selbst eben alle Gründe dafür aufgezählt …«

»Keine Gründe. Nur Tatsachen, denen man sich stellen muss. Und es sind nicht die einzigen, die in Betracht zu ziehen sind.«

»Oh?«

»Und dann stellt sich die Sache in einem anderen Licht dar.«

»Oh?«

»Das Kind kommt zur Welt. Hier. In dieser Burg. In diesem Bett, wenn du willst. Und Brid wird kommen und das Baby anschauen, auch Taddy.«

»Nein!«

»Doch. Sie werden kommen. Und das Kind wird sie sehen; wir werden sie sehen. Das Kind wird sehen, wie sie in die Wiege schauen. Das Kind wird sie im Burghof sehen und auf dem Berg. Das Kind wird sie zwischen den Obstbäumen sehen und … ach, Kitty, Kitty, das Kind wird sie am Webstuhl sehen und mit der Harfe …«

»Aber …«

»Nein, warte. Warte. Lass mich ausreden.«

»Aber du bist …«

»Bitte, Liebling, bitte.«

»Also schön, red weiter.«

»Wenn die Zeit gekommen ist – und das wird sich von selbst ergeben –, werden wir erzählen, wer die beiden sind. Wir werden erzählen, *warum* sie da sind. Das Kind wird das hören, und dann wird es alles wissen. Die ganze Geschichte. Alles. Von deinen Vorfahren und meinen, die sich verpflichtet hatten, das Schießpulver zu entzünden. Von ihrer Wanderung nach Tralee. Und wie die lieblichen und unschuldigen Geiseln gefangen genommen wurden. Wie die Schlingen geknüpft wurden, und wie ihre hübschen Leichen …«

»Nein … Bitte, hör auf. Das können wir doch nicht einem Kind …«

»Das können wir. Und wir werden es tun.«

»Bloß wie?«

»Na, mit unseren Worten.«

»Und wer wird die über die Lippen bringen?«

»Ich werde es, du wirst es tun.«

»Ich? Niemals.«

»Doch, du wirst. Und ich sag dir auch, warum.«

»Nein, ein ›warum‹ kann's nicht geben.«

»Hör zu. Und dann sag's noch mal, wenn du es dann noch vermagst.«

»Ich höre zu. Und doch werde ich bei dem bleiben, was ich die ganze Zeit gesagt habe.«

Kieran drehte sich halb zu seiner Frau um und schaute sie an. Kitty zog es vor, sich auf die gegenüberliegende Wand zu konzentrieren. Leise und eindringlich redete er auf sie ein. »Brid und Taddy, wer sie sind und was mit ihnen passiert ist, das ist unsere Geschichte, so gut wie es ihre ist. Und die Geschichte handelt von unserem Land, davon, was es erlitten hat und was ihm angetan wurde. Das haben wir nun hinter uns, Kitty, das ist alles vorbei. Jetzt sind wir ein anderes Irland. Das Land, in dem Brid und Taddy lebten, gibt es nicht mehr, und schließlich und endlich sind wir froh darüber. Aber es darf nie vergessen werden. Ist es nicht möglich, dass sie hier sind und sich uns zeigen, nicht weil sie ihrer ewigwährenden Freuden beraubt wurden, die sie mehr verdient hätten als sonst jemand, sondern weil sie möchten, dass wir sie sehen und somit ihre Geschichte und unsere Geschichte kennen? Sie sind gestorben, wie du und ich sterben werden. Uns kann man vergessen. Aber Brid nicht. Auch Taddy nicht. Sie müssen für alle Zeiten in Erinnerung bleiben, solange irisches Blut durch eines Menschen Herz pulsiert. Unser Kind wird davon erfahren. Unser Kind wird es weitererzählen, so wie wir es ihm erzählen werden. Und die Mauern der Burg werden stehen bleiben und werden sein Heim auf Erden sein. Bitte, Kitty, Brid und Taddy, die können wir nicht einfach fortschicken. Sie haben eine Geschichte zu erzählen, und die muss erzählt werden, kann nicht oft genug erzählt werden, und solange ich Luft holen kann, werde ich wieder und wieder von dem reden, was ich dir eben gesagt habe.«

Unbeweglich betrachtete Kitty die Wand. Sie ließ ihren Atem kommen und gehen, weder flach noch tief. Ganz gewöhnliche Atemzüge wie im gewöhnlichen Leben. Sie stand auf und ging zu ihrer Seite des Betts hinüber. Sie schlug das Laken und die Decke zurück und schüttelte erst Kierans Kissen auf, dann ihres. Sie streckte die Hand aus und lächelte ein wenig befangen. »Ist das nicht unsere Morgenstunde? Oder weißt du's etwa nicht mehr?«

Aus einem anderen Grund als man gemeinhin annehmen konnte, war Kitty zu dem alten Familiengrundbesitz gegangen, nicht um sich im sentimentalen Einssein mit ihren Vorfahren zu ergehen, da sie nun einen Beitrag leisten würde, die Familienlinie in die Zukunft zu verlängern. Auch war sie nicht hergekommen, um Declan zu treffen, der, wie man wusste, öfter die Klippen aufsuchte, wo er, wie Kitty inzwischen erfahren hatte, sich entweder seinem Kummer hingab oder ihn besänftigte. Sollte sie ihm begegnen, würde sie, falls überhaupt, ein paar Worte an ihn richten, ihn seinem Bedürfnis nach Einsamkeit überlassen, selbst aber tun, weswegen sie gekommen war.

Es hatte sie an die Abbruchkante der Klippen gezogen mit einem Exemplar von Mrs Whartons Roman *The House of Mirth* in der Hand. Declan hatte ihr das Buch gebracht. Es war ein Überbleibsel ihres in den Fluten versunkenen Hauses, das die Wogen an den Strand gespült hatten. Sie nahm es als ein Omen, dass dieses Werk ihrer Verbesserungen bedurfte. Sie hatte das Vorhaben seinerzeit schon einmal aufgegeben, die sonderbare Art jedoch, auf die ihr das Buch dann zugespielt worden war, hätte vermuten lassen können, dass sie sich nun der Aufgabe stellte. Sie war aber zu der Überzeugung gelangt, dass ein Zufall mitunter nichts weiter als ein Zufall ist, und hatte sich damit das Eingeständnis erspart, der Aufgabe nicht gewachsen zu sein. Sobald die Flut am Fuß der Klippe aufschäumte, wollte sie das Buch in die tosenden Wasser schleudern, aus denen es aufgetaucht war.

Natürlich könnte sie es auch behalten, schließlich war es ein Teil ihrer verlorengegangenen Bibliothek. Doch sie fürchtete, sie würde es als Vorwurf empfinden, wenn es da in dem großen Zwischengeschoss im Turm lag, wo sie ihre Wunderwerke schuf, als Mahnung, dass Lily Bart, die unselige Heldin des Romans, sich ihren Bemühungen widersetzt hatte, sie aus den Fängen des

Schicksals zu erretten. Dabei hatte Kitty ihren Namen bereits in Fenimore Blythe und den Titel des Buchs in *The House of Fenimore Blythe* verwandelt.

Die Schwierigkeit ergab sich daraus, dass Lily/Fenimore sich nicht so kooperativ verhielt, wie es Kitty erwartet hatte. Wenn man von den Zufällen absah, die das Bestreben der Frau vereitelten, sich einen Mann zu angeln, der ein bedeutendes Vermögen und einen guten Ruf besaß und ihr somit lebenslanges Glück verhieß, so blieb sie in Mrs Whartons Version doch reichlich unentschieden, wen sie sich als Gatten erwählen sollte.

Auch hatte Kitty eingesehen, dass die Zufälle, die Madam Wharton alias Pussy Jones ersonnen hatte, zwar völlig unwahrscheinlich, aber doch vorstellbar waren. Von der Anschuldigung, dass es Mrs Wharton einfach ins Konzept gepasst hatte, Lily zu vernichten, konnte Kitty jedoch nicht ablassen. Freilich musste man Mrs Wharton zugestehen, dass der Geist der Zeit, in der Lily/Fenimore gelebt hatte, mindestens ebenso an ihrem Schicksal schuld war.

Kitty hatte versucht, aus ihr einen Wall Street Insider zu machen, eine Frau, die es verstand, ihr an Wert verlierendes Aktienpaket so einzusetzen, dass sich Reichtümer anhäuften, die nicht nur die Männer ihrer Bekanntschaft beschämten, sondern sie sogar veranlassten, sich vor ihrer Tür zu drängen, da sie nun ihren Charme entdeckt hatten. Wer aber außer einem Amerikaner oder einem Franzosen wollte schon einen Roman über eine Börsenmaklerin schreiben? Kitty McCloud jedenfalls nicht.

Unsere Autorin stattete Lily/Fenimore dann mit dem Vorzug aus, den sie selbst und Mrs Wharton besaßen: Sie sollte künstlerisch begabt sein. Nicht als Schriftstellerin, sondern wie die ursprüngliche Autorin es als möglichen Beruf ihrer Heldin im Original vorgesehen hatte, als Putzmacherin – freilich mit dem Unterschied, dass Lily/Fenimore nunmehr eine fast magische Begabung besaß, Hutkreationen zu schaffen, die auf die Frauen ihrer Umgebung so sensationell wirkten, dass sie ihr fast die Tür einrannten und nicht nur um die Hand der Künstlerin für ihre langweiligen Söhne bettelten, sondern sich auch um eine ihrer ziemlich vulgären Schöpfungen rissen, um sich für den nächsten Opernabend damit zu schmücken.

Trotz allem, Kitty befriedigte das nicht. Irgendwo im Hinterkopf rumorte vage etwas, das sie eigentlich hatte ignorieren wollen, aber doch nicht konnte: Edith Wharton hatte von menschlichen Geschicken berichtet, die so erzählt werden mussten, wie sie waren; Kitty McCloud hatte diese Wahrheiten nicht nur verschleiert, sondern völlig unter den Tisch fallen lassen. Lilys Schicksal war aber vorherbestimmt gewesen. Wenn also Mrs Wharton mit ihren Zufällen zu freigiebig gewesen war, dann hatte sich Kitty mit ihren Manipulationen keinesfalls weniger schuldig gemacht. Sie hätte sich schämen müssen. Und das tat sie auch.

In einem letzten Versuch eine Wahrheit zu finden, die über das hinausging, was ihre Vorgängerin enthüllt hatte, konnte sich Kitty nur ein einziges unabwendbares, aber unakzeptables Ende denken. Von Anfang an hatte sie Ediths Schlussszene zu recht mit Hohn und Spott betrachtet. In den letzten Augenblicken vor ihrem mehr oder weniger absichtlich herbeigeführten Tod glaubt Lily in ihrer Phantasie, das Baby einer Freundin in ihren Armen zu wiegen. Der Wunsch, ein Kind zu haben, war Lily nie wichtig gewesen, daher war es widerlich sentimental, so etwas gerade in dem Moment ins Spiel zu bringen, da die Heldin am verletzlichsten war.

Was blieb Kitty also übrig? Ihr fiel die einzig mögliche Antwort ein, und die gab ihr auch das Stichwort, den Computer auszuschalten und sich vom Schreibtisch zu erheben. Für ihre Fenimore gab es nur ein ehrliches Ende. Kitty würde ihr den einzigen Job geben, den eine Frau in ihrer Situation haben konnte – in der Triangle-Shirtwaist-Fabrik in New York im Jahre 1911. Die dort fehlenden Brandschutzeinrichtungen könnten dann den Rest besorgen. Wie all die anderen jungen Frauen in der Fabrik, denen es nicht gelungen war, einen reichen Mann von gutem Ruf zu ergattern, würde sie das ihr bestimmte Schicksal ereilen. Inmitten eines plötzlich ausbrechenden Feuers gefangen, würde sie vom zehnten Stockwerk in den Tod springen, um den Flammen zu entkommen.*

Am Horizont war ein Containerschiff aufgetaucht, von Norden zog eine Wolke heran und trug einen noch intensiveren Duft von Klee herüber. Draußen über dem Meer hatten sich Möwen zu den Kormoranen gesellt, und hinter sich hörte Kitty Sandregenpfeifer im hohen Gras rascheln. Unter sich sah sie, wie die Flut hereinkam, noch leckte und schleckte das Wasser gerade erst am Fuß der Klippe. Sie wollte warten, bis die Wellen höher stiegen, und dann Ediths Buch, das ihr nicht länger ein Omen oder besonderes Zeichen war, in das Element zurückschicken, aus dem sie es per Zufall erhalten hatte. Aggressivere Wogen schienen ihr vonnöten, damit der Sog Lily zu dem versunkenen Haus und den tief betrauerten Gebeinen zurückbeförderte.

Auf der Straße hielt ein Wagen an. Sie drehte sich um, denn sie vermutete, ein alter Bekannter hätte nur kurz gestoppt, um sie zu begrüßen und mit ihr ein bisschen über das abgestürzte Haus zu plaudern. Aber es war Lolly, die den Motor abstellte. Sie bemerkte Kitty, und da die ihr entgegensah, schaltete sie die Zündung sofort wieder ein, um weiterzufahren. Sie trat leicht aufs Gaspedal, hob den Fuß aber gleich wieder hoch. Der Motor lief langsamer und blieb stehen. Sie zog den Zündschlüssel ab, wartete einen Moment, stieg dann aus und ging auf ihre beste Freundin Kitty zu.

»Du bist hier«, rief sie laut, obwohl sie gar nicht so weit weg war.

»Sieht ganz so aus.« Kitty, die am Klippenrand saß, überlegte, ob sie aufstehen sollte, hielt es aber für besser, den Eindringling nicht erst zum Bleiben aufzufordern. Ihr war unklar, was Lolly hier wollte, es sei denn – und das war ein Gedanke, den sie lieber

---

* Am 25. 3. 1911 kamen 146 Arbeiter bei einem verheerenden Brand im Gebäude der Triangle Shirtwaist Factory in New York um.

nicht weiterspann –, sie hatte gehofft oder erwartet, Declan hier zu treffen. Wenn dem so war, wollte Kitty sich diese Bestätigung lieber im Sitzen anhören.

»Du hast wohl Declan gesucht?«, fragte Lolly harmlos. Dem Klang der Stimme entnahm Kitty, dass ihre Freundin nur wenige Schritte hinter ihr stand.

»Warum sollte ich eigens herkommen und Declan suchen? Ich sehe ihn fast jeden Tag beim Dachdecken.«

»Das schon. Natürlich. Aber … ist er vielleicht nicht doch hier?«

»Ich habe nicht die geringste Ahnung. Offensichtlich hast *du* ihn aber hier treffen wollen, stimmt's?«

»Hast schon recht. Doch er scheint ja nicht hier zu sein. Ich wollte ihm nämlich etwas sagen, ist aber eigentlich gar nicht so wichtig.« Es musste einen Grund haben, dass Lolly sich so ausweichend und fast entschuldigend für ihr Auftauchen hier äußerte.

»Hast du es mal auf der Burg versucht? Er könnte um diese Zeit dort sein.«

»Ich wollte erst hier nachsehen. Im Dorf heißt es, er kommt oft hierher – früh am Morgen oder spät am Nachmittag. Die Straßenbauer sehen ihn häufig.«

»Finden die das nicht merkwürdig?«

»Irgendwie komisch ist das schon. Kommt ihnen jedenfalls so vor.«

»Und uns nicht?«

»Wir finden nichts Merkwürdiges an dem, was Declan tut. Oder, vielleicht richtiger, an allem, was er tut. Wir haben uns daran gewöhnt.«

»Und das wär's dann auch?«

»Wenn er will, dass jemand erfährt, warum er es so und nicht anders macht, dann sagt er es ihm. Jedenfalls sehe ich das so.«

»Wart mal, mir fällt gerade ein, fahr erst später zur Burg hoch. Er könnte jetzt unten am Moor sein, Schilf schneiden. Muss erst trocknen, bevor er damit Dächer ausflickt.«

»Danke für den Tipp. Ich kann ihn auch ein anderes Mal aufsuchen.« Kitty wartete, ob noch mehr kam. Und es kam. »Und du?«, fragte Lolly, »willst du sehen, ob vom alten Haus noch was auftaucht?«

»Nein. Ich habe mich damit abgefunden. Ist mir egal, ob was zum Vorschein kommt oder nicht. Ich habe jetzt ein weit besseres Heim. Doch was ist mit dir? Darf man fragen, was nicht so wichtig ist, was du ihm sagen wolltest?«

»Ach, nichts, wirklich nichts Besonderes.«

»Nun machst du es richtig spannend.«

»Na schön, dann sag ich dir's, kannst ja davon halten, was du willst.« Lolly setzte sich neben Kitty auf die Abbruchkante der Klippe. Mit dem Schuhabsatz stützte sie sich leicht auf dem Gestein ab; es war ein eingeschliffener Reflex, sie brauchte immer etwas, worauf sie sich stützen konnte.

Kitty fiel auf, dass die Freundin ein Kleid anhatte. Tagsüber ging sie sonst nie so umher. Es war das Hellblaue aus Leinen, frisch gebügelt, man schnupperte es förmlich. Dieses Blau brachte das Blau ihrer Augen noch mehr zur Geltung – erhöhte, wie jeder sagen würde, ihre Verführungskräfte. Was immer man darunter verstehen mochte.

»Im Norden hinter Connemara wird ein Dachdecker gesucht. Dort baut man Ferienhäuser. Aaron ist im Internet drauf gestoßen, ich hab die Anzeige ausgedruckt und will sie Declan geben. Man plant, die Bungalows mit Reet zu decken, die Urlauber sollen sich wie in alten Zeiten fühlen. Hier in der Gegend gibt es für ihn nichts mehr zu tun, wenn er mit der Arbeit bei dir fertig ist.«

Kitty schaute sie von der Seite an. Herausfordernd reckte Lolly den Kopf etwas nach oben und erwartete eine Erwiderung. Kitty fühlte sich nicht bemüßigt, dazu etwas zu sagen. Sie begnügte sich damit, das blaue Kleid angelegentlich zu betrachten und die gehobene Strahlkraft der Augen auf sich wirken zu lassen.

Lolly wiederum tat völlig gleichgültig, schaute aber Kitty unverwandt an. »Schließlich bin *ich* eine alte Freundin von ihm. Irgendwie muss man dem armen Kerl doch helfen, so völlig am Boden, wie er dieser Tage ist.«

Kitty richtete den Blick wieder zur See. Ihre Stimme war ruhig. »Wirklich, du bist ihm eine gute Freundin, Lolly, machst dir sogar Sorgen, wo er als Nächstes Arbeit findet. Ich hoffe, der Mann weiß das zu schätzen.«

Nicht ganz so von oben herab sagte Lolly: »Hier gibt's für ihn nichts weiter zu tun. Nichts hält ihn hier. Warum sollte er nicht einfach weggehen, wie er es immer gemacht hat? Ein Stück weg von hier findet er schon etwas, das sich lohnt. Hat er doch stets so gehalten. Ich kann da bloß noch drüber lachen.« Um ihren Worten Nachdruck zu verleihen, lachte sie los, und es klang sogar ziemlich echt.

Kitty wollte schon das Thema wechseln, aber Lolly redete weiter. »Wie närrisch wir damals alle waren. Aber da waren wir viel jünger, richtig junge Dinger waren wir damals. Vergöttert haben wir ihn. Der große dunkle Held war er für uns, der aus 'ner anderen Welt kam.« Erneut lachte sie auf, diesmal nicht ganz so überzeugend. »Er schien nichts weiter im Kopf zu haben als ... na, du weißt schon, was. Auch die Schwingen unserer Schutzengel boten keinen Schutz, wahrgenommen haben wir den jedenfalls nicht. Er war gar nicht bloß auf das eine aus; es ging so was Verführerisches von ihm aus, als wäre er der Apfel aus dem Garten Eden, der zum Hineinbeißen reizte. Oh, Zeiten waren das damals ... Zeiten ...«

Sie hielt inne und fuhr sich mit der Hand über die Stirn. Gedämpfter fuhr sie fort: »Und wir glaubten schon, wir hätten ihn zum letzten Mal gesehen, die See hätte ihn verschlungen, nie würde er wiederkommen. Aber die See konnte ihn nicht behalten. Er ist aus den Wogen zu uns aufgestiegen, Kitty. Wie sollten die Wasser, die so weit sind wie die Welt, ihn für immer und ewig festhalten? Das ging einfach nicht. So einem wie ihm konnte das nicht passieren. Er ist wiedergekommen ...«

»Aus dem Norden, wo er hingegangen war.«

»Ich weiß. Ich weiß. Aber darf einen nicht ab und an die Verrücktheit von früher überkommen …?«

»Mich überkommt sie nicht. Dich vielleicht. Aber mich nicht.«

»Ah, natürlich. Dich nicht.« Wieder das kurze Auflachen, diesmal ganz zwanglos und doch mit einem besorgten Beiklang. »Auch mich darf so was nicht überkommen. Das geht nicht mehr. Darf nie mehr sein, die Verrücktheit von damals. Wir müssen uns einfach davor hüten.«

Die Flut war jetzt vollends hereingebrochen, die Wogen donnerten gegen die Felswand, als seien sie wutentbrannt darüber, dass die Klippen das vorangegangene Lecken und Schlecken der Wellen mit Nichtachtung gestraft hatten. Kitty schob Mrs Whartons Buch von der linken in die rechte Hand. Jetzt nahte der Moment der Entscheidung. Sie musste es werfen, nicht einfach fallen lassen wie etwas, das sie loswerden wollte. Sie musste es von sich wegschleudern, soweit sie nur konnte, in ehrendem Angedenken an die schwesterliche Autorin, deren Mängel ihr nichts als Respekt abnötigten.

Wieder wurde sie von Lolly gestört. »Ach so, du hast gelesen. Hab gar nicht richtig hingeschaut. Dir ist vielleicht nie aufgefallen, ich kann mitunter ziemlich gedankenlos sein.«

»Nein, habe ich nie bemerkt.« Beide mussten kichern. Lolly zog den rechten Fuß vom Klippenrand zurück, überlegte es sich anders und senkte den Fuß erneut. Nach einer Pause, die ausreichte, Kitty spüren zu lassen, dass sie noch mehr sagen wollte, strich sie das hellblaue Kleid auf ihrem Schoß glatt und begann wie in einem Selbstgespräch zu reden, wenngleich es sehr wohl auch für Kittys Ohren gedacht war.

»Um die Knochen eines Jungen geht's, die jetzt draußen unter den Wogen liegen. Declan hat mir alles erzählt, und wie es dazu gekommen ist. Du weißt das auch, hat er gesagt, dir müsste man das gar nicht erzählen, meinte er. Mir hat er es geschildert und mir dabei die Geheimtreppe gezeigt, die von unten hochgeht. Hast du gewusst, dass er sie gefunden hat? Die Treppenstufen sind immer noch da, über die die Priester geflohen sind und wo wir das Skelett versteckt haben, als Tom und Jim von der Gardaí kamen, um nach dem Gefangenen zu suchen, der ihnen entwischt war.«

»Ich weiß Bescheid«, bestätigte Kitty, »bin die Stufen aber nie rauf oder runter gegangen. Die gehörten zum Haus. Hätten mit dem Haus auch verschwinden müssen.«

»Sind sie aber nicht. Dunkel war's da drin, selbst mit der Taschenlampe von Declan. Aber Angst hatte ich nicht, schon gar nicht, wo doch Declan bei mir war. Wir waren dabei hochzuklettern ... Ach, lass mich das erst noch sagen. Ich hatte nach ihm gesucht, nachdem ich mich entblödet hatte, ihm von meinem Buch zu erzählen. Wollte ihn überzeugen, dass ich nicht so eine verdrehte Nudel bin, wie er mich in Caherciveen erlebt hat, wo ich mit Aaron war, um den *Messias* zu hören. Und da hat er mir dann angeboten, mir die Geheimtreppe zu zeigen. Wir waren halb oben, da blieb er auf einem Absatz stehen; um uns das feuchte Gestein und der Geruch von allem, was da verwest war all die Jahre über. Den Lichtkegel von der Taschenlampe hat er auf die Stufen vor uns gerichtet, und da hat er es mir erzählt. Wie der Junge vom Dach gestürzt und gestorben ist, all das. Und wie er ihn in seinem eigenen Sonntagsstaat begraben hat, weil doch die Erde so kalt war. Und die Dachdeckerwerkzeuge hat er ihm beigegeben und noch manch anderes. Alles hat er in den alten Beutel gesteckt, damit der Junge nicht ohne die Sachen sei, mit denen er umgegangen war in der Welt, einer Welt, die auch zu Declan gehörte. Von der Wanderung nach Norden hat er geredet und davon, wie er gesucht hat, ob wer den Jungen kannte. Und dann kommt er zurück, und alles ist weg, vom Winde verweht und von der See verschlungen. Und wie sein Gram ihn gebeugt hat, alles hat er mir erzählt, und wie er gar nichts mehr hat tun können.« Sie war still, fügte dann leise hinzu: »Fast gar nichts mehr, meine ich.« Und wieder schwieg sie. »Mehr sage ich jetzt nicht.«

Kitty ließ das Buch fallen.

Lolly rutschte von der Klippenkante zurück. Sie stand auf, bezeugte dem Meer eine abschließende Ehrerbietung, das heißt sie blickte lange darüber hin. Dann ging sie zu ihrem Auto. Nach wenigen Schritten blieb sie stehen. Kitty hoffte, sie würde weitergehen. Sie wollte warten, bis Lolly verschwunden war, sich ihrer Aufgabe entledigen und zurückgehen, um sich an etwas anderes zu machen, egal was. Lolly fing noch einmal an, Kitty blieb einfach sitzen und hörte zu, den Blick auf die Wolke gerichtet, die hoch im Norden stand.

»In der Nacht, in der Declan den Jungen im Garten begraben hat, ist er zu mir gekommen – damals habe ich das nicht gewusst, erst neulich hat er mir das erzählt auf den Stufen im Geheimgang. Dass er sich damals in der Nacht verändert hatte, das habe ich gespürt, und dass er mich noch mehr gebraucht hat als sonst, völlig verausgabt habe ich mich, um ihn zu befriedigen. Und das lass mich noch sagen, dann gehe ich. Die ganze Nacht waren wir beieinander, erst kurz vorm Morgengrauen gab er Ruhe. Und ich schlief ein. Geträumt habe ich nichts, doch die Sonne hat mich geweckt, und das ziemlich bald. Er war fort. Darin war er wie immer: Fort war er, und die Sonne war schon richtig aufgegangen. Ist ja auch egal, aber er kam zu mir, damals in der Nacht, zu keiner anderen. Nur zu mir.«

Kitty wartete, ob ihr noch mehr offenbart würde, doch alles blieb still, bis der Motor ansprang und der Wagen wegfuhr. Die Wolke aus dem Norden änderte ihren Kurs und zog hinaus aufs Meer.

Kapitel 12

Declan sah den infamen Bentley in den Burghof rollen. Der Motor schnurrte wie eine mit sich selbst vergnügte Katze. Da kein anderes Fahrzeug im Weg stand, beschrieb die Nobelkarosse einen Bogen und blieb neben dem Schuppen stehen, an dem der Dachdecker gerade arbeitete. Durch ein Fenster, das geöffnet war, um die Landluft hereinzulassen, rief der Fahrer: »Sind wohl tüchtig am Arbeiten, wie? Großartig, was Sie da leisten.« Er stieg aus dem Wagen und schlug, wie es seiner Natur entsprach, rücksichtslos die Tür zu. Gekleidet war er wie üblich in Leinenanzug und Seidenhemd. Nur hatte er diesmal den Schal fortgelassen, der dem Ganzen die besondere Note gab. Damit kam ein Adamsapfel zur Geltung, der mehr ein Wortknäuel schien, das sich in der Kehle des Mannes verfangen hatte und ihn somit hinderte, die Erde mit weiteren Schadstoffen zu verpesten.

Declan hielt es für das Beste, einfach weiterzuarbeiten und dem Gast so wenig Aufmerksamkeit zu schenken wie möglich. In einem Versuch, den Aufenthalt des Menschen von vornherein so kurz wie möglich zu gestalten, brummelte er: »Es ist keiner da. Die sind weggefahren.«

»Ist mir schon klar.« Der Mann sagte das so freudig, dass man daraus schließen konnte, die Abwesenheit der Burgbewohner kam ihm gelegen. »Mrs Sweeney nach Dublin, wo sie aus ihrem jüngsten Erfolgsroman lesen wird; der Titel ist mir gerade entfallen. Und er irgendwo in die Gegend von Blarney zu seinem Bruder, mit dem er Geschäftliches zu regeln hat; Genaueres weiß ich nicht.«

Declan war versucht zu murmeln ›Um sich mit einer zauberhaften Dame zu treffen, die einen Schimmel reitet‹; da er sich jedoch auf möglichst gar keine Konversation einlassen wollte, sagte er nichts.

Das schreckte Seine Lordschaft nicht ab. »Ich bedauere das Missgeschick«, fuhr er fort, »das meinen kürzlichen Besuch so unselig enden ließ. Doch das dürfte Sie kaum kümmern. Sie sind ein Künstler und als solcher davon ausgenommen, die Leiden gewöhnlicher Sterblicher zu beachten. Gestatten Sie mir festzustellen, dass Ihre Kunstfertigkeit ein ungewöhnliches Geschick offenbart.«

Er erwartete eine Erwiderung. Da keine erfolgte, stürzte er sich in eine offensichtlich wohl präparierte Rede, die vor allem an Declan gerichtet war. »Der wahre Grund meines Kommens besteht darin, erneut, wie schon zuvor, das meisterliche Werk zu bewundern, das Sie hier schaffen. Ich bin mir sicher, Sie sind sich dessen bewusst, dass meine Familie vormals Schutzherr all der Ländereien hier, einschließlich der Burg, war. Mir fehlen die Worte, um Ihnen zu versichern, wie glücklich es mich macht zu erleben, dass der Burghof dank Ihrer Hände Arbeit seine einstige Pracht zurückerhält. Sie üben ein Handwerk aus, das lange vernachlässigt wurde, und verschaffen mir somit das Privileg – nein, erweisen mir die Ehre –, die Burg so wiederhergestellt zu sehen, wie sie zur Zeit meiner illustren Vorfahren war.«

Durch eine Willensanstrengung, die seinem Charakter mehr als fremd war, gelang es Declan, sich im Zaum zu halten. Der Besucher hielt inne, hoffte auf, ja erwartete eine dankbare Anerkennung seines Wortschwalls. Zwar verunsicherte es ihn, dass diese Anerkennung ausblieb, doch finster entschlossen, seine Rede zu vollenden, fuhr er fort: »Wie ich erfahren habe, heißen Sie Tovey. Ein prachtvoller Name. Da ich das Wort *illuster* bereits benutzt habe, bleibt mir nur übrig zu sagen, dass dieser Name über Jahrhunderte hinweg voller Stolz von englischen Gentlemen und Gelehrten getragen wurde. Könnte es sein, dass Sie mit Sir Donald Francis Tovey verwandt sind, dem berühmten Musikwissenschaftler?«

Declan schaute ihn verständnislos an. Seine Lordschaft geruhte nicht zu bemerken, dass der Dachdecker weiterhin schwieg. »Das war ein Mann, der unendlich viel beigetragen hat zu unserem Verständnis und unserer Wertschätzung der großen Komponisten und ihrer berühmten Werke. Auch Sie leisten, nach allem was ich hier sehe, einen einzigartigen Beitrag zu Ihren eigenen edlen Traditionen. Was auch kaum verwundert, bedenkt man, dass Sie offenbar durch Familienbande mit einer Abstammungslinie verbunden sind, die immer noch unserem englischen Erbe ein großartiges Ansehen verleiht.«

Declan war heftig versucht, dem Mann auseinanderzusetzen, dass »Tovey« die Verballhornung des guten Namens »Tuohy« war, den die Behörden seiner Familie aufgezwungen hatten. Sie waren einst gewillt, Namen nur in einer ihnen genehmen und vertrauten Schreibweise in Einwohnerlisten einzutragen, aber nicht in einer Sprache, die sie auszurotten gedachten. Späterhin hatte es die Familie bei dem entstellten Namen belassen und war nicht zum ursprünglichen Original zurückgekehrt. Man hatte beschlossen, der Name solle eine ständige Erinnerung an die Gemeinheiten bleiben, die Jahrhunderte hindurch von den zur Weltherrschaft strebenden Eindringlingen verübt worden waren. Sollte der Lord nur weiterlabern. Er verfolgte offenbar eine hinterhältige Absicht und würde sich ziemlich bald in seinen Fallstricken verfangen.

Und so geschah es. »Während meines vorigen Besuchs haben Sie vermutlich mitgehört, dass mein Versuch, mein Geburtsrecht geltend zu machen – auf die Burg und alle sie umgebenden Ländereien –, infolge von Justizirrtümern scheiterte. Bestimmt werden Sie meine Entschlossenheit zu würdigen wissen, einen erneuten Versuch zu unternehmen, meiner Pflicht gegenüber meinen Ahnen Genüge zu tun, und so ist mir der Gedanke gekommen, mich Ihrer guten Dienste zu versichern. Dass damit eine großzügige Entlohnung einhergeht, versteht sich von selbst. Da wir offenbar auf eine gemeinsame Vergangenheit zurückblicken, hatte ich die Eingebung, dass die Schicksalsmächte mich mit einem Mann zusammengebracht haben, der meinem Plan seine Unterstützung nicht versagen würde, Grundbesitz und Burg dem rechtmäßigen

Eigentümer zurückzugeben. Nämlich mir. Nein, sagen Sie jetzt bitte nichts dazu.«

Mit gedämpfter Stimme, die Vertraulichkeit vortäuschte und absolute Verschwiegenheit verlangte, erklärte er, verbunden mit dem plumpen Hinweis, dass in diese Verschwörung nur höchst Privilegierte Aufnahme finden könnten: »Ich werde mich bald näher dazu äußern. Der Junge dort drüben, der in ein Buch vertieft ist, könnte leicht etwas aufschnappen, was uns unter Umständen schadet. Sie verstehen gewiss.«

Dass der Junge mit dem Buch in der Nähe stand, war Declan natürlich bewusst, ihm war aber auch bewusst, dass der Mann etwas Unheilvolles ausbrütete, das seinen Landsleuten höchstwahrscheinlich nicht zum Vorteil gereichen würde. Anstatt sich zu entrüsten, beschloss er für sich, Komplizenschaft zu heucheln, wäre der bessere Weg. Denn weitere Enthüllungen waren zu erwarten. Und hier ergab sich die gottgewollte Gelegenheit, Zeuge solcher Enthüllungen zu werden. Nur leise murmelnd, wie es die Situation erforderte, erwiderte er, ohne seine Arbeit zu unterbrechen: »Könnte sein, ich bin der Mann, den Sie suchen. Doch ich müsste schon Genaueres erfahren.«

»Und das werden Sie, ziemlich bald sogar. Einstweilen erwähnen Sie niemandem gegenüber meinen heutigen Besuch. Und schärfen Sie dem Jungen ein, zu vergessen, dass ich vorbeigeschaut habe. Und was Sie betrifft, Mr Tovey – was *uns* betrifft, wollte ich sagen –, wir sehen uns bald wieder, und dann lege ich Ihnen alles dar. Wir brauchen keine heiligen Eide zu schwören, solange der Junge zuschaut. Aber ich betrachte diesen Besuch als höchst erfolgreich. Ich bin ganz sicher, Sie gelangen zu einer ähnlichen Einschätzung, wenn die Zeit reif ist. Bescheiden wir uns jetzt mit meinem ›Goodbye!‹ und meinem Versprechen wiederzukommen – zu einem günstigeren Zeitpunkt. *Au revoir*, verehrter Landsmann.« Er machte eine leichte Verbeugung und setzte ein Lächeln auf, das dem schleimigen Gebaren der Schurken in vielen schlecht gespielten Filmen glich. Nur mit Mühe konnte Declan einen Fluch unterdrücken, doch der Gedanke, dass da ein Plan gegen seine Freunde ausgeheckt wurde und dass er, Declan Tovey – zugehörig zum Tuohy-Clan –, vom Himmel auserwählt sei, das Vorhaben von Anbeginn zu vereiteln, half ihm.

Kaum war der Bentley selbstgefällig davongefahren, ging Peter zu Declan hinüber. »Das war Mr Shaftoe. Mr Sweeney hat ihm das Leben gerettet. Er wollte oben vom Turm springen, er hätte so gern die Burg gehabt, doch das war ihm verwehrt worden. Aber Mr Sweeney hat ihn nicht gelassen. Springen, meine ich. Wissen Sie, ob er hier war, weil er es noch einmal versuchen wollte?«

»Ich weiß überhaupt nichts. Und ich muss auch gar nichts davon wissen. Schau mir ruhig weiter beim Arbeiten zu. Und vergiss nicht unsere Vereinbarung. Es wird nicht geredet.«

»Ja, Sir. Wollte sagen, ja, Mr Tovey.«

»Tuohy, wenn du willst.«

»Wie bitte?«

»Schon gut. Denk dran. Geredet wird nicht.«

Der Junge blieb da stehen, wo er gerade war, und schaute zu; das Buch hatte er sich unter den Arm geklemmt. Declan Tovey – eigentlich Tuohy seit alters her – arbeitete verbissen weiter.

Lord Shaftoe, besessen von seiner selbstgestellten Aufgabe, suchte seinen Schneider in London auf. Er beabsichtigte, sich nach der Mode im achtzehnten Jahrhundert zu kleiden, so wie sein Vorfahr, den der irische Pöbel mit einer Pulververschwörung* bedroht hatte, einem Komplott, das schlimmer hätte ausfallen können als die Schurkerei des Guy Fawkes und all der papistischen Verräter, die sich gegen Krone und Parlament auf-

* Guy Fawkes, englischer katholischer Offizier, plante aus Protest gegen die Verfolgung der Katholiken, am 5. November 1605 das Parlament in London in die Luft zu sprengen. Dazu hatte er 36 Tonnen Schwarzpulver in den Kellergewölben eingelagert. Der sogenannte *gunpowder plot* wurde verraten, die Verschwörer wurden hingerichtet. Der Guy Fawkes Day wird bis heute mit Feuerwerken und Fackelzügen gefeiert.

lehnten. Dabei waren diese Institutionen lediglich auf den Erhalt ihrer Oberhoheit und ihrer Privilegien bedacht gewesen. Seine Lordschaft wollte sich nicht mit einem schmuddligen Kostüm zufriedengeben, das nach dem Schweiß von Schauspielern oder den Parfümen maskierter Tänzer roch. Die mottenzerfressene Hinterlassenschaft längst verblichener Toter war nichts für ihn. Nur das Neueste und Einzigartige waren seiner würdig. Ihm allein würde das Recht zustehen, sich künftig so zu kleiden. (Als einzigen Stilbruch wollte er sich leisten, anstelle der Baumwollröhren, die seinen Vorfahren als Unterhosen dienten, seidene Boxer-Shorts zu tragen.)

Seine Lordschaft hatte seinen mutmaßlichen Landsmann, Declan Tovey, ins Vertrauen gezogen, weil er etwas Extravagantes vorhatte. Da es mit Mr Toveys Hilfe gesichert schien, zu einem gewissen Zeitpunkt Einlass in die Burg zu bekommen – wenn Mr und Mrs Sweeney nicht zu Hause wären, aber bald nach Einbruch der Dunkelheit heimkehren würden, denn dunkel musste es sein, um sein Vorhaben erfolgreich in die Tat umzusetzen –, hatte er die nächste Phase seines Vorhabens in Angriff genommen.

An einem Tag, der dem seiner ersten Unterredung mit dem schätzenswerten Mr Tovey bald folgte, kehrte der Lord zurück, um ihm voller Vorfreude die Einzelheiten seines raffinierten Plans anzuvertrauen. »Ich werde etwas seltsam angezogen sein, doch schenken Sie dem keine Beachtung. Es wird eine exakte Kopie der Kleidung sein, die mein illustrer Ahnherr getragen hat – ich kann auf mehrere Vorfahren zurückblicken, die meinen Anspruch auf die Burg rechtfertigen. Die Details will ich mir jetzt ersparen, es mag genügen zu sagen, dass die derzeitigen Bewohner unbefugte Eindringlinge sind und es verdienen, als solche behandelt zu werden.«

Mr Tovey hatte keinerlei Reaktion gezeigt, hatte einfach dagestanden und gewartet, was noch folgen würde. Seine Lordschaft mit Erwiderungen zu unterbrechen, hätte die Auflösung des Geheimnisses nur verzögert. »Ich werde mich in einem abgelegenen Winkel der Burg verbergen«, fuhr er fort, »bleibe also unsichtbar. Wenn ich den Zeitpunkt für gekommen halte, werde ich in Erscheinung treten und mich präsentieren – als eine schattenhafte Gestalt, die dennoch durch den Schimmer einer flackernden Kerze erkennbar sein wird.« Er neigte sich seinem Partner zu und flüsterte höchst vertraulich: »Wundervoller Einfall, finden Sie nicht? Die flackernde Kerze?«

In seiner üblichen Redeweise spann er die Erzählung fort, wobei sich von Wort zu Wort sein teuflisches Vergnügen daran steigerte. Er begab sich damit in die Gefahr, in eine Ekstase zu geraten, die sprachliche Äußerungen unmöglich machte, doch das störte ihn nicht. »Bei Kerzenlicht also werde ich erscheinen, werde mich langsam bewegen, wie es sich für einen Geist gehört, der durch die Burg wandert, die seinem Nachkommen fälschlicherweise vorenthalten wird, dem gegenwärtigen Lord Shaftoe nämlich, keinem Geringeren als mir. Mr und Mrs Sweeney werden augenblicklich begreifen, dass sie inmitten von ruhelosen Toten leben, dass sie einer Heimsuchung ausgesetzt sind, die ihnen das Blut erstarren und den Atem stocken lassen wird. Angst und Schrecken werden sie packen. Denn was sie am wenigsten erwarten dürften, wäre, einen Geist zu sehen. Hab ich nicht recht?«

Mr Tovey überdachte das und nickte eingedenk des Grauens, dem die Unbefugten ausgesetzt sein würden.

»Aufschreien werden sie! Sobald sie mich sehen. werden sie flehen, von dem sie niederschmetternden Trugbild erlöst zu werden. Ich werde bedächtig durch den Raum schreiten, werde ihre jammervollen Klagen nicht beachten. Sie werden sich aneinander klammern, werden entsetzt sein von der Erkenntnis, dass die Burg, die sie sich angeeignet haben, ihnen von nun an keinen Frieden mehr bietet. Ihr Leben würde nach dem Willen eines Phantoms zerrüttet werden, einer Erscheinung, an deren Nähe sie sich nicht gewöhnen könnten, wie es ja niemand könnte, der im Vollbesitz seiner Sinne ist.

Ich werde den Sieg davontragen. Sie werden aus der Burg fliehen, wahrscheinlich noch in derselben Nacht, und werden Unterschlupf suchen in der ersten Herberge am Wege, die sie aufnimmt. Sie werden verstört und maßlos erregt sein, unfähig zu erklären, warum sie plötzlich auftauchen, sie werden der Sprache beraubt sein, so von Furcht geschüttelt werden sie sein durch die Gegenwart gerade der Person, die, wie sie überzeugt waren, keine Gewalt hätte, nach Belieben bei ihnen zu erscheinen, einer Person, die ihre Ängste kalt lassen, die sich ihrem Flehen hohnlachend verschließt.

Natürlich ist es Ihnen, Mr Tovey, ohne weiteres möglich, sich die Bestürzung der beiden vorzustellen. Sie sind ein Mann von beträchtlicher Intelligenz, neigen nicht dazu, Gespenster zu sehen, es sei denn, es erscheint wirklich eins, da … da … da! Sieh nur, wie es sich bewegt! Wie es herankommt, einen fortschleppen will zu Qualen, die sich ein menschliches Hirn nicht ausmalen kann. Oh, köstlich, köstlich. Sie werden sich in die Hosen machen, dessen bin ich gewiss. Denn sie bekommen einen *wahrhaftigen* Geist zu sehen und ausgerechnet den, den sie am meisten fürchten: Lord Shaftoe in Person, der von jenen himmlischen Regionen herabgestiegen ist, die ihm seine adlige Abstammung sicherte. Doch hier liegt der Hund begraben. Er kehrt zurück – wird den Besitz einfordern, der ihm von einem mit gottgleicher Macht ausgestatteten Monarchen übertragen wurde und der demzufolge auf Gottes Geheiß handelte.

Oh, wie sehr wünschte ich, Sie könnten zugegen sein, Mr Tovey! Allerdings würden Sie laut loslachen angesichts der Unfähigkeit der beiden, mit dem Entsetzen fertig zu werden – und das würde natürlich meinen Auftritt verderben. Daher dürfen Sie sich unter keinen Umständen dort einfinden. Versprechen Sie mir das?«

Zum ersten Mal sagte Declan etwas. »Mein Versprechen haben Sie. Ich werde nirgendwo auch nur in der Nähe sein.«

»Ah, das ist das Versprechen eines wahren Gentleman. Mehr kann man nicht verlangen, was, Tovey?«

Mr Tovey verstand, weise wie er war, dass er nichts zu erwidern brauchte. Seine Lordschaft hingegen blieb in seiner nicht zu bändigenden Euphorie befangen und beendete effektvoll seine Rede. »Die verlassene, aufgegebene Burg wird dann mein sein. Und es wird keine Geister geben, die eitlen Freuden zu stören, die dort herrschen werden. Soviel kann ich Ihnen versichern. Wäre es passend, das Ereignis auf Samstag in einer Woche festzusetzen?«

Mr Tovey schien sich die Sache zu überlegen, runzelte die Stirn und sagte schließlich: »Das wäre sogar recht passend. Jeden Samstag hilft Mrs Sweeney, die Kühe von der anderen Seite des Bergs hierher zu treiben. Das ist zu einer Art Tradition geworden, seit sie verheiratet sind. Kommen Sie am besten kurz vor Sonnenuntergang, die Türen stehen dann offen. Gehen Sie hinein und suchen sich eine geeignete Ecke, in der Sie sich verstecken können – ein unbenutztes Gelass zwischen dem Bad und dem Schlafzimmer des Hausherrn ...«

Bei dem Mann musste eine Schraube locker sein, vielleicht infolge des Gefängnisaufenthalts oder, was wahrscheinlicher war, weil er sein Leben lang von einem Wahn besessen war, der sich nicht länger bezähmen ließ, dachte sich Declan und begann, ein mögliches Versteck nach dem anderen vorzuschlagen. Das von Seiner Lordschaft ins Auge gefasste Datum hätte nicht passender sein können, denn an dem Tag wollten die »unbefugten Eindringlinge« ihre Kühe an einen Ort hinter Blarney schaffen, von dem aus Kitty ihren Lehrauftrag in Cork wahrzunehmen gedachte. Bei Sonnenuntergang würden sie bereits unterwegs sein.

»Ah, ja. Das Schlafzimmer«, sagte der Lord und rieb sich mit unverhohlener Schadenfreude die Hände. »Das ist der ideale Ort für meine brillante Vorstellung. Nur werde ich da ziemlich lange warten müssen ...«

»Nein, nein. Da haben Sie wiederum Glück. Nach dem Melken der Kühe, das beide in kürzester Zeit gemeinsam erledigen, begeben sie sich erst einmal ins Schlafgemach – aber nicht, wie ich vermute, um zu schlafen ...«

»Sagen Sie nichts weiter. Die Götter schauen voller Wohlgefallen herab. Das ist absolut perfekt. Ich trete auf. Die Kerze flackert. Geisterhafte Schatten huschen über die Wände und ich … und ich …«

Von seiner Vorstellung überwältigt, konnte er nicht weiterreden.

Declan ließ dem Mann Zeit, sich zu sammeln, und meinte lediglich: »Also dann Samstag in einer Woche. Wenn es Ihnen beliebt.«

»Ob es mir beliebt, ist keine Frage. Ich möchte viel eher zu Werke gehen, doch, wie Sie sich vorstellen können, bin ich in London sehr gefragt und möchte die Herrschaften dort nicht enttäuschen. Samstag in einer Woche ist exzellent. Exzellent. Abgemacht, Tovey?«

»Ich werde alles tun, was ich kann.«

»Besser kann es gar nicht laufen, was, Tovey?« Seine Lordschaft geruhte zu lachen.

Declan ließ mit einer Antwort nicht warten: »Samstag nächste Woche also. Stets zu Diensten. Habe die Ehre.«

Wieder brach sich so etwas wie ein Lacher Bahn, dieses Mal mehr aus des Lords vornehmer Nase als aus seinem hochmütigen Mund. »Und wenn Sie mich erblicken, so gewandet, wie ich dann bin, müssen Sie nicht glauben, einen Geist zu sehen. Ihrer guten Dienste wegen bleibt Ihnen das abgrundtiefe Erschrecken erspart. Ich werde durchaus der sein, der ich stets bin, darauf vorbereitet, letztendlich das zu empfangen, worauf ich von Rechts wegen Anspruch habe.«

»So soll es sein.« Declan verbeugte sich leicht, wie es die Situation verlangte, und damit war die Unterredung beendet.

Die letzte Anprobe verlief zur Zufriedenheit. Für den langen Oberrock, das Justaucorps, hatte man weinfarbenen Samt gewählt. Eine aufdringlichere Farbe war wohl auch erwogen worden, doch der Schneider vertrat die Ansicht, dieser Oberrock sollte nicht mit den Herrlichkeiten konkurrieren, die die lange

Weste zur Schau stellte. Sie wurde nur in Hüfthöhe geknöpft und brachte so ein Spitzenjabot mehr zur Geltung, das am Kragen des Seidenhemds befestigt war. Die Weste war aus herrlichem, mit Purpur- und Goldfäden durchwirktem Brokat, dem aufwendige Stickereien, wie man sie seit der hier nachgeahmten Mode nicht mehr gesehen hatte, zu zusätzlichem Glanz verhalfen. Schnitt und Formgebung waren des Schneiders eigene Erfindung, der damit einen Höhepunkt seines langjährigen, einzigartigen Schaffens erreichte, auf dass jeder, dem ein so großartiges Wunderwerk vor Augen kam, sogleich spürte, er befände sich in Gegenwart eines Individuums, das zu erblicken er keinesfalls würdig war.

Die Manschetten, die aus dem Ärmeln des Oberrocks hervorschauten, waren weniger aufsehenerregend, jedoch reichlich mit Spitze besetzt, die ihnen eine gewisse Distinktion verlieh. Sie konnten den Wettstreit mit dem Jabot aufnehmen, wer von beiden dekorativer wirkte. (Das Jabot siegte, doch die Manschetten belegten dicht dahinter einen ehrenvollen zweiten Platz.)

Der Oberrock war natürlich von der Hüfte an ausgestellt, und die Vorderfront wies Knöpfe auf, die den erwünschten Eindruck des Extravaganten verstärkten. Die knielangen Hosen waren recht einfach gehalten (sollten ja nicht ablenken), und die weißen Strümpfe spielten in der Gesamtpracht eine untergeordnete Rolle. (Man hatte sie aus einem Laden in einer Nebenstraße beschafft, der auf Berufskleidung für Frauen im Gesundheitswesen spezialisiert war.) Die Schuhe jedoch waren ein Glanzstück für sich. Ein Schuhmacher hatte sie gefertigt, der nicht nur ein Wappen führte, sondern auf seiner Visitenkarte kunstvoll drucken ließ, er sei Hofschuhmachermeister zwar nicht Ihrer Majestät, so doch vieler der Hofbeamten, die ihr dienten. Bescheiden gehalten, wie die Schuhe waren, schmückten sie immerhin goldene Schnallen, von denen allein eine das Lösegeld für jeden der eben erwähnten Höflinge aufwog.

Danach wurde die Perücke aufprobiert, das Haar ein wenig

dunkler und üppiger als die Strähnen, die mühsam drapiert den kahlwerdenden Scheitel Seiner Lordschaft bedeckten. Alles in allem war es eine gelungene Verkleidung. Der Lord hatte sich von Anfang an als eine Reinkarnation des vor langer Zeit verblichenen Lord Shaftoe gefühlt, der auf einem von einem Kollegen Gainsboroughs gemalten Portrait verewigt war. Da man, wie aus dem Gemälde ersichtlich, damals eine Perücke trug, musste auch er eine solche aufhaben. (Schon am Tag zuvor hatte Seine Lordschaft bemerkt, dass ihm eine Perücke irgendwie stand, und er hatte kurz überlegt, ob er sie nicht – oder wenigstens einen Teil davon – seiner Alltagskleidung hinzufügen sollte. Er wollte das weiter überdenken. Freilich könnten einige Leute den Verdacht hegen, er trage nicht seine ihm von Gott gegebenen Locken, und würden mit ihren Bemerkungen nicht eben feinfühlig sein. Doch was kümmerte ihn schon, was andere dachten? Oder gar sagten. War er nicht Lord etc., etc., etc? Die Entscheidung wurde vertagt, dennoch schien er einer dunkleren, fülligeren Kopfbedeckung nicht abgeneigt zu sein.)

Während der Lord sich vor dem dreiteiligen Spiegel hin und her drehte, sagte der Schneider, dessen Selbstwertgefühl größer war, als es ein gewöhnlicher Adliger je zu erreichen hoffen konnte: »Ich vermute, Eure Lordschaft ist höchst zufrieden.«

Seine Lordschaft zupfte an dem Spitzenjabot und probierte, wie es am günstigsten die schlaffe Haut am Hals kaschieren und die Illusion erwecken konnte, dass sein Kinn nicht ganz so unscheinbar war wie von seinen Vorfahren ererbt. »Es geht so. Ganz ordentlich.«

»Und haben Sie das Gefühl, es könnte Eindruck auf andere Gäste machen, die zu dem Ereignis in … ist es Dublin? geladen sind?«

»Etwas außerhalb der Stadt, wo es prächtige Herrenhäuser gibt, in denen ein riesiger Ball gegeben werden kann, der großartig sein wird in Hinsicht der Zahl der Geladenen und ihrer Auserwähltheit. Alle werden höchst beeindruckt sein, daran habe ich nicht den geringsten Zweifel.«

Der Wechsel in der Tonart des Lords von nur zögerlich gespendeter Anerkennung zu enthusiastischer Begeisterung erklärte sich aus der Übereinkunft, die er dem Schneider nahegelegt hatte: Anstatt vulgärer Zahlung wollte Seine Lordschaft bereits vor dem großen gesellschaftlichen Ereignis in erwählten Kreisen in des Schneiders Meisterwerk auftreten. Das hätte zur Folge, dass sich Herrschaften in seine Werkstatt drängen und wie Bittsteller um ein ähnlich gearbeitetes Kostüm betteln würden. Der Schneider hatte nicht nur eine, sondern erwartungsvoll beide Augenbrauen gehoben und war rasch auf den Vorschlag eingegangen. Er wünschte sich schon lange, eine Klientel aus dem gesamten Königreich zu haben, zu dem (seiner Ansicht wie auch der Seiner Lordschaft nach) ein zeitweilig irregeleitetes, aber bußfertiges Irland gehörte. Wiedervereinigt mit den nördlichen Grafschaften, würde es an den alles vergebenden Busen des Mutterlandes gedrückt werden wie der verlorene, endlich heimgekehrte Sohn. Wenn ihm auch kein gemästet Kalb geschlachtet würde, wäre ihm wenigstens ein schmallippiges Willkommen sicher.

Die Kleidung war viel zu kostbar, als dass man sie einem Lieferdienst anvertraut hätte, auch hätte man das Kostüm kaum in Kartons zwängen können. Daher wurde beschlossen, der Gehilfe des Schneiders, der im höflichen Benehmen gegenüber Leuten von des Lords Bedeutung geschult war, sollte den Gentleman in sein Hotel begleiten und die Kleidungsstücke sicher auf sein Zimmer schaffen, und das stets in Begleitung Seiner Lordschaft. Der vornehme Herr würde darüber wachen, dass man die Sachen behandelte, wie es ihnen gebührte. Der Gehilfe würde den Überrock, die Brokatweste, das Seidenhemd und die Hosen in eine geräumige Kleiderkammer hängen, würde ehrfürchtig das Jabot falten und es mit den Strümpfen in eine elegante Kommode legen, und schließlich die Schuhe in die Kammer stellen, nicht ohne sie zuvor mit dem Ärmel seiner Jacke noch einmal aufpoliert zu haben. Seine Lordschaft verspürte keine Notwendigkeit, seine Seiden-Boxershorts ähnlich behandeln zu lassen.

Nachdem der Gehilfe sich verabschiedet hatte, wobei der Mann seinen Groll kaum verbarg, keinerlei finanzielle Anerkennung für seine professionell ausgeführte Tätigkeit zu erhalten, betrachtete Seine Lordschaft all die schönen Dinge mit größter Genugtuung. Sorge bereitete ihm nur, wie er so lange auf das warten könne, was sich am Samstag in einer Woche ereignen sollte.

Kapitel 13

In dem Verhältnis zwischen Peter, dem geduldigen, schweigsamen Beobachter, und Declan, dem konzentrierten und geschickten Arbeiter, kam es nach und nach zu merklichen Veränderungen. Es blieb bei der gemeinsamen Mahlzeit, die sie, nebeneinander auf der Steinmauer sitzend, einnahmen. Declan drängte dem schüchternen, aber aufgeschlossenen Jungen ein Stück Brot auf und sorgte dafür, dass er eine Hälfte von dem frisch gebackenen Kornfladen vertilgte, den ihm Witwe Quinn täglich einpackte. Auch Speck, kaltes Schweinefleisch oder Hähnchenschenkel wurden brüderlich geteilt, und dazu fehlte es nicht an Frischem aus dem Burggarten – Lauch, Zuckerschoten, Rüben und Tomaten, soviel sie wollten. Mrs Sweeney oder Mrs McCloud hatte sich dazu durchgerungen, ihnen zu gestatten, sich selbst zu bedienen. Und das taten sie nach Herzenslust. Als sie das Lauch schon fast vertilgt hatten, wurden zum Glück gerade die Tomaten reif, und die waren so saftig und fleischig, da musste man einfach zulangen.

Trotzdem sprachen sie kaum ein Wort miteinander. Es blieb bei Declans etwas barschen, aber nicht unfreundlichen Bemerkungen, dass aus Peter nie ein vernünftiger Dachdecker werden würde, wenn er weiterhin nur so wenig wie ein Vögelchen äße. Doch dann kam der Tag, als Declan anfing, seine Arbeitsgänge zu erklären – wozu die geteerte Schnur gut war und all die anderen Dinge, deren Namen Peter bereits aus seinem Buch kannte.

»Und wenn du siehst, dass es jemand anders macht, dann ist das falsch. Ich weiß, wie es richtig geht, und das sage ich dir jetzt. Damit du für die Zukunft Bescheid weißt.«

»Ja, Mr Tovey. Und vielen Dank auch.«

»Hör auf damit. Ich weiß, du bist ein netter und dankbarer kleiner Bursche. Du brauchst dich nicht ständig zu bedanken.«

»Ja, Mr … Ich wollte nur sagen, ich habe verstanden und werde es nicht wieder vergessen.«

Declan brummelte etwas, was Peter als Zustimmung auffasste.

Dann kam es zur Trennung. Declan hatte sein Tagwerk beendet und warf gerade seinen Beutel auf den Sitz im Lieferwagen, als Peter mit seinem Fahrrad auf den Hof gefahren kam. Er stieg ab, ließ das Fahrrad einfach fallen und rief: »Oh, Mr Tovey, ich hatte schon Angst, Sie könnten fort sein. Nur gut, dass Sie noch da sind.«

»Aber es hält mich hier keine Minute länger.«

»Ich wollte mich nur verabschieden. Und vielleicht darf ich dann jetzt auch ›danke‹ sagen.«

»Das hast du oft genug gesagt. Aber wieso verabschieden? Hast du es dir mit der Dachdeckerei anders überlegt?«

»Nein. Nie im Leben würde ich das tun. Es ist nur wegen meines Vaters in Tipperary.«

»Geht es ihm nicht gut?«

»O nein. Es könnte ihm gar nicht besser gehen. Aber er hat nach mir geschickt. Ich soll dorthin kommen und mit den Pferden arbeiten. In Ballysheen. Er hat sich in den Kopf gesetzt, ich könnte Jockey werden, klein und gelenkig, wie ich bin.«

»Das könnte sich mit den Jahren ändern.«

»Natürlich. Ganz bestimmt. Aber Dad ist nicht davon abzubringen. Ich muss dorthin, mir bleibt nichts anderes übrig. Nach Ballysheen. Zu den Pferden.«

»Vielleicht gefällt es dir.«

»Ganz bestimmt. Da bin ich mir sicher. Warum auch nicht? Ich und reiten, um die Wette mit dem Wind. Und doch bin ich ein Dachdecker. Oder werde es einmal sein. Das weiß ich genau. Wenn ich es nicht schon damals so genau gewusst hätte, als ich herkam, dann weiß ich es jetzt, nachdem ich all das hier bei Ihnen gesehen und gehört habe.«

»Wenn die Schule wieder losgeht und du zurückkommst, werde ich aber hier fertig sein.«

»Das Erste, was ich dann mache, ist, dass ich herkomme und nachschaue.« Peter war ganz aufgeregt, mit einem Meister des Dachdeckergewerbes wie ein Großer reden zu dürfen. Er strahlte und fragte sich, ob es zu kühn wäre, die Hand auszustrecken und sich per Handschlag zu verabschieden. Mr Tovey hatte sich abgewandt, als ahnte er so etwas, wollte vielleicht jedes Zeichen einer Vertrautheit vermeiden. Er ging zu dem großen Stein, der die Einfahrt in den Hof markierte, setzte sich und zerrte den rechten Stiefel von seinem Fuß. Er wackelte mit dem großen Zeh, der sich durch die dicke Wollsocke ein Loch gebohrt hatte und geradezu vorwitzig herausschaute. Declan tastete das Innere des Stiefels ab, offensichtlich hatte sich ein Steinchen dort eingenistet, und das sollte nun zurück zu seinen Gefährten auf die Straße.

Peter beobachtete den Meister, wie er in dem Schuh herumfingerte, schließlich den Störenfried fand und ans Tageslicht beförderte. Kein Wunder, dass das seine Zeit gebraucht hatte, flach, wie der Stein war und kaum größer als der hervorlugende Zehnagel. Mr Tovey legte ihn neben sich ab. Peter wollte schon fragen, ob er ihn haben könnte, denn von der Form her war er bestens geeignet, ihn am See hinter dem nächstgelegenen Tal über das Wasser springen zu lassen.

Mit einem zufriedenen Grunzen zog der Meister den Stiefel wieder an, nahm den Stein in die Hand und stand auf. Aus einem unerfindlichen Grund rieb er ihn an seiner Jacke hin und her. Für einen kurzen Moment nur sah Peter das Sonnenlicht auf ihm funkeln. Dann hielt der Meister ihm das schöne Stück hin.

Peter zuckte zurück. Wie konnte Mr Tovey ahnen, dass er den Stein gerne haben wollte? Der Meister rieb ihn zwischen Daumen und Zeigefinger. Nie zuvor war Peter aufgefallen, wie rau Declan Toveys Hand war und wie kräftig die Finger. Jetzt hörte der Mann mit der spielerischen Bewegung auf und hielt ihm wieder den Stein hin. »Das ist für dich.«

»Für mich?« Er versuchte, nicht so aufgeregt zu klingen, aber das misslang.

»Habe ich doch eben gesagt. Nun nimm schon.«

»Darf ich wirklich?«

Declan drückte Peter den Stein in die Hand. »Natürlich darfst du.«

Dabei war er so grob wie damals, als Peter das erste Mal gekommen war und ihn gebeten hatte, ihm bei der Arbeit zusehen zu dürfen, weil er doch so gerne selbst einmal Dachdecker werden wollte. »Und du brauchst auch nicht ›danke‹ zu sagen«, fügte Declan hinzu. »Einfach nur nehmen und behalten.«

Peter blickte auf seine Hand. Auch er begann jetzt langsam den Stein zu reiben und erstarrte vor Schreck. »Das ist ja gar kein Stein«, sagte er völlig verwirrt. »Das ist eine Münze. Das ist ja Geld.«

»Und du wirst sie schön behalten. Und vielleicht gibst du sie später einmal einem Lehrjungen, den du als Meister das Dachdecken lehrst – oder deinem Sohn, den du vielleicht einmal haben wirst.«

»Sie … sie gehört jetzt mir?«

»Sie gehört dir.«

»Ich kann doch aber nicht …«

»Du kannst. Es ist deine.«

Peter strich erneut sacht über die Münze und besah sie sich genau. »1785.« Er schaute auf. »Das ist ganz schön lange her«, meinte er leise.

»Sie war seit langem in meiner Familie, ging immer vom Vater auf den Sohn.«

»Aber dann dürfen Sie doch nicht …«

»Doch, doch. Bald wird sie kein Tovey mehr brauchen.«

»Aber … aber … es ist doch Geld.«

»Mit dem man ein furchtbares Unrecht wiedergutmachen wollte. Nicht lange, und das Unrecht wird ein und für allemal wiedergutgemacht, und die Geschichte hat ein Ende. Die Münze wird mich nicht länger an sie erinnern müssen. Die leidige Sache hat bald ein Ende, sogar ein glückliches Ende. Und dann brauche ich die Münze nicht mehr.« Er blickte in Richtung Westen, weit in die Ferne, und seine Stimme klang plötzlich sehr weich. »Ich hätte sie schon früher weggeben sollen. Jemandem, der wie du einmal …« Er hielt inne und drehte sich jäh um, als wollte er sich mit Macht von der ihn schmerzenden Erinnerung losreißen. Er fand zu seinem herben Ton zurück. »Schluss jetzt. Nimm sie einfach und gut ist's.«

»Ich kann Ihnen nicht folgen.«

»Ist auch nicht nötig. Du wirst sie nehmen …«

»Ich … ich … ich …«

»Es bleibt dabei.«

Declan schwang sich in die Fahrerkabine, schob den Beutel zur Seite und schlug die Tür zu. Es war nicht zu überhören. Der Motor sprang an, Declan wendete und streifte dabei fast Peters Fahrrad. Der Lieferwagen schepperte davon. Peter rannte laut rufend hinterher. »Aber … aber … aber …«

Umsonst. Der Wagen war fort.

Er starrte auf die Münze in der geöffneten Hand. Es blieb ihm nichts anderes übrig, als sie in die Tasche zu stecken und zu seiner Mutter mit nach Hause zu nehmen. Sie konnte ein bisschen Geld gewiss gut brauchen – falls die Münze nach so vielen Jahren überhaupt noch etwas wert war (dass deren Wert mit der Zeit gestiegen war, ahnte er nicht). Langsam schloss er die Hand, aber nicht ganz, ließ die Münze nicht aus den Augen. Langsam öffnete er den Mund, und langsam machte er ihn wieder zu. Mit der Münze fest in der Faust rannte er vom Burghof und die Straße entlang. »Kommen Sie zurück. Kommen Sie zurück! Sie dürfen das nicht tun! Ich … ich kann nicht. Kann sie nicht behalten. Niemand kann sie behalten. Kommen Sie zurück! Sie müssen es einfach tun. Sie ist nicht für mich. Sie ist für niemanden. Für keinen. Niemals!«

Er hörte auf zu laufen, hielt aber konzentriert Ausschau. Da war die Burgstraße, dahinter die Straße zu sich nach Hause, bergan, bergab und wieder bergan. Keine Autos kamen. Kein Lieferwagen. Niemand. Nichts.

Er trottete zurück zum Hof, stolperte hier und da über Steine. Ohne sich bewusst zu sein, was er tat, hob er die Faust mit der

Münze zum Kinn und ließ sie wieder sinken. Wütend trat er gegen die Flügeltür der Großen Halle. Nur unter großer Mühe bekam er sie auf. Er musste Mrs Sweeney finden. Er musste ihr die Münze geben. Sie loswerden. Alles loswerden. Achtsam umging er die Kuhfladen und bahnte sich seinen Weg durch die dicken Strohschichten, die den Kühen als Unterlage dienten, musste sich hier und da aus den Bündeln befreien, wenn er sich in ihnen verhedderte.

Wie um sich ein weiteres Mal zu vergewissern, blieb er stehen und betrachtete die Münze. Ein Sonnenstrahl fiel durch die Fenster der Galerie auf das Metall, so dass das Profil des Monarchen, das in das Gold geprägt war, kurz aufblitzte. Er wollte die Hand wieder schließen, da spürte er eine Bewegung über der linken Schulter. Er drehte sich um und sah hoch.

Von dem großen Kronleuchter baumelten nackte, schmutzige Füße herab, schwangen langsam von ihm weg, dann wieder zu ihm hin. Er stieß einen stummen Schrei aus, die Lungen versagten ihm das Luftholen. Er wollte nach oben schauen, hatte wiederum genug gesehen, glaubte, nicht mehr zu ertragen. Er stürzte zurück zur Tür, rannte diesmal mit voller Wucht gegen das solide Holz, schnellte durch den Rückprall hoch und bekam die Klinke zu fassen. Die Münze grub sich tief in die Hand.

Als er im Hof stand, blickte er hinüber zu den schilfgedeckten Ställen und Schuppen. Die Arbeit war fast getan. Ein Meisterstück. Doch der Meister hatte ihm eine Münze gegeben. Er hielt sie in seiner Hand. Er musste sie wieder loswerden, auch niemand anders durfte sie haben.

Er ging ans andere Ende des Hofes, möglichst weit weg von den Torflügeln der Großen Halle, weg von den frisch gedeckten Ställen. Bei den Sträuchern blieb er stehen. Er packte mit der linken Hand den dornigen Stiel eines Stechginsters und zog und zerrte mit aller Macht, aber die Wurzeln saßen zu tief. Erfolglos machte er kehrt, wollte es mehr am Rande des Hofes versuchen, wo die Erde durch den Regen etwas lockerer war. Mit bloßen und von den Dornen zerstochenen Fingern buddelte er ein

Loch, ließ die Münze hineinfallen und schaufelte es wieder zu. Er stand auf, drückte mit dem Schuh die Erde fest und hörte eine Stimme hinter sich.

»Peter? Was in aller Welt treibst du da?«

Er hielt inne, den Fuß reglos auf der festgetretenen Erde. Hinter ihm stand Kitty, amüsiert, neugierig, mit großen Augen und offenem Mund. »Mrs Sweeney … ich meine Mrs Mc …«

»Schon gut, Peter. Kannst ruhig Sweeney sagen, wenn dir das leichter über die Lippen geht. Ich schäme mich nicht dieses Namens und werde immer darauf reagieren. Aber was …«

»Ich … ich … mein Schuh. Ich … ich bin irgendwie in Dreck getreten und versuche gerade, den … na, Sie wissen schon.« Er rutschte mit der Schuhsohle auf dem aufgebuddelten Fleck Erde hin und her. »So, das wär's. Jetzt … jetzt hab ich's geschafft. Ich wollte nicht … na ja … das Pedal vom Fahrrad. Aber jetzt ist es okay.« Er tat, als müsse er die Sache überprüfen. Die Schuhsohle war sauber. Ehe Kitty genauer hinsehen konnte, hatte er den Fuß schon abgesetzt.

Sie lachte. »Ein Glück, dass du das Missgeschick los bist.«

Er strebte seinem Fahrrad zu, bemüht, den Abstand zu Kitty möglichst weit zu halten. Um zu verhindern, dass sie weitere Fragen stellte, versuchte er, sie mit einem anderen Thema abzulenken. »Haben Sie schon gehört? Ich gehe nach Ballysheen. Die Pferde. Mein Dad. Meine Mutter, hat sie es Ihnen erzählt? Ich … ich … ich …« Er griff sich das Fahrrad und stieg auf.

»Ist Declan schon fort?«

»Ja.«

»Schon ganz fort für heute?«

»Ja. Hat Schluss gemacht für heute.«

»Und dabei habe ich was für ihn. Na gut, dann eben ein anderes Mal.«

»Ja. Ein anderes Mal.« Er hielt den Lenker fest in den Händen. »Also leben Sie wohl. Auch Mr Tovey … Ballysheen … Leben Sie wohl, Mrs Mc … Mrs Sweeney …« Er hob eine Hand und winkte ihr zu und verlor dabei fast die Balance. Das Vorderrad wackelte gefährlich hin und her, doch er bekam die Sache in den Griff und jagte davon.

Kitty schaute ihm nach. Sein Verhalten erschien ihr merkwürdig. Dann galt ihr Interesse dem Hof, denn insgeheim hoffte sie, Declan doch noch irgendwo zu finden. Zu ihrer Enttäuschung war das nicht der Fall. Sie hatte etwas, das sie ihm gern gegeben hätte. Sie war sich nicht einmal sicher, ob er es annehmen oder ablehnen würde. Es war Michaels Fingerknöchelchen. Sie hatten es damals für ein Knöchelchen von Declans Skelett gehalten, das sie auf der Treppe des Geheimgangs versteckt hatten, über die seinerzeit Priester vor den Häschern der Krone die Flucht ergriffen hatten. Die himmlischen Mächte wollten es, dass zwei Mitglieder der *gardaí*, Tom und Jim, auf der Suche nach einem entflohenen Häftling per Zufall den Geheimgang entdeckten. Wie um des Himmels Vorsehung ein weiteres Mal in Frage zu stellen, fand Tom das Fingerknöchelchen, das an dem Skelett schon vermisst worden war. Nicht ganz ohne Grund war er sofort davon überzeugt, dass es die heilige Reliquie eines gemarterten Jesuiten war, und hing es an den Rückspiegel des Polizeiautos, das er zusammen mit Jim fuhr. Es würde sie vor Bösem schützen und vor Unheil bewahren.

Kitty hatte es dann in einem unbewachten Augenblick aus dem Auto gestohlen. Tom, völlig entsetzt über den Diebstahl, hatte die Tat sogleich als Sakrileg verdammt. Er beschwor die Dorfbewohner, es zurückzugeben. Als der Übeltäter sich trotz seines Lamentierens nicht reumütig zeigte, wandte er sich an den Priester des Ortes. Ganz bestimmt würde Pater Colavin Verständnis für sein Elend haben und es sich zur Aufgabe machen, die Rückgabe des Fingerknöchelchens zu erwirken. Blitz und Donner würde es von der Kanzel hageln. Drohungen wie Kirchenbann und Exkommunikation.

Pater Colavin hatte ihm geduldig zugehört und ließ Garda Tom jammern, bis er total erschöpft war. Zur Wiederbelebung verabreichte er ihm einen kräftigen Schuss Jameson und versprach zu tun, was in seinen Kräften stand. Die Zusicherung kam aus ehrlichem Herzen, wusste er doch von vornherein, dass wenig oder gar nichts getan werden konnte. Während Tom den Whiskey runterspülte, riet ihm der gute Priester, inbrünstig zu beten, auf dass das Fingerknöchelchen Gottes Gnade erwirke, der Übeltäter Reue empfände und die heilige Reliquie zurückgäbe. Das stand, wie Tom gestehen musste, im Gegensatz zu dem Fluch, den er bereits erfleht hatte, aber er wollte es dennoch versuchen – ein Versprechen, das er nur zaghaft gab und erst, als ein zweiter Schluck Jameson durch seine Kehle geflossen war.

Kitty hatte Tom nicht die Quelle seines Heils und Segens rauben wollen, sie hatte das Knöchelchen an sich genommen, um Declan mit diesem winzigen Überbleibsel seines Lehrjungen zu beglücken. Eine sentimentale Geste, fürwahr, aber der Mann suchte ganz offensichtlich verzweifelt nach irgendeinem Andenken, um in seinem Kummer nicht gänzlich allein zu sein. Wie er reagieren würde, was er tun würde, stand offen, und Kitty unterließ es, sich irgendwelchen Spekulationen hinzugeben.

Declan war erstmal gegangen, aber er würde ja morgen wiederkommen. Die Übergabe musste eben bis morgen warten. Sie beschloss, in den Garten zu gehen und nach einem geeigneten Gemüse für das Abendessen zu schauen. Auf dem Weg dorthin kam sie an der Stelle vorbei, an der Peter seinen Schuh sauber gemacht hatte. Amüsiert schüttelte sie den Kopf. In was mochte er getreten sein? Kuhfladen waren nirgends zu sehen. Und Sly, der Hund, war den ganzen Tag mit den Kühen draußen irgendwo an einem der Abhänge des Crohan. Hühner oder Gänse hatten sie nicht. Das Schwein war fort. Weder ein Fuchs noch ein Wolf waren dagewesen. Warum sollte Peter gelogen haben? Und doch hatte er es offensichtlich getan. Sie unterließ weitere Mutmaßungen und begann, mit der Schuhspitze die Erde zur Seite zu scharren. Allzu tief hatte der Junge nicht gegraben. Sie ging der Sache auf den Grund, kniete nieder und hob mit den Händen mehr von der lockeren Erde aus, die den Jungen so merkwürdig hatte reagieren lassen.

Auf dem zweiten Hügel holte sie Peter mit dem Auto ein. Sie fuhr an ihm vorbei, bremste und hielt das Auto quer zu dem kleinen Bach an, so dass er mit dem Fahrrad nicht vorbeikonnte. Sie stieg aus, ging ihm entgegen und hielt dabei die Münze in die Höhe, damit er von vornherein wusste, weshalb sie ihm den Weg versperrte. Er versuchte, mit dem Rad zu wenden und in die entgegengesetzte Richtung zu fahren, doch Kitty war nahe genug dran und hielt ihn auf.

»Peter! Was ist das? Was hat es damit auf sich?« Sie hielt immer noch die Münze in die Höhe.

»Oh, Mrs Sweeney, bitte nicht! Lassen Sie sie los. Nicht hoch halten. Nicht anfassen. Bitte, bitte!«

Kitty ließ die Münze sinken. »Was ist das? Woher kommt sie? Weshalb hast du solche Angst?«

»Ich … ich weiß nicht. Ich habe es gewusst, aber alles, was ich behalten habe, ist, dass sie niemand anrühren darf. Auch nicht sehen darf.«

Sie schaute in ihre Hand. Dass es eine alte Münze war, wusste sie. Der Goldschimmer war trotz der Jahre noch nicht gänzlich verblichen. Sie entzifferte das Datum. 1785. Ein Blick auf das Profil. George III. »Ich sehe nichts …«

»Dann behalten Sie sie. Nein, lieber nicht. Sie wollen sie gar nicht. Niemand will sie. Niemand *könnte* sie überhaupt wollen.«

»Aber weshalb?«

»Ich … ich habe es Ihnen gesagt. Ich kann mich nicht mehr erinnern, weshalb. Wirklich nicht. Ich habe es gewusst … und das war's. Doch jetzt …«

»Woher hast du sie? Hast du sie gefunden? Wo?«

»Mr Tovey. Bitte, fragen Sie mich nicht länger. Ich muss nach Hause. Meine Mutter …«

»Hat er sie dir gegeben?«

»Er hat gesagt … und er … Ballysheen. Die Pferde. Mein Dad. Und er … und er … ich … Selbst wenn … Bitte, geben Sie sie ihm zurück. Sehen Sie zu, dass er sie zurücknimmt. Er … er hat es gut mit mir gemeint. Bitte. Ich muss jetzt heim.«

»O Peter. Peter, Peter. Du wirst sehen, alles wird gut. Manchmal wünschte ich, die Götter würden ihre Gaben für sich behalten. Kannst du mir wirklich nicht sagen, was du gesehen hast?«

»Ich kann es nicht.«

»Aber was hat es mit der Münze auf sich, dass …«

»Bitte. Ich kann mich nicht erinnern. Und ich *möchte* mich nicht erinnern.«

Kitty berührte seine Schulter. »Also gut«, redete sie ihm sacht zu. »Du hast auf die Münze geschaut, die er dir gegeben hatte. Und dann hast du etwas gesehen?«

»Ja.«

»Etwas, das dich erschreckt hat?«

»Ja … und als ich in die Burg ging … da hat die Münze … sie … sie …«

»Ja?«

»Ich hielt sie in der geöffneten Hand, und da … da …«

»Da?«

»Ihre Füße, direkt über meiner Schulter. Schmutzig und ohne Schuhe, und sie …«

»Du hast sie gesehen?«

»Nur die Füße. Ich konnte nicht …«

»Und es war die Münze?«

»Sie … sie muss es gemacht haben. Davor war ja nichts. Ich …«

»Schon gut. Schon gut. Sprich nicht weiter. Ich hätte nicht so in dich dringen sollen. Es tut mir leid.«

»Aber warum … warum?«

»Du hast es gewusst. Und jetzt weißt du es nicht mehr. So war es vorher auch schon mal … als du meinem Mann und mir erzählt hast, wie es kommt, dass wir …«

»Brid und Taddy sehen? Waren das … waren das ihre Füße … ihre Füße … und niemand, der sie ihnen wäscht?«

»Ja.«

»Und es gibt keine Hilfe für sie?«

Ganz sacht berührte Kitty abermals seine Schulter. »Komm. Ich parke das Auto und begleite dich nach Hause.«

»Nein … nein …«

»Es ist wenig genug, was ich für dich tun kann, nachdem ich …«

»Bitte. Ich … ich möchte dem da … dem, was Sie in der Hand haben, nicht nahe sein.« Ohne hinzusehen deutete er mit dem Kopf in die Richtung ihrer Hand.

»Das verstehe ich. Nein, eigentlich doch nicht. Ich verstehe es nicht. Aber ich akzeptiere es … dass du sie möglichst weit weg von dir halten willst.«

Peter nickte dankbar. Kitty strich ihm kurz über die Wange und ging dann zu ihrem Auto. Sie hatte noch keine drei Schritte gemacht, da hörte sie Peter hinter sich sagen: »Ich gehe nach Ballysheen. Die Pferde. Mein Dad. Bis ich wieder zur Schule muss. Aber das habe ich Ihnen ja schon erzählt. Tut mir … tut mir leid.«

»Dir wird es dort gefallen«, erwiderte sie, ohne sich umzudrehen.

»Ich glaube schon. Wegen der Pferde. Ich werde vielleicht mal ein Jockey, meint mein Dad.«

»Hättest du dazu Lust?«

»Nur Lust haben genügt nicht. Ich werde mal Dachdecker. Zumindest wollte ich das werden, bis … bis ich … die Münze …«

»Und jetzt bist du dir nicht mehr so sicher … nach der Sache mit der Münze? Von Declan?«

»Ja«, sagte er leise. »Sie ist von Mr Tovey. Dem Dachdecker.«

Zum Zeichen, dass sie keine weiteren Fragen stellen würde, nickte Kitty nur und ging weiter.

»Mrs Sweeney?«

»Ja?«

»Sie … Sie möchten es doch wissen, nicht wahr? Was es war, dass …«

»Ja. Aber es muss nicht …«

»Doch, es muss. Es ist vielleicht etwas, was Sie erfahren sollten.«

»Dafür ist es zu spät. Du hast es vergessen. Und das ist sicher gut so.«

»Ich … ich könnte ja noch mal hinschauen.«

Kitty drehte sich um. Peter stand mit gesenktem Kopf und herunterhängenden Armen da und schob mit der Schuhspitze ein Steinchen aus dem Weg. Sie schüttelte langsam den Kopf. »Ich glaube, es ist besser, wenn du nicht …«

»Dann würden Sie es aber wissen. Und Sie möchten es wissen.«

»Peter, tue nichts, was …«

»Sie sind ja bei mir. Vorhin war ich allein. Aber jetzt sind Sie hier.«

»Willst du wirklich …«

Er hob den Kopf und streckte die Hand aus. Kitty ging zu ihm, sah ihm in die Augen, ein warmes Braun. Er streckte die Hand energischer aus. Behutsam legte sie ihm die Münze in die Hand. Er zog sie zurück, wartete einen Moment. Schluckte. Kitty rührte sich nicht. Er blickte auf die Münze.

Noch ein Moment, und er begann zu sprechen, leise und monoton. »Sie wurden gehängt. Er hieß Taddy. Sie hieß Brid. Die Schönsten im Lande weit und breit. Sie hatten nichts Böses getan. Auch nichts im Schilde geführt. Aber sie wurden in der Burg dort gehängt, und niemand, der ihnen die schmutzigen Füße wusch. Und der Henker, und da war auch eine Frau, sie wurden bezahlt, eine Münze, pures Gold mit einem goldenen König, Belohnung für ihre Tat. Aber Schande kam über sie. Sie peitschten sich gegenseitig aus mit Ruten von einem dornigen Strauch, doch das war nicht genug. Und wieder peitschten sie sich, bis das Blut kam und durch die Kleidung sickerte. Sie versteckten die Münze zwischen zwei Steinen an der Feuerstelle und erklärten ihren Kindern, ein freundlicher Kaufmann hätte sie ihnen gegeben, weil sie sich selbst opfern wollten und sie auf

Geheiß Seiner Lordschaft ausgepeitscht worden waren. Weil sie ihrem Priester beichteten und für den Rest ihres Lebens schreckliche Buße taten, erscheinen die jugendlichen Geister ihren Nachfahren nicht als Gehängte, sondern als wandernde Schatten, zu denen sie geworden waren, genauso, wie sie sich auch den Nachfahren der Sweeneys und McClouds zeigen, denn sie wussten ja nichts von Lord Shaftoes Anordnung und waren letztendlich unschuldig, auch wenn sie zu einem gewissen Grad zu ihrem Tod beigetragen hatten. Die Münze aber wurde von Generation zu Generation weitergereicht, niemals ausgegeben, auf dass man sehen konnte, wie tapfer die ausgepeitschten Vorfahren gewesen waren. Bekommen hatten sie sie aber für das Hängen.«

Peter stand wie angewurzelt und starrte auf die Münze, unfähig, sich von der Vision loszureißen. Kitty wartete, scheute sich, ihn in seiner Trance zu stören. Schließlich sah er auf. »Mrs Sweeney? Sind Sie da?«

»Ja. Ich bin hier«, antwortete sie ruhig.

Er blinzelte und schaute in die geöffnete Hand. »Nein! Nein! Sie ist nicht meine!«

Mit gleichbleibend ruhiger Stimme fragte Kitty: »Darf ich sie nehmen?«

»Nein. Niemand darf sie nehmen. Niemand darf sie haben. Keinem darf sie gehören. Niemals. Oder ja, nehmen Sie sie. Schaffen Sie sie fort, damit ich sie nie wieder sehe … selbst wenn …«

Kitty ging behutsam vor, berührte nur mit den Fingerspitzen die zarte Hand des Jungen, nahm die Münze an sich und hoffte, er würde ihre Fürsorge spüren. Langsam schloss sie die Finger zur Faust, die Münze in sicherem Gewahrsam.

Peter wartete ein Weilchen, schaute dann in seine leere Hand, schloss wie Kitty die Finger zur Faust und öffnete sie wieder. Nachdem er sich vergewissert hatte, nichts mehr in der Hand zu halten, hob er den Kopf. »Ich habe es Ihnen erzählt, nicht wahr?«

»Ja.«
»Und Sie haben es nicht vergessen?«
»Nein, ich habe es nicht vergessen.«
»Möchten Sie es lieber vergessen?«
»Nein, das möchte ich nicht.«
»Ich habe es vergessen. Es ist schon weg.«
»Gut so.«
»Aber Sie erinnern sich noch?«
»Ja, ich erinnere mich.«
»Vielleicht hätte ich es Ihnen nicht erzählen sollen.«
Kitty schüttelte den Kopf. »Doch. Es war richtig so.«
»Und jetzt kann ich nach Hause gehen?«
»Du kannst jetzt nach Hause gehen.«
»Ja. Ich gehe jetzt nach Hause.«
»Soll ich dich begleiten?«
»Ich habe mein Fahrrad. Das reicht.«

Er nahm das Rad, das er an die Steinmauer gelehnt hatte, stieg auf, fuhr wort- und grußlos um das Auto herum und strampelte den zweiten der drei Hügel, die er für den Heimweg zu bewältigen hatte, bergan.

Kitty würde die Münze nicht wieder einbuddeln. Sie ließ sie in die Hosentasche gleiten und klopfte sich kurz auf den Schenkel, um sich zu vergewissern, dass sie sicher verstaut war. Sie würde sie Declan zurückgeben. Konnte sein, er wusste bereits die Wahrheit. Wenn nicht, dann würde er sie jetzt erfahren. Nicht anders, als sie und Kieran, die auch gelernt hatten, die Last der Schande zu tragen, die von ihren Vorfahren über sie gekommen war. Auch Declan würde mit der Wahrheit leben müssen. Unter Umständen würde er sie von sich weisen als eine Sache, die ihn nichts weiter anginge. So etwas wie Schamgefühl war seine Sache nicht. Aber zumindest würde er nun wissen, was sie längst wusste, und was auch Kieran wusste, dass die Folgen von Taten der Vorfahren sich nicht mit deren letztem Atemzug erledigt hatten. Sie lebten weiter. Sollte Declan aus dieser Erkenntnis machen, was er wollte. Kitty würde ihren Beitrag leisten.

Erneut drückte sie prüfend die Hand an den Schenkel. Die Münze war da, und das Fingerknöchelchen auch. Geben würde sie Declan die Münze.

Kapitel 14

Declan war mit dem Decken der Firste fertig. Da, wo die beiden Dachseiten zusammenstießen, konnte er die feste und doch weiche, wenigstens dreißig Zentimeter dicke Lage Schilfrohr spüren. Das nötige Material hatte er mit eigener Hand am Rand des nahe gelegenen Moors geschnitten. Die Sonne begann schon hinter dem Crohan zu verschwinden. Das Verschalen der Giebelseiten, das letzte Stück Arbeit, wollte er sich für morgen lassen, damit wäre dann das Werk getan, dieser Teil der Burg brauchbar restauriert, wieder in seinen bescheidenen und doch bemerkenswerten Urzustand zurückgeführt. Er empfand eine leise Genugtuung, dass das, was sich seinem Auge bot, dem Anblick nahekam, den seine Vorgänger vor vielen Jahrhunderten gewohnt waren. Und fast stimmte es ihn ein wenig traurig, dass ebenjene Vorfahren noch nicht die roten Stacheln und weißen Blütenköpfe des St. Patrick Krauts, einer Steinbrechart, hatten sehen können, die allenthalben in den Mauerspalten wurzelte und von dem Alter und der Überlebenskraft der Burg zeugte. Für ihn war dieses Unkraut die feierliche Proklamation von Ruhm und Ehre des geschichtsträchtigen Bauwerks.

Noch trauriger aber wurde er bei einem anderen Gedanken. Bald würde all das hier nicht mehr sein. Seine Mühen waren eine letzte Ehrenbezeugung, eine Bestätigung, dass im Moment ihres Niedergangs die Burg das repräsentierte, wofür sie stand – eine monumentale Hüterin von Schlachten, von Siegen und Niederlagen, von erbitterten Kämpfen und jubilierender Ausgelassenheit, von unvorstellbarer Grausamkeit, von Leiden und Pracht, eine Zeugin der ruhmreichen, nicht immer rühmlichen Geschichte seiner Landsleute. Besser, er hing diesen Gedanken nicht zu lange nach, verlor sich nicht in ein ausführliches Abschiednehmen, leicht könnte es ihn in seinem festen Entschluss wankelmütig werden lassen. Nicht nur, dass Brid und Taddy ihrem Glück entgegenschweben würden, nein, auch der Mann, der es wagte, sich als Lord der Burg zu bezeichnen, würde ins Jenseits befördert werden, sein Wehgeschrei würde im Donner der Explosion, beinahe lauter als der Urknall, untergehen, er würde weder Ruhe noch Frieden finden, für immer gnadenlos im Weltall treiben. Er, Declan, würde dafür Sorge tragen, dass es so und nicht anders geschah.

Hoch oben an der Brüstung des Burgturms sah er Kitty stehen. Als ob in seinem Kopf nicht schon genug herumkreiste. Sie hatte zu seinen frühen Eroberungen gehört, und sie war die Einzige gewesen, die dafür plädiert hatte, das Erlebnis des ersten Miteinanders nicht unendlich zu wiederholen. Im Grunde genommen ging es ihm bei den meisten Begegnungen ebenso, ein rasches Ende, ein endgültiges Lebewohl; beides hatte er oft genug mit erbarmungsloser Grausamkeit durchgezogen, aber wenn eine Frau das von ihm verlangte, nervte ihn das. Das war gegen die Spielregeln. Kitty hatte ihn nie bedrängt, ihn nie gebettelt, war ihm nie mit Beteuerungen unendlicher Hingabe oder Drohungen der Selbstaufgabe gekommen. In seiner Eigenliebe hatte er sich – wenn auch nicht recht überzeugend – eingeredet, sie so großartig befriedigt zu haben, dass es keiner weiteren Beweise bedurfte. Aber irgendwie war etwas offen geblieben, er hatte das ungute Gefühl, dass ihre Beziehung zueinander in einer Art Schwebezustand gehalten wurde. Dass es Kitty nicht so gehen sollte, dass sie kein Verlangen nach ihm haben könnte, kam ihm nicht in den Sinn. Hin und wieder schlich sich ein solcher Gedanke ein, den schüttelte er aber mit der gleichen Hartnäckigkeit ab, die er gegenüber zänkischen Frauenzimmern bewiesen hatte, deretwegen er immer wieder in anderen Orten Zuflucht gesucht hatte, von wo er nach geraumer Zeit jedoch zurückkehrte, und so ständig auf Wanderschaft war.

Als er Kitty jetzt dort stehen sah, verdrängte er die Vorstellung, dass sie bald ohne ein schützendes Dach sein würde, dass sie schon diesen Samstag nach Cork aufbrechen würde, um dort zu unterrichten, ein Aufbruch nicht ohne Kieran und die Kühe, selbstredend auch nicht ohne Computer, und dass sie nie wieder in diese hehren und umgeisterten Hallen zurückkehren würde. Und doch hatte er Ställe und Schuppen frisch gedeckt. Alles war frisch hergerichtet und in den ursprünglichen Zustand gebracht. Gewiss gab auch ihr das eine Befriedigung, kurz, wie sie nur sein würde.

Ob aus einem Schuldgefühl heraus oder aus Mitleid, es drängte ihn, zu ihr zu gehen, um ein letztes Mal gemeinsam mit ihr die Burg zu genießen, die geheimnisvollen Vorgänge in ihren Mauern zu erspüren, die sie beide miteinander weit mehr verbanden als jedes Bettgeheimnis. Brid und Taddy, Wesen ohne Fleisch und Blut, hatten zuwege gebracht, was keine Verführung, kein Verlangen nacheinander vermochte: gemeinsames Mitgefühl, ein Verständnis für die Welt mit all ihren Eigenheiten, all ihren unvorhersehbaren Möglichkeiten. Verurteilt, mit Geistern zu leben, gehörten sie beide, Declan und Kitty, zu dieser Welt und zur nächsten. Und das band sie folglich aneinander.

Auf dem ersten Absatz der Wendeltreppe kam er an Kittys Arbeitsplatz vorbei. Computer und alles, was dazu gehörte, waren schon fort, auch kein Manuskript lag mehr herum. Auf dem nächsten Absatz standen der Webstuhl und die Harfe, die bald nicht mehr benötigt wurden. Als er an die Aussichtsplattform gelangte, erwog er, nicht hinauszutreten. Traumversunken genoss Kitty die Aussicht. Die Landschaft im Spätnachmittagslicht, grasende Kühe und oben am Hang Taddy mit dem Geisterschwein, Brid etwas weiter unten bei den Kühen. Kitty, Herrin der Burg Kissane, sollte ein wenig Zeit für sich haben dürfen, sollte ungestört sehen können, was sie sah, in Ruhe über Dinge nachsinnen, die sie bewegten. Er wusste sehr gut, wie selten solche Momente für einen waren.

Schon setzte er den rechten Fuß eine Stufe zurück, da hörte er Kitty sagen: »Komm, Declan. Bitte. Den herrlichen Anblick kann man auch zu zweit genießen.«

Er nahm die oberste Stufe. »Woher wusstest du, dass ich hier bin? Ich war doch ganz leise.« Er hatte sich neben sie gestellt. Vor ihm der nahe Hang des Crohan, im Westen die Sonne, die die Schatten der grasenden Kühe länger werden ließ. Brid und Taddy und das Schwein warfen keine Schatten, waren sie doch selbst nur Schattengebilde. Nie würde ihnen die Sonne beim Auf- oder Untergehen den beruhigenden Beweis ihrer Existenz in Form ihres Schattenbildes geben können, egal wo.

Kitty drehte sich zwar nicht zu ihm um, aber mit halbem Auge nahm er doch ein leises Schmunzeln auf ihrem Gesicht wahr, als sie sagte: »Nenn mir die Frau, die dich nicht bemerkt, Declan Tovey, wenn du nur ein paar Schritte weit weg bist.« Jetzt sah sie ihm direkt ins Gesicht. »Du warst früher schon mal hier oben?« Das war nur zum Teil eine Frage, es klang eine Gewissheit an in dem Satz, sodass sich eine Frageintonation erübrigte.

»Ziemlich oft. Aber das ist schon lange her.«

»Und du hast Taddy und Brid gesehen.«

Die Feststellung überraschte ihn nicht. Es war an der Zeit, dass sie beide ihre gemeinsame Gabe offen bekannten. Und auch das Schwein sahen. Den Blick auf die Bergkuppe gewandt, nickte er. »Und du auch«, meinte er. »Hast du die Burg ihretwegen gekauft?«

»Nein. Ich wusste nicht, dass sie hier sind, Kieran auch nicht. An unserem Hochzeitstag, bei dem Fest in der Großen Halle, habe ich sie das erste Mal gesehen. Damals glaubte ich, sie wären noch zwei von den Hausbesetzern, die hier gewohnt hatten, und hätten sich als Bauern verkleidet, um mich zu verspotten, weil ich die Burg erworben hatte. Ich wurde eines anderen belehrt. Und Kieran auch. Und dann erfuhren wir bald, was es damit auf sich hatte.«

»Ich habe immer gedacht, es war mit euch genauso wie mit mir. Dass ihnen von euren Familien in der Vergangenheit Beistand geleistet wurde.«

»Beistand? Eher das Gegenteil, fürchte ich.«

»Wieso?«

Brid hatte sich zu Taddy und dem Schwein gesellt, langsam bewegten sich alle drei bergauf. Kitty beobachtete sie, und auch Declan ließ keinen Blick von ihnen. »Es war eine McCloud und ein Sweeney, die die Verschwörung in die Tat umsetzen sollten, um zu verhindern, dass der damalige Lord Shaftoe in die Grafschaft hier zog. Die Burg sollte mitsamt dem Lord vernichtet werden, sein Körper gen Himmel katapultiert, seine Seele in die Hölle befördert werden, wo er längst kein unbeschriebenes Blatt mehr war. Aber sie waren fortgegangen, und das junge Paar wurde gehängt.« Sie strich sich eine Haarsträhne aus der Stirn. »Den Rest weißt du selbst. Vielleicht war dir auch das, was ich eben gesagt habe, längst bekannt.«

»Das war es.«

»Woher?«

»Das spielt keine Rolle, nicht wirklich.«

Achselzuckend nahm Kitty seine ausweichende Antwort zur Kenntnis und gab sich zufrieden. Über die Geschichte weiter zu reden, war ohnehin kein Vergnügen.

Declan zeigte mit ausgestrecktem Arm auf Brid und Taddy, die fast die Bergkuppe erreicht hatten. »Sieh nur, die beiden dort oben. Ob sie den Sonnenuntergang beobachten wollen?«

»Nicht den Sonnenuntergang als solchen«, meinte Kitty. »Er ist für sie das Zeichen, sich an den Webstuhl und an die Harfe zu setzen. Bisher ist es immer so gewesen. Bei Sonnenuntergang sind sie da. Er zupft die Harfe, und sie bewegt mit dem Fuß das Pedal des Webstuhls.«

Declan war versucht, sich zu erklären und zu sagen: Das wusste ich alles. Ich habe das Buch, den Katalog, die Notizen und Zeichnungen gefunden. Wenn es nach euren Plänen gegangen wäre, hätte Taddy die Harfe genommen, Brid den Webstuhl bedient, und den Rest hätten die Steinplatten besorgt. Aber mein System ist noch ausgeklügelter. Seine Lordschaft wird den Riegel zur Schlafzimmertür anheben – ihr aber werdet gar nicht mehr da, sondern längst unterwegs sein, und der Lord wird gleich nach dem Anheben des Riegels ebenfalls unterwegs sein, aber nicht nach Cork. Doch stattdessen sagte er: »Sie kommen zu uns wegen der Dinge, die vor langen Zeiten geschehen sind, als wir noch gar nicht existierten.«

Kitty nickte. »Schuld und Schande sind auf mich und Kieran übergegangen.«

»Es tut mir leid, dass ihr euch beschämt fühlt. Aber weder du noch Kieran habt es getan. Und eure Vorfahren ja auch nicht einfach aus Feigheit.«

»Es war eine McCloud, die es getan hat, und ein Sweeney, der es getan hat. Oder die es eben nicht getan haben. Das mit dem Sprengen der Burg. Und wie sieht es bei dir aus, Declan Tovey? Hatten deine Vorfahren nicht auch mit der Sache zu tun? Mit dem Hängen meine ich.« Sie fühlte an ihren Schenkel, was Declan nicht zu deuten wusste, wollte sich vergewissern, dass ein gewisser Gegenstand, den sie in ihre Hosentasche gesteckt hatte, noch da war, vielleicht hatte auch nur ein Muskel gezuckt, und sie wollte die Stelle beruhigen. Unter langsamem Kopfschütteln wandte Declan seinen Blick von Kitty ab und richtete ihn wieder auf den Berg. Brid und Taddy und auch das Schwein, alle drei waren verschwunden. »Sind sie jetzt hier? Brid am Webstuhl? Taddy an der Harfe?«

»Gleich werden sie es sein. Die Sonne muss noch ein bisschen tiefer stehen.«

»Und das ist jeden Tag so?«

»Es hat den Anschein, ja.«

»Und verbringen sie dort auch die Nacht? Ohne die Sonne?«

»Das weiß ich nicht. Und ich werde auch nichts tun, um das herauszufinden.« Wieder war ihr eine Haarsträhne in die Stirn gefallen. Ungeduldig strich sie sie zurück. »Ich habe dich aber etwas gefragt. Wie ist das mit dir? Hast du keine Schuld? Empfindest du keine Schande?«

»Kennst du denn unsere Geschichte nicht?«

»Man hört da so einige Gerüchte. Aber die wahre Geschichte, kannst du die erzählen? Ich würde sie gerne hören.«

Declan war verwirrt. Warum klang die Frau so ernst? Was

hatte er getan? Was hatte er gesagt? Doch schon fand er selbst den Grund. Natürlich würde sie nur schwer eine Familiengeschichte verkraften, die ganz im Gegensatz zu der ihrigen stand, das Heldentum seiner Vorfahren im Gegensatz zu der ererbten Schande der Sweeneys und McClouds. Aber wenn sie darauf bestand, konnte er nichts dafür, wenn sie ihre Schande nur um so stärker empfand. Aus seiner Geschichte hatte man nie ein Geheimnis gemacht. Im ganzen Dorf war sie rum, weitergegeben von Generation zu Generation. Sie müsste sie eigentlich auch kennen. Und natürlich machte sie das wütend. Jetzt verstand er ihre Handbewegung von vorhin. Sie hatte aufsteigenden Groll unterdrücken wollen.

Und er begann, *seine* Legende zu erzählen. Zögernd, stockend, wie die Vorfahren sich opfern wollten, wie der zornige Burgherr sie abwies und auspeitschen ließ. Und Brid und Taddy, die trotz allen Bemühens seiner Ahnen, sie zu retten, gehängt wurden.

Als er fertig war, reagierte Kitty fast so, wie er es erwartet hatte, die Wörter abgehackt, im Ton bitter. »Und so hat es sich wirklich zugetragen? Ist das die wahre Geschichte?«

Er wollte etwas Versöhnliches sagen, aber ihm fiel nichts Rechtes ein, und so blickte er weiter in die Ferne und suchte den Berg nach Brid und Taddy ab. »Sie sind fort«, stellte er leise fest. »Warum kann statt ihrer – oder meinetwegen zusammen mit ihnen – nicht auch Michael als Erscheinung auftauchen? Er war sogar noch jünger als sie und bestimmt genauso schön.« Er schüttelte den Kopf. »Hätte ich gewusst, was das Schicksal mit ihm vorhatte, hätte ich genau wie meine Ahnen damals gefleht: ›Lass mich abstürzen, lass mich mit dem Kopf auf den Stein aufschlagen! Ich will statt seiner hinunterfallen, will sterben, will auf dem Meeresgrund liegen.‹« Versonnen wiegte er den Oberkörper hin und her. »Wahrscheinlich wären mir die Worte nie über die Lippen gekommen. Wohl stamme ich von Helden ab, bin aber selbst ein Feigling. Das Schicksal wollte, dass Michael stirbt. Ich hätte mich nicht für ihn geopfert. Ich muss mich mit seinem Tod abfinden. Für mich kommt nichts anderes in Frage. Und mehr sage ich nicht.«

Kitty hatte die Hand von ihrem Schenkel gelöst und legte sie fast zärtlich auf die Brüstung. »Einen Michael wirst du nie mehr haben. Aber wir haben Taddy, und wir haben Brid. Lass es damit gut sein.« Declan schwieg, und sie fuhr fort. »Solange wir leben, werden wir sie um uns haben, egal, aus welchem Grund. Du hast die Geschichte deiner Familie erzählt, wie sie im Dorf herumgeht. Belass es dabei. Und für uns gilt unsere Familiengeschichte. Das wird immer so sein, an beiden dürfen wir nicht rütteln. Sie gelten für uns, die wir heute leben, und sie gelten für die von damals.«

Für Declan war es Zeit zu gehen. Wäre er geblieben, hätte er Kitty vielleicht gesagt, dass es so, wie sie dachte, nicht sein würde. Schon bald würden Taddy und Brid für immer entschwunden sein. Die Abendsonne sollte bald im Meer versinken. Nicht lange, und Kieran würde den Hang hinaufklettern, um die Kühe zu holen. Irgendwie hatte Declan das Gefühl, dass ihm doch noch etwas auf der Seele lag, was er sagen müsste. Und so sagte er es. »Ist an dem, was die Leute so reden, etwas Wahres dran? Dass, um sie von der Burg zu erlösen, um ihrem Leiden ein Ende zu machen, sie nicht länger hier festzuhalten, das Schießpulver gefunden werden muss, um es letztendlich zu zünden?«

Kitty erwiderte nichts. Sie nahm die Hand von der Brüstung, hielt sie kurz in der Schwebe und legte sie wieder ab. »Um wie viel ärmer würde unsere Welt ohne sie sein«, war das Einzige, was sie schließlich sagte.

»Aber …«

»Ja, ich weiß. Wir sehen ihren Kummer und wie verwirrt sie sind. Ob sie es so und nicht anders gewollt hätten? Ob sie wirklich mit uns und denen nach uns hier zusammen sein wollten? Damit man sie nie vergäße? Damit denen, die sie sehen konnten, stets im Gedächtnis bliebe, was man ihnen angetan hat? Wissen wir das so genau? Können wir uns überhaupt irgendeiner Sache sicher sein? Natürlich stimmt es, dass wir sie in ihr Seelenheil entlassen müssten, das ihre gemarterten Körper weiß Gott verdient hätten. Aber wäre es damit getan? Ich weiß, es ist töricht, so etwas überhaupt zu denken. Kann man uns verzeihen, wenn wir sie hier behalten wollen? Ist es egoistisch? Höchstwahrscheinlich ja. Und doch ist alles reine Spekulation. Liegt es an unserem Stolz, dass es uns danach verlangt, geheimnisvolle Geschehnisse zu ergründen? Um je nachdem, wie wir sie deuten, unsere eigenen Spekulationen zu rechtfertigen? Ganz ehrlich, ich weiß es nicht. Ich weiß nur, dass mir die beiden sehr fehlen würden.«

»Was du da sagst, hat keinen Sinn.«

»Das weiß ich selbst. Aber als Erstes stellt sich doch die Frage, was für einen Sinn es hat, dass sie überhaupt hier sind. Wir wollen immer hinter allem einen Sinn sehen, wollen es ›verstehen‹. Kann man uns daraus einen Vorwurf machen? Wir sind in ein Chaos hineingeboren. Ein einziges Durcheinander. Da wird man uns doch wohl nachsehen, wenn wir das eine oder andere falsch verstehen. Wenn jemand nach uns, und sei es mein eigen Fleisch und Blut, all das hier dem Erdboden gleichmacht und Taddy und Brid keine Bleibe mehr auf Erden haben und in die Glückseligkeit entschwinden, dann soll es mir recht sein. Aber genauso gut dürfen sie – unsere Kinder oder Kindeskinder – mir nicht vorwerfen, dass ich das, was sie zu tun für richtig gehalten haben, nicht selbst getan habe. Und dabei bleibt es.«

Declan legte gleich ihr die Hände auf die Brüstung. »Ich gehe jetzt.«

Kitty nickte, suchte mit den Augen den Berg ab, vielleicht nach den verschwundenen Geistern, und sagte: »Ich bleibe.«

Mehr Worte wechselten sie nicht.

Kurz vor dem oberen Treppenabsatz blieb Declan auf der letzten Stufe stehen. Brid saß am Webstuhl, Taddy hatte die Harfe an die Brust gezogen und zupfte die imaginären Saiten. Declan schlich über den Treppenabsatz, rasch und der Verzweiflung nahe.

Kitty blickte hinunter und schaute dem Dachdecker nach. Einst war er ein Draufgänger gewesen, jetzt aber gab er eine traurige Gestalt ab, wie er so zu seinem altersschwachen Lieferwagen stapfte. Nie würde sie den Mann mit der Münze konfrontieren und ihm die Wahrheit, die sich ihr durch sie offenbart hatte, ins Gesicht schleudern. Einen Augenblick lang hatte sie daran gedacht, es zu tun, wie sie es sich nach Peters grässlicher Enthüllung geschworen hatte. Peters Verzweiflung hatte sie dermaßen erbost, dass im Nachhinein nur die Tragweite der grausamen Wahrheit gegen das Übel ankam, das die Münze dem Jungen zugefügt hatte.

Declan hatte genug Leid zu tragen. Er hatte seine eigenen Sorgen, manche waren ganz offensichtlich, andere sollte er nie erfahren. Sie würde seine Beschützerin sein – in dem Maße, wie sie ihn schützen konnte. Weiteres Leid sollte ihm erspart bleiben, zumindest würde es ihm nicht von Kitty McCloud zugefügt werden. Selbst das Fingerknöchelchen, ein Erinnerungsstück an seinen Verlust, würde sie ihm nicht geben. Es würde im Meer landen, das ein Anrecht darauf hatte.

Was die Münze anging, so wollte sie sie auf anonymem Wege Seiner Lordschaft zuspielen. Sie hegte nicht die geringsten Zweifel, dass er sie schon allein wegen ihres Wertes behalten würde. Wahrscheinlich würde er sie für ein Dankeszeichen eines heimlichen Bewunderers halten, der sich ihm wegen einer Geringfügigkeit erkenntlich zeigen wollte, derer er sich selbst nicht mehr erinnern konnte. Und sollte die Münze mit einem Fluch beladen sein …, nun gut, das wollte sie sich nicht weiter ausmalen.

Declan hatte den Wagen erreicht und hievte sich hoch. Die Tür schlug zu, und das Gefährt ratterte aus dem Hof die Burgstraße hinab. Als sie einen letzten Blick auf den Berg warf, auf dem kein Taddy und keine Brid mehr waren, auch kein Michael an ihrer statt, kam es ihr so vor, als wandere da trotz seiner Leibhaftigkeit Declan als Schatten. Was er für Streben nach Sühne hielt, war Flucht vor sich selbst geworden. Was das bewirkt hatte, würde sie nie erfahren – genauso wenig wie er. Das Schicksal hatte ihn ereilt, eine Erlösung gab es nicht. Was Kitty auf dem Herzen hatte, sagte sie laut. »Lieber Declan, komm zurück. Die Geister warten hier auf dich, glaub mir. Es kann durchaus sein, dass sie eines Tages die einzigen Gefährten sind, die du hast.«

Der Wagen bog um die Ecke und verschwand.

Kapitel 15

Kitty bereute bereits, dass sie Lolly angerufen und verlangt hatte, sie solle herkommen und ihre Schweine abholen. Sie müssten auf unerklärliche Weise ausgebrochen sein und tummelten sich jetzt auf dem Hang vom Crohan-Berg. Rein vom Verstand her konnten das unmöglich Lollys Schweine sein. Von ihrem Hof bis dorthin war es viel zu weit. Als das erste Schwein auftauchte, hatte Kitty noch angenommen, das vor kurzem dem Metzger überantwortete Tier wäre dessen Axthieb entkommen und hätte den Weg zurück gefunden, wo es Ruhe und Zufriedenheit empfand. Hatte es sich doch nur auf Kittys Hof, wo es die Gegenwart des Geisterschweins, seines geliebten Partners spürte, wohlgefühlt und dick und rund gefressen.

Doch als noch am frühen Morgen das nächste und bald darauf zwei weitere Schweine erschienen waren, hatte sie erbost mit Lolly telefoniert. Die hatte über den Unsinn, den sie zu hören bekam, nur gelacht und gesagt, sie würde ihre Herde zählen und zurückrufen.

Sie hatte ihre Herde durchgezählt. Sie hatte zurückgerufen. Alle ihre Schweine waren da, es fehlte keins. Kitty konnte das zunächst nicht glauben. Lolly – und eben nur Lolly – war als Einzige in ganz Irland starrköpfig genug, weiter Schweine zu züchten, jeder andere Schweinehirt hatte seine Tiere längst in die »Intensivhaltung« abgegeben. Lolly musste kommen und ihre Biester fortschaffen, und zwar sofort. Das waren keine harmlos grasenden Tiere, nicht lange, und sie würden den ganzen Hang umgewühlt, Heidekraut und Ginster ausgerissen und somit Kittys Kühe ihrer nächsten Mahlzeit beraubt haben. Falls Lolly nicht vor Sonnenuntergang hier war, wollte Kitty die Viecher selbst zusammentreiben, ins Schlachthaus schaffen und den Reingewinn einstreichen.

Kitty hatte voreilig gehandelt. Als sie wieder zum Berg schaute, zählte sie sieben Schweine. Ihre Verunsicherung wuchs. Auf dem Weg von der Großen Halle zu ihrer Turmstube warf sie erst noch einen Blick durchs Fenster der Galerie und erblickte mitten in der Herde Taddy und Brid. Und wenn sie nicht alles täuschte, hatte sich ihr Schwein, das Geisterschwein, zu ihnen gesellt. Es schnüffelte wie die übrigen im Gras und hob den Rüssel in die frische Bergluft. Offenbar fühlte sich das Tier in vertrauter Gesellschaft. Zu Kittys Verwunderung biss keines der Schweine auch nur einen Halm ab. Sie benahmen sich nicht wie richtige Schweine.

Als noch ein weiteres Tier inmitten der Herde erschien (ja, »erschien«), verschlug es Kitty den Atem. Der Neuankömmling war nicht etwa den Hang hochgetrabt. Er war einfach da. Kitty holte tief Luft. Nach ihrer Zählung hatten sich jetzt acht Schweine, ebenso gespensterhafte wie ihr eigenes, auf dem Berg versammelt. Das konnte nicht sein. Es durfte nicht sein.

Ungeachtet der dicken Strohballen stapfte sie quer durch die Große Halle und hinaus auf den Burghof. Auf dem Hang waren Taddy und Brid dabei, die Schweine höher hinaufzuführen. Die folgten ihnen bereitwillig, da bedurfte es keines Streichs mit der Gerte, niemand musste ihnen aufmunternd auf die Hinterbacken klatschen, auch brauchte sie kein übereifriger Hund ins Bein zu zwicken, von selbst wanderten sie langsam der Bergkuppe zu.

Es konnte gar nicht anders sein, das waren Geister, die gekommen waren, um Taddy und Brid Gesellschaft zu leisten. Kitty hatte nicht die mindeste Ahnung, was das Ganze bezweckte. In dem Maße, wie ihre Unruhe wuchs, war sie bereit, sich alles selbst zuzuschreiben. Duldete man erst ein Schwein auf dem Anwesen, rannten bald viele umher – und das geschah eben jetzt. Gebot man ihnen nicht Einhalt, würden sie den gesamten Osthang oder noch mehr für sich beanspruchen. Schweinerücken und Schweineschinken würden sich aneinanderdrängen und das Grün der Berghänge verdecken. Lolly sollte sich ja beeilen; Kitty war außer sich, und das könnte sich noch in Flüchen entladen, die zu einer Burgherrin nicht passten.

Lolly verstand sich auf Schweine. Sie müsste wissen, wie man vorgehen sollte. Aber konnte sie wirklich etwas tun? Im Umgang mit Geistern war sie völlig unerfahren (von ihrem verunglückten Roman abgesehen), wäre demnach überhaupt keine Hilfe. Typisch Lolly. Hier stand Kitty, Lollys beste Freundin, und welchen Beistand konnte Lolly ihr im Augenblick der akuten Schweinekrise leisten? Keinen. Gar keinen. So war es immer gewesen, und das würde sich nicht ändern. Nie.

Also wäre das Beste, sie würde ihre Forderung, die Schweine abzuholen, widerrufen. Käme Lolly tatsächlich, würde sie keine Schweine sehen und Kitty zu Recht für geistesgestört halten. Sie würde Kitty auslachen. So sehr Kitty Lollys Glück auch am Herzen lag, dieses besondere Vergnügen, dieser Spott, überschritt die vorgegebenen Grenzen.

Doch schon auf dem Weg zum Telefon fiel ihr ein, dass Aaron anstelle seiner Frau auch nicht die Lösung wäre. Er war ein McCloud wie sie, würde also die Phantomschweine sehen können. Das würde ihn amüsieren, er würde zu seiner Frau zurückfahren und ...

Plötzlich hatte Kitty eine Eingebung, die ihre sonstigen Bedenken in alle vier Winde zerstreute. Sie konzentrierte Verstand und Gefühl auf einen Punkt. Vor Schreck riss sie Mund und Augen auf. Ihr Neffe Aaron war gar nicht ihr Neffe. Schlimmer noch, er war nicht einmal ein McCloud. Es traf sie wie ein herber Faustschlag.

Aaron hatte ihr eigenes Geisterschwein nicht gesehen. Auch Brid oder Taddy hatte er nie bemerkt, selbst wenn sie sich mehr als deutlich zeigten, dass jeder McCloud, der Augen im Kopf hatte, sie hätte sehen müssen. Ihr ältester Bruder in Amerika hatte recht gehabt. Er hatte vor Jahren, als er sich scheiden ließ, behauptet, seine Frau, die wie er aus Kerry stammte, hätte ihre Ehre, von ihrer Ehe ganz zu schweigen, befleckt, weil sie sich für den Charme eines Mannes, der aus der Grafschaft Cavan nach

Amerika ausgewandert war, empfänglich gezeigt und dieser Neigung nicht hätte widerstehen wollen. Kittys Mutter hatte die Anschuldigungen ihres Sohnes vehement zurückgewiesen und hatte ihre Ex-Schwiegertochter in Schutz genommen. Nie würde eine Tochter der Grafschaft Kerry so tief sinken, sich mit einem Mann aus Cavan einzulassen. Kitty hatte keinen Grund gesehen, den Beteuerungen ihrer Mutter nicht zu glauben. Nur zu gern hatte sie allem zugestimmt, das dazu diente, ihre Brüder in ein schlechtes Licht zu rücken.

Dank dieser Haltung hatte sie von Anfang an den unbeholfenen und verwirrten Jungen – ihren vermeintlichen Neffen Aaron aus Amerika – in die Arme geschlossen und war bemüht gewesen, ihn während der Sommertage, die sie in ihrer Kindheit im Haus der Vorfahren verbrachten, nach ihrem Bilde umzuformen. Die Umwandlung war nicht besonders gelungen, hatte aber ausgereicht, ihm anhaltend gewogen zu bleiben und über seine beträchtlichen Schwächen hinwegzusehen.

Im Zeitlupentempo schloss Kitty den Mund und zwang sich, heftig zu blinzeln. Sie streckte die Wirbelsäule, ihr Inneres beruhigte sich. Die neu gewonnene Erkenntnis war ihr verblieben, doch wehrte sie sich mit aller Kraft, entsprechend zu handeln. Nie würde sie zulassen, dass diese Offenbarung ihren bisherigen Neffen erreichte. Die Zuneigung, die sie von Kindesbeinen an zu ihm empfand, reichte aus, dass ihm unter allen Umständen erspart bleiben sollte zu erfahren, dass er kein McCloud war, denn das würde sein Selbstwertgefühl in den Grundfesten erschüttern. Einem Mann zu rauben, was offensichtlich sein kostbarster Besitz war, hätte folgerichtig ihre eigene Verdammnis bewirkt. Damit verglichen, wäre die Vertreibung von Adam und Eva aus dem Garten Eden durch den Erzengel lediglich ein zufälliges Missgeschick, gewissermaßen eine Panne gewesen.

Aus Mitleid geborene Liebe durchflutete ihr ganzes Wesen. Zum ersten Mal überhaupt empfand sie eine Sympathie, eine wirklich tiefgehende Sympathie für den Mann, der nun verstoßen war, dem ein Stammbaum genommen war, den die Götter bereits in den weit zurückliegenden Tagen der Druiden gesegnet hatten. Sie würde sein Geheimnis bewahren. Er würde nie erfahren, dass er ein Nichts war. Kitty McCloud, nun nicht mehr seine Tante, würde dafür Sorge tragen. Wenn es ihr außerdem gelänge, diese peinliche Offenbarung auch von Lolly fernzuhalten, hätte sie alles getan, was sie für ihren Ex-Neffen nur tun konnte.

Kittys nächster Anruf kam zu spät. Aaron teilte ihr mit, Lolly sei bereits unterwegs. Er sagte ihr auch, seine Frau halte diese Fahrt für eine Idiotie, Kitty solle sich schon darauf einstellen, als Idiotin beschimpft zu werden. Zwar nahm sie ihm übel, dass ihm ihre bevorstehende Demütigung ganz deutlich Spaß machte, war aber dennoch unangenehm berührt, seine frohgemute Stimme zu hören. Er hatte keine Ahnung, dass sie das Mittel besaß, das jetzige und jedes zukünftige Schmunzeln von seinem fröhlichen Gesicht zu wischen. Und noch weniger wusste er, dass sie nie so grausam sein würde, die tödliche Waffe einzusetzen, die ihr eben erst in die Hand gegeben worden war.

Der Laster fuhr auf den Burghof, kaum dass Kitty Zeit hatte, den Hörer aufzulegen.

Lolly begrüßte ihre Freundin überschwänglich, was nichts Gutes verhieß. Man sah es ihr an, wie diebisch sie sich auf einen bevorstehenden leichten Sieg freute. Kitty wollte nicht zurückstehen und winkte ihr ebenso enthusiastisch zu, lachte trällernd und war sich gleichzeitig bewusst, wie verlogen und falsch dieser gespielte Frohsinn war. »Alles in Ordnung«, rief sie Lolly entgegen. »Hat sich schon erledigt.«

Lolly warf die Tür des Lasters zu. »Was ist in Ordnung? Was hat sich erledigt? Ich bin doch nicht hergekommen, bloß um zu hören, ›alles ist in Ordnung‹. Wo sind die verrückten Schweine? Möchte wenigstens feststellen, meine sind es nicht.«

»Oh, Lolly. Liebe Lolly. Du hast noch mal Glück. Die Schweine. Die sind davongezogen. Ich habe keinen Schimmer, wo die hin sind. Vielleicht hat es auf der Straße wieder einen Unfall gegeben, und die armen Dinger sind völlig verstört herumgerannt, wie damals ... du weißt schon. Als Aaron kam und dein Truck in den Graben gekippt war und alle Schweine ... Irgendwas Ähnliches muss auch jetzt passiert sein. Und wie du damals, hat der, dem sie gehörten, alle eingefangen und dahin getrieben, wo sie herkamen.« Kitty sprach schleppend, schaffte es nicht, den forschen Ton durchzuhalten, mit dem sie ihre zusammengestümperte Erklärung vorbrachte. Währenddessen waren noch fünf Schweine erschienen. Sie fasste sich, so gut es ging. »Und der muss sie alle weggebracht haben, von dort, von dem Hang da drüben. Wo sie ... wo sie waren, als ich dich angerufen habe.«

»Ah, was du nicht sagst.«

»Schau mal. Schau, auf den Berg da. Du siehst ihn doch. Da sind sie nicht. Vorhin waren sie dort. Siehst du jetzt irgendwelche Schweine?«

Zweiundzwanzig hatte Kitty bisher gezählt. Nervös krächzte sie, als ob sie was im Hals kratzte. Jetzt fehlte bloß noch, dass auch Lolly die Schweine sah. Um ihre Furcht niederzuringen, wiederholte sie sich. »Irgendwelche Schweine? Siehst du welche? Doch wohl nicht, oder?«

»Zu Hause ist Fütterungszeit. Und ich stehe hier herum, lass Aaron alles allein machen, die Tröge mit dem Futter füllen. Zum Glück weiß er, was er zu tun hat. Seit damals, als ich ... du weißt schon. Als ich an meinem ... na, du weißt, was ich meine.«

»Das heißt also ... Schweine siehst du nicht? Hab ich recht?«

»Kitty McCloud sehe ich, die eigentlich Sweeney heißen muss und die versucht, mich zu beschwichtigen, dass ich ihr nicht böse sein soll, weil ich den ganzen Weg hierher umsonst gemacht habe. Und dass Aaron jetzt die ganze Arbeit hat.«

Kitty wäre durchaus berechtigt gewesen, ihrer Freundin zu offenbaren, dass Lolly sich eigentlich nicht länger McCloud nennen dürfte, doch jetzt war der Moment gekommen, zu prüfen, wieweit sie sich beherrschen konnte. Wenn es sie auch hart ankam, die Prüfung bestand sie. »Sag ihm, ich entschuldige mich dafür. Auch bei dir entschuldige ich mich. Ich bin wirklich die Letzte, die jemandem Unannehmlichkeiten bereiten möchte.«

»Sieh einmal an. Und wann ist diese wahrhaft welterschütternde Sinnesänderung über dich gekommen? Muss während der letzten drei Minuten passiert sein.«

»Ich mach dir ja keine Vorwürfe …«

»Besten Dank auch.«

Kitty hatte genug von Lollys spitzer Zunge. »Ach, Lolly, nimm's, wie es nun einmal ist. Ist doch wohl nicht weiter schlimm, wenn Aaron das Futter in die Tröge kippt. Himmel Herrgott noch mal – wie hättest du es denn gern? Soll ich dich abschmatzen?«

»Ich bitte dich!« Lolly sah aus, als käme es ihr hoch. »Im Ernst? Du und mich abschmatzen?«

Voller Erleichterung, dass es ihr gelungen war, Lolly abzulenken, lachte Kitty aus ganzem Herzen.

»Kitty … lass das. Sonst muss ich auch lachen. Und danach ist mir nicht …«

»Lachen ist immer noch besser als das, was ich angedroht habe.«

»Hör auf! Ich kann nicht«, sagte Lolly lachend.

Kitty lachte mit. Als ihr Glucksen ein Ende hatte und Kitty zum normalen Ton zurückfand, erklärte sie: »In zwei Tagen ziehen wir um. Ob ihr morgen zum Abendessen kommen könntet? Möchte dir gern 'ne Entschädigung bieten für all das Herumfahren heute. Falls sich so was wiedergutmachen lässt nach dem ganzen Ärger. Ein richtig tolles Abschiedsessen soll's werden, selbst wenn wir gar nicht so lange fort sind.«

»Ich lass mir das durch den Kopf gehen.«

Kitty wunderte sich, dass es so verhalten klang. »Du hast wohl andere Pläne?«

»Pläne?«, fragte Lolly zögernd und redete weiter, doch ihr Ton wirkte unsicherer als vorher. »Nein, natürlich nicht. Was für Pläne sollte ich schon haben? Du weißt doch, mein … wollte sagen unser … Tagesablauf ändert sich selten. Mitunter geht

Aaron mal in Dockerys Pub. Und ich … ich find immer was … damit mir die Zeit nicht lang wird. Also ja. Wir freuen uns. Natürlich kommen wir. Weil ihr wegzieht, wenn auch nicht für lange.«

Kitty fand, das klang alles sehr merkwürdig, was sie da hörte. Ihre Freundin wirkte genauso unsicher wie damals, als sie sich in der Romanschreiberei versuchte. So eine simple Einladung, und die sollte Lolly aus dem Gleis werfen? Das war doch überhaupt nichts Ungewöhnliches. Beide kamen ziemlich oft zum Abendessen, was Kieran gar nicht recht war, weil er seine kulinarischen Künste am liebsten nur seiner Frau zugutekommen ließ. Warum plötzlich dieses Zögern?

Ein Gedanke durchzuckte sie, und der war ihr gar nicht lieb. Der hatte nicht nur mit Lollys gegenwärtigem Benehmen zu tun, sondern auch mit dem, was Lolly vor Tagen auf der Klippe geäußert hatte. Richtig eifrig war sie da auf Declans Fortgehen bedacht gewesen. Und wie sie von dem Gram geredet hatte, den er wegen des im Garten begrabenen Jungen empfand. Mit rein gar nichts könne man ihm da helfen, hatte sie gesagt, aber sich verbessert: »Mit *fast* nichts.« Kitty fragte sich mitunter, was hinter diesem »Fast« eigentlich steckte. Es boten sich verschiedene Möglichkeiten an, eine davon war so absurd, dass Kitty sich sogar ein bisschen schämte, so etwas überhaupt zu denken. Doch die Vorstellung hielt sich hartnäckig, tauchte immer mal wieder auf. Kitty mühte sich, sie zu verbannen, aber so ganz wollte ihr das nicht gelingen. Lollys Ehe mit Aaron schien recht glücklich zu sein. Er hatte sich sogar lebhaft für ihre Schweinemästerei interessiert. Und ihr war das sehr gelegen gekommen, in jenen schlimmen Tagen, als sie die freudige Mühsal auf sich genommen hatte, Schriftstellerin zu sein.

Dass Lolly noch Gefühle für Declan hegte, war verständlich. Aber tat sie etwas, um die wieder aufleben zu lassen? Was mochte in ihr wirklich vorgehen? Was Kitty so denken ließ, war zu allererst die Sorge um Aaron. Mit ihrer neugewonnenen Sympathie für ihn war die Entschlossenheit gepaart, jeden Schaden von ihrem Neffen, der er nun nicht mehr war, abzuwenden. Kitty würde nie zulassen, dass er in Schwierigkeiten geriet. Er hatte schon genug gelitten, weitere Entbehrungen sollten ihm erspart bleiben. Lolly durfte nie, wie Aarons in Kerry geborene Mutter, »eine Frau werden, die gewissen Neigungen nicht widerstehen wollte«.

Und schon ergriff ein hinterhältigerer Gedanke von ihr Besitz. Vielleicht ließ sich Lolly dazu verleiten, mehr durchblicken zu lassen. Hier bot sich die Gelegenheit, das auszuprobieren. Es war unfair und verwerflich, ihrer besten Freundin das anzutun – ein Grund mehr, zur Tat zu schreiten.

»Kieran hat gemeint, wir sollten auch Declan einladen.« (Kieran hatte nicht im Traum daran gedacht.)

»Declan?«

»Wir sind ihm zu Dank verpflichtet für die Reetdächer. Es ist ohnehin wenig genug, was wir tun können. Er lehnt es ja völlig ab, sich bezahlen zu lassen, nicht mal für das Schilfrohr.«

»Declan einladen?« Lolly tat, als begriffe sie nicht, was Kitty eben gesagt hatte.

»Er hat großartige Arbeit geleistet, meinst du nicht auch? Die Schuppen im Burghof sind wieder in Ordnung, sind in den ursprünglichen Zustand gebracht.«

»Ja. Sieht sehr ordentlich aus. Wirklich.«

»Man kann über Declan sagen, was man will, doch bei allem, was er anpackt, erweist er sich als wahrer Meister. Jetzt sind die Schuppendächer fertig, und er hat das ganz allein geschafft. Müssen wir ihm da nicht dankbar sein? Bevor er wieder weggeht – und wer weiß, wie lange fortbleibt –, sollten wir ihm da nicht wenigstens was Ordentliches zu essen bieten, als Wegzehrung gewissermaßen? Findest du nicht auch?«

»Ja, schon …«

»Ach weißt du. Wir beide haben unsere Erlebnisse mit Declan gehabt. Doch seit den Tagen damals, und den Nächten, haben wir uns verdammt geändert. Sogar ich. Und erst recht du, hast jetzt Aaron zum Ehemann mit allem drum und dran.«

»Ja, natürlich, nur …«

»Hast du Bedenken?«

»Ich hab bloß gedacht, wir wären so ganz unter uns, eben nur Familie, weil du und Kieran … weil ihr doch nun wegzieht, und die Kühe auch …«

»Lolly, wenn es dir unangenehm ist, mit beiden … mit ihm und Aaron … an einem Tisch zu sitzen …«

»O nein, das ist es nicht. Warum … warum sollte mir unangenehm sein, wenn … wenn …«

»Wenn alles fast schon nicht mehr wahr ist, man kann sich kaum noch erinnern, stimmt's?«

»Ja, richtig, ganz schön lange ist das her …«

»Und denk mal, wie gefühlvoll wir mit dem umgegangen sind, was wir für seine Knochen hielten. Haben sie gewaschen und sorgsam zurückgesteckt in die Kleidung, mit eigenen Händen, mit denen wir, … na, dich muss ich wirklich nicht daran erinnern. Wäre es dir lieber, ich lade ihn nicht ein?«

»Nein, wenn du es möchtest. Bloß … bloß …«

»Ja?«

Lolly holte tief Luft, gab es auf und sagte gereizt: »Weißt du was, Kitty, lass das mit dem Einladen doch ganz … ihr seid dabei, alles fertigzumachen für die Zeit, wo ihr weg seid, habt mit Packen zu tun und was noch alles zu bedenken ist … du musst dich vielleicht auf deinen Unterricht dort vorbereiten, und dann habt ihr auch eure Kühe …«

Kitty hatte noch nicht genug, wollte ihr noch ein bisschen auf den Zahn fühlen. »Davon will ich nichts hören. Kleine Opfer müssen eben gebracht werden. Kommt auch immer drauf an, für wen. Du vergisst doch nicht etwa, dass du Aarons Gattin bist, die Frau meines Lieblingsneffen? Wir werden einen Festschmaus haben, den keiner von uns sobald vergisst, also keine Rede von Opfer. Denk immer dran, du bist eine Lolly McCloud.«

»Ich … ich werde es mit Aaron besprechen. Schließlich haben wir mit unserer Wirtschaft auch unser Tun.«

Kitty schmunzelte, diese durchaus statthafte Überlegung leuchtete ihr ein, versöhnlich streckte sie die Hand aus und berührte Lollys Wange.

Reflexartig, als fürchtete sie sich anzustecken, zuckte Lolly zurück, hielt dann aber rasch die Wange für die Streicheleinheit hin. Kitty nutzte den Moment der Intimität und fragte leise, dass es ganz vertraulich klang: »Lolly, du machst doch nicht etwa Dummheiten dieser Tage?«

Langsam zog Lolly den Kopf zurück. »Was willst du damit sagen, Kitty?«

Kaum war es heraus, bereute es Kitty. Sie war zu weit vorgeprescht. »Nichts. Wirklich. Rein gar nichts.«

»Oha? Es hat sich nicht wie ›rein gar nichts‹ angehört. Sag's schon, Caitlin Sweeney!« Mit unerbittlicher Stimme verkündete sie: »Ich stehe hier und erwarte von dir zu hören, wie du ›Nichts‹ definierst.«

Rasch besann sich Kitty auf ihre Fähigkeit, Dinge zu erfinden, und machte ausgiebig Gebrauch davon. So nebenbei wie möglich erklärte sie: »Ich meinte … eh … und bitte verzeih mir … ich meinte, ob du wieder an einem Roman schreibst. Da siehst du, was für Blödsinn mir gerade eingefallen war.«

»Warum, um Himmels willen, sollte ich … oder sollte jemand … einen Roman schreiben wollen?«

»Weil … weil man von Geburt an dazu bestimmt ist. Ich schreibe ein Buch, weil mir das von Geburt an so bestimmt ist.« Kitty spürte, jetzt geriet sie in die Defensive. Ihr blieb nichts weiter übrig, als dran zu bleiben. »Dir ist eben in die Wiege gelegt, Schweinehirtin zu sein. Daraus ergibt sich, du musst kein Buch schreiben. Du hast Schweine zu züchten, weil du von Geburt an dazu bestimmt bist. Und ich … ich ziehe die Frage zurück.«

Lolly schaute Kitty direkt in die Augen. Es gelang ihr irgendwie, einen Ton zu finden, der desinteressiert und zugleich bedrohlich klang. »Meinetwegen kannst du Declan einladen. Lade ihn ein, wenn du magst. Ich werde jedenfalls kommen, und Aaron auch.« Drei Sekunden lang blieb ihr Blick unbeweglich. Sie drehte sich um, ging zu ihrem Laster und stieg ein. Die Tür fiel mit einem kaum hörbaren Klack zu. Durch das offene Fenster rief sie: »Nie in meinem Leben habe ich Dummheiten gemacht.« Dreimal ließ sie den Motor an und legte nach: »War nicht so eine wie die, die ich sehr wohl benennen könnte!«

Sie fuhr los.

Als der Wagen hinter der Biegung zum Dorf verschwand, sagte Kitty ruhig, aber vernehmlich: »Ich habe ihr unrecht getan.« Und dachte stumm für sich weiter: Es konnte ja durchaus sein, dass Lolly daran gelegen war, Declan zu einem Dachdeckerjob in der Nähe von Connemara fortzuschicken. Vielleicht kämpfte Lolly verzweifelt darum, einer immer größer werdenden Versuchung Herr zu werden, der sie nicht mehr lange widerstehen konnte. Vermutlich war das auch der Grund gewesen, weshalb sie zur Klippe gekommen war, aufs Meer geschaut und ihn gesucht hatte. Laut wiederholte Kitty: »Ich habe ihr unrecht getan.«

Die Schweine tummelten sich immer noch auf dem Berg. Über dreißig waren es jetzt.

Kapitel 16

Der Tag der Abreise war gekommen. Kitty und Kieran hatten mit der fragwürdigen Hilfe ihres Hundes Sly begonnen, die Kühe auf der anderen Seite den Crohan-Berg hinabzutreiben. Am Straßenrand stand der Laster und wartete auf die Fahrt zu Kierans Bruder, der südlich von Blarney, nicht weit von Cork wohnte. Noch stand die Sonne über der Bergkuppe, würde aber bald tiefer stehen und schließlich im Meer versinken. Kieran packte die Unruhe, die Kühe mussten fort und in ihre neuen Behausungen geschafft werden und waren noch nicht gemolken.

Das gemeinschaftliche Abendessen am Tag zuvor – ohne Declan – war nur zum Teil ein Erfolg gewesen. Kitty hatte Lolly angerufen und sich entschuldigt, unkluge Anspielungen gemacht zu haben. Sie wäre zugegebenermaßen diejenige gewesen, die sich dämlich verhalten hatte, und Lolly solle ihr bitte vergeben. Sie war nicht so weit gegangen zu sagen, »wie ja auch ich dir unzählige Male vergeben habe«. Und da sie sich diese Bemerkung verkniffen hatte, hatte Lolly ihr nicht nur verziehen, sondern war mit unendlich guter Laune zum Essen erschienen. Kitty hatte sich schon gefragt, ob diese plötzliche Herzenswärme etwas mit ihrer Abreise zu tun hatte, aber da sie keinen Unfrieden heraufbeschwören wollte, verfolgte sie den Gedanken nicht länger.

Mit besonderer Rücksicht auf Aaron hatte Kieran ein amerikanisches Gericht bereitet: Corned Beef und Kohl, allerdings mit einer irischen Zugabe – Kartoffeln –, um dem Ganzen noch einen Farbtupfer aus dem Garten zu verleihen.

Nach dem anfänglichen Gespräch, das sich mehr um Kittys bevorstehende Verteidigung ihrer Bücher unter dem Deckmantel des Unterrichtens gedreht hatte, hatte Lolly harmlos und heiter die Rede auf Declans vermeintliches Begräbnis gebracht und die neuerliche Erkenntnis über das wahre Skelett, das im Kohlbeet vergraben worden war. So, wie Lolly mit der Geschichte umging, deutete nicht das Geringste darauf hin, dass sie das Thema Declan lieber gemieden hätte; auch hatte man nicht den Eindruck, dass sie es als Vorwand benutzte, Declan wenigstens in irgendeiner Form mit am Tisch zu haben. Kitty hatte ihrer Freundin in der Tat unrecht getan. Und als sie am Telefon gesagt hatte, sie hätte sich dämlich verhalten, hatte das durchaus der Wahrheit entsprochen. Die Unterhaltung plätscherte munter und im gegenseitigen Einvernehmen dahin.

Schon bald ließen sie sich über die Geständnisse aus, die jeder gemacht hatte, denn man war seinerzeit davon ausgegangen, dass Declan Tovey nicht einfach tot, sondern ermordet worden war. Ein jeder erklärte sein Tatmotiv (Kieran seins und Kitty und Lolly ihrs), mit dem er hatte beweisen wollen, der Täter gewesen zu sein.

Da Kitty damals bei der Totenwache sich als Erste zu der Tat bekannt hatte, gestand sie, sich schützend vor Lolly gestellt zu haben, die, wie sie fest geglaubt hätte, den Mord aus Rache verübt hatte, weil Declan sie verführt hatte. Insofern war es seitens Kitty, die Keuschheit in Person, ein schwesterlicher Akt gewesen, ein schwesterliches Opfer geradezu.

Kieran verbarg nicht länger, dass in Wahrheit sein Tatmotiv nicht Declans Bemerkung gewesen war, dass Kitty eine blöde Kuh wäre. Vielmehr hätte er geglaubt, dass entweder Lolly oder Kitty den Mord begangen hätten, da sich beide ziemlich eifersüchtig aufeinander gebärdeten und eine fähiger und kompetenter als die andere hatte sein wollen, eine solche Tat zu verüben. Als Gentleman konnte er es schwerlich zulassen, dass die eine oder die andere zur Rechenschaft gezogen wurde. Sie waren schließlich Frauen, und ihm, dem Mann, kam es zu, alles auf sich zu nehmen.

Voller Dankbarkeit hauchte ihm Lolly einen Kuss auf die Wange. Kitty schien von seiner Galanterie weniger gerührt.

Um die Enttäuschung seiner Frau, dass nicht sie allein sein Motiv gewesen sei, etwas zu mildern, fügte er, gewissermaßen als Fußnote, hinzu, dass er sehr wohl versucht gewesen wäre, den Mann zu ermorden – just aus dem Grund, den er während der Totenwache am Sarg genannt hatte. Declan, so war ihm hinterbracht worden, hatte Kitty tatsächlich eine blöde Kuh geschimpft. Nur die unmittelbare Intervention seiner, Kierans, gesegneten Mutter im Himmel hätte ihn davon abgehalten, seinen mörderischen Impulsen nachzugeben, und den Mann am Leben zu lassen.

Kittys Stimmung wurde durch sein Bekenntnis nicht besser. Sie bedachte Kieran immer wieder mit einem ungehaltenen Seitenblick, der gut und gerne von einem Basilisken hätte kommen können. Lolly hielt es für klüger, den Unmut ihrer Freundin zu übersehen, und erzählte vergnügt, dass es ihr darum gegangen sei, ihre Freundin Kitty in Schutz zu nehmen. Nach allem schien es nur allzu verständlich, dass Kitty die Tat begangen hatte. War doch Declan zu ihr, Lolly McKeever, gekommen, nachdem er an Kitty keinen Gefallen mehr gefunden hatte. Kein Wunder also, dass Kitty getan hatte, was sie getan hatte, und Lolly als ihre beste Freundin sich selbstverständlich für sie zu der Tat bekannte.

Bevor sich Kitty zu etwas hinreißen ließ, was sie später bereut hätte, rief Kieran: »Wer möchte Apple Brown Betty? Kitty hat den Nachtisch selbst gemacht, ein Rezept aus der Bronx in den Vereinigten Staaten von Amerika.« Kitty, die für sich beschlossen hatte, Lolly noch einmal glimpflich davonkommen zu lassen, erklärte großspurig, dass das Apple-Brown-Betty-Rezept sich gut in den amerikanischen Rahmen fügte, den sie mit Corned Beef und Kohl gesetzt hatten. Es war nicht das erste Mal, dass sie etwas brauchte, um der Verlockung zu widerstehen, Miss McKeever den Hals umzudrehen. Aus purer Nächstenliebe hatte sie schon oft Gnade vor Recht ergehen lassen, und auch diesmal gelang ihr das mit erstaunlicher Gelassenheit. Der Abend, an dem genügend Bier und Tullamore Dew geflossen war, endete mit großem Abschiednehmen, mit den üblichen Umarmungen und Küssen, bis zu Tränen kam es jedoch nicht.

Die größte Herausforderung am Bergabhang bestand darin, die Kühe in Bewegung zu halten, denn viel lieber hätten sie an den Wegrändern noch Gras gerupft. Die Geisterschweine, die sich auf der anderen Seite des Berges gedrängt hatten – es waren derer so viele, dass man sie nicht mehr zählen konnte –, hatten sie vermieden, indem sie den unteren Abhang umgangen und am Morgen den etwas längeren Aufstieg auf dieser Seite gewählt hatten. Weder die Kühe noch der Hund schienen sich an der Gegenwart der Schweine zu stören, ein sicheres Zeichen für Kitty und Kieran, dass ihre Tiere nichts Außergewöhnliches sahen oder spürten, und dafür waren sie ganz im Stillen dankbar.

Unter der Zusicherung von Declan Tovey, dass die »Mieter« der Burg unterwegs waren, um die Kühe zusammenzutreiben, und nicht vor Sonnenuntergang wieder da sein würden, stellte George Noël Gordon Lord Shaftoe, kostümiert wie einer seiner Vorfahren, seinen Bentley abseits der Straße in einem kleinen Wäldchen unweit der Burg ab. Er zog sich den Burberry Trenchcoat über, drückte sich sorgfältig den Dreispitz auf die wallende Perücke und begann den anstrengenden Marsch über das schon im Schatten liegende Feld.

Alsbald würde sich sein sorgsam vorbereitetes Komplott vollenden, seine gespenstische Erscheinung würde die Usurpatoren wahnsinnig erschrecken, was zwangsläufig dazu führen würde, dass sie die Burg fluchtartig verließen. Die Vision eines Geistes, durch eine einzige Kerze ins Halbdunkel getaucht, würde ihnen auf Nimmerwiedersehen Beine machen. Um nicht gänzlich dem Wahnsinn zu verfallen und ihre Verluste auf ein vernünftiges Maß zu beschränken, würden sie ohne zu zögern auf ein Angebot eingehen, das er ihnen über einen Unterhändler machen und das die Burg in seinen Besitz übergehen lassen würde. Wie sollten sie ein solches Angebot auch ablehnen? Die gebotene Summe war höchst generös, schon angesichts der Tatsache, dass er ein im Grunde genommen unbewohnbares Anwesen übernahm, das nur für jemanden in Frage kam, der keine gespenstischen Erscheinungen fürchtete. Der Plan, den er ausgeheckt hatte, war einfach genial. Nur so einer wie er konnte einen derart geistreichen Ausweg aus seiner Kalamität ersinnen. Wer kommt sonst schon darauf – ein Gespenst!

Mit stolzgeschwellter Brust marschierte er querfeldein und drohte vor Eigenlob fast zu platzen. Nein, er musste seine Erwartungen noch ein wenig zügeln. Der Augenblick des Triumphs stand zwar unmittelbar bevor. Ein Schwelgen in Hochgefühlen verbot sich jedoch, bis er mit hochgehaltener Kerze durch die dann leeren Räume und Hallen schreiten und Besitz ergreifen würde von dem, was sich andere anmaßend unter den Nagel gerissen hatten. Die Banausen würden zu dem Zeitpunkt schon die Flucht ergriffen haben und Stoßgebete zu allen möglichen Heiligen brabbeln, von denen es in ihrer grässlichen Religion wimmelte.

Dann, und erst dann würde er sich zum Lord der Burg Kissane deklarieren, getreulicher Nachfahr, furchtloser Erbe, ein echter Shaftoe, der seines Namens würdig war.

Nachdem er den Hof inspiziert und sich vergewissert hatte, dass er allein war, ging er hinüber zu dem Portal, das in die Große Halle führte. Wie Mr Tovey versprochen hatte, war die Tür unverschlossen. (Er würde eine etwas höhere Belohnung für seinen Landsmann springen lassen müssen, großzügig, wie die ohnehin war.)

An ungefilterte Gerüche der Natur nicht gewöhnt, warf ihn der tierische Gestank in der Halle fast um. Mit einiger Überwindung bahnte er sich seinen Weg durch die Ekel erregenden Strohballen, entledigte sich seines Burberry und vergewisserte sich mit einem kurzen Griff nach dem Dreispitz, dass der auch richtig saß. Er war bestens ausstaffiert: Die Brokatweste kam durch das offene Justaucorps voll zur Geltung, und das mit Spitze verzierte Jabot kaschierte die schlaffen Hautfalten. Die großartige Aufmachung schmeichelte seiner Eitelkeit dermaßen, dass sein Blutdruck bedrohlich in die Höhe schoss.

Er holte aus dem Burberry-Mantel die Kerze hervor, probierte den Zigarettenanzünder, löschte ihn wieder und stopfte ihn in die Westentasche. Was er dort fühlte, erinnerte ihn an das einmalige Artefakt, das die Echtheit seiner Erscheinung unanfechtbar beweisen würde. Er nahm die Goldmünze heraus, die ihm mysteriöserweise – nein, wunderbarerweise – zugespielt worden war. Zweifelsohne kam sie von einem heimlichen Bewunderer, die königliche Prägung ließ die Deutung zu, dass seine Tat auf Zustimmung stieß, ja, sogar abgesegnet war von geheimen Mächten, die sich derer angenommen hatten, die sich zu Recht zurückholten, was ihnen fürstlich zustand.

Er hielt die Münze ins Licht der Kerzenflamme. Goldsprenkel glitzerten und kündeten von noch größeren Reichtümern. Mit ausgestreckter Hand reckte er das Prunkstück in die Höhe, berauschte sich an dem, was es versprach.

Ein grauenvoller Schrei entrang sich seiner zugeschnürten Kehle. Münze und Kerze fielen zu Boden. Wie versteinert starrte er auf den Kronleuchter aus Eisen. Unmittelbar vor seinen hochherrschaftlichen Augen hingen an dicken, groben Stricken eine junge Frau, vielleicht noch ein Mädchen, und ein junger Mann, vielleicht noch ein Junge, mit hervorquellenden Augen und mit geschwollenen, aus dem Mund hängenden Zungen.

Er stolperte zurück. Die hinuntergefallene Kerze hatte das Stroh entzündet, die Münze war nirgends zu sehen. Ein weiterer Aufschrei, der beabsichtigte Hilferuf *Feuer* kam nicht zustande. Zweimal stampfte er auf den brennenden Boden, doch die Flammen griffen um sich. Er kämpfte sich durch das Stroh, doch das verfing sich in den Schnallen seiner Schuhe. Zweimal geriet er ins Stolpern, konnte sich nur mit Mühe wieder fangen und stürzte zur Tür. Der erste Versuch, den Riegel zu lösen, misslang. Er hämmerte auf das Holz ein, versuchte es erneut mit dem Riegel. Die Tür schwang auf. Er taumelte hinaus auf den Hof. Ohne auch nur einen Blick nach hinten zu werfen, rannte er auf die Burgstraße, sprang über die Steinmauer und lief über das Feld, über das er gekommen war.

Erst als er am Auto angelangt war, blieb er stehen und blickte zurück zur Burg. Blitz und Donner tobten dort, nur kamen sie nicht vom Himmel, sondern aus der Erde. Die Burg, völlig überrascht von diesem Wunderwerk, ließ alle Fenster hell aufleuchten. Noch leisteten die Mauern Widerstand, hielten die Steine sich gewissermaßen in Alarmbereitschaft, wollten nicht fassen, dass das Ende drohte. Dann flogen sie, wie von Fesseln befreit, in die Höhe, standen einen Moment unbeweglich, als wollten sie nicht glauben, dass es höher nicht ging, fügten sich in ihr Schicksal und stürzten zu Boden. Ein wütender Lärm, ein Sturm von berstenden Steinen, und mittendrin eine stumme Harfe und zersplitterte Teile eines unbestückten Webstuhls. Der Turm, die hehren Räume, die getünchten Wände – nur noch herabstürzende Trümmer, die sich zu einem riesigen Berg häuften und bis in den Hof ausbreiteten, wo sie die Ställe und schilfgedeckten Dächer unter sich begruben.

Dann stieg eine gewaltige Asche- und Staubwolke auf, senkte sich und bedeckte Schutt und Ruinen wie in einem Akt der Barmherzigkeit. Das war alles, was von der in ihrer Schlichtheit erhabenen Burg Kissane, die Jahrhunderte überdauert hatte, geblieben war.

Seine Lordschaft brach, noch ehe sich der Staub gelegt hatte, in jämmerliches Schluchzen aus.

Als sie jenseits des Berges den grollenden Lärm hörten, waren Kitty und Kieran fast am Fuße des Abhangs angelangt. Die Kühe waren sogar schon ein Stück voraus und hatten es bis zum wartenden Lastwagen nicht mehr weit. Sie blieben stehen – die Kühe, Kitty und Kieran. Dann trotteten die Kühe weiter, Kitty und Kieran aber sahen sich an. Reglos. Gleich darauf rannte Kieran zurück und bergan, kam aber nicht weiter als bis zu einem dicken Stechginstergestrüpp. Kitty hatte ihn bald ein. »Declan! Nein!«, schrie sie.

Kieran musste brüllen, wenn er verstanden werden wollte. »Declan? Wieso Declan?«

»Er war es. Nur er kann es gewesen sein, ich weiß es. Er …«

Sie bemerkte die Vergeblichkeit ihrer Worte und schwieg. Auch Kieran hatte es die Sprache verschlagen. Nichts war zu sehen, alles nur zu hören gewesen. Dann ließ das Poltern nach und verstummte, auch das Scheppern von kleineren Steinchen, das sich angehört hatte, als ob Regentropfen auf ein Schieferdach trommelten, verebbte. Am abendlichen Himmel breitete sich eine Staubwolke aus. Kitty schlug die Hand vor den Mund. Kieran legte den Arm um ihre Schultern und zog sie dicht an sich heran.

Etwa in Höhe der Bergkuppe, oberhalb der Staubwolke, im Glanz der letzten Strahlen der Abendsonne bewegten sich langsam, fast zögernd Taddy und Brid, als folgten sie vagen Rufen, denen sie nicht recht trauten. Taddy ging voran.

»Nein! Bleibt! Verlasst uns nicht!«, rief Kitty laut.

Nach ein paar weiteren Schritten drehte sich Brid um und schaute auf den aus den Ruinen aufsteigenden Staub. Wie zu einem letzten Lebewohl streckte sie die Hand nach dem Ort ihrer Verbannung aus. Taddy berührte sie an der Schulter. Mit gesenktem Kopf riss sie sich von dem Anblick los. Sie gingen weiter, jetzt rascher. Taddy mit erhobenem Kopf in frisch gewonnener Würde. Als sie sich dem Sonnenball näherten, blieb er stehen, dann auch Brid. Wieder drehte sie sich um. Dieses Mal blickte sie direkt zu Kitty und Kieran; nie zuvor hatte sie das getan und so gezeigt, dass sie sie bewusst wahrnahm. Mit der rechten Hand berührte sie sacht den rauen Strick, der wie ein Kragen um ihren zarten, jugendlichen Hals lag. Jetzt drehte sich auch Taddy zu ihnen um. Er hob den Arm, die Handfläche zu ihnen gerichtet, ein Abschiedsgruß, nicht nur für Kitty und Kieran, sondern auch für die Stätte seines Leidens.

»Nein!« Kierans Stimme klang heiser und beschwörend. »Taddy! Brid! Nein!«

»Lass sie ziehen«, sagte Kitty leise.

Der schöne junge Mann und das hübsche junge Mädchen senkten die Köpfe, wandten sich für immer ab und nahmen ihren vom Schicksal vorbestimmten Weg wieder auf. Ihre derbe Kleidung wurde von einem glänzenden Schimmer erfasst, als wäre das einfache Tuch von strahlenden Fäden durchwirkt. Die groben Stricke um den Hals, in denen sich die Strahlen der untergehenden Sonne fingen, brachten plötzlich zarte Blätter von schönstem Lorbeer hervor, weich und die Haut liebkosend, ein sinnreiches Äquivalent für die goldene Krone eines Märtyrers. Und dann erlebten Kitty und Kieran, wie der Glanz der Sonne und der Glanz des ach so schönen Mannes und des ach so hübschen Mädchens miteinander verschmolzen.

»Vergesst uns nicht«, flüsterte Kitty.

Aaron saß in der Küche. Er hörte es von ferne krachen und spürte ein leises Zittern des Fußbodens unter seinen Füßen. Er führte das Phänomen auf die Worte zurück, die er gerade las und die auf die Rückseite eines Ausdrucks gekritzelt waren, den er am Morgen von dem dritten Kapitel eines neuen Romans gemacht hatte. Darin ging es um einen Mann, der seiner sündigen und untreuen Frau verzeiht, die mit einem Bariton durchgebrannt war, den sie in einem Kirchenchor kennengelernt hatte. Aaron hatte Schwierigkeiten, sich auf die einzelnen Wörter zu konzentrieren. War aber auch nicht nötig. Die Botschaft war eindeutig. Seine Frau Lolly war mit Declan Tovey auf und davon. Er, Aaron, sollte dafür Sorge tragen, dass die Schweine regelmäßig gefüttert wurden, da sie ihm nun für immer überlassen worden waren. Benommen, wie er war, empfand er sogar eine gewisse Erleichterung. Er würde nicht länger schreiben müssen. Endlich würde er einer Berufung folgen können, in der er weniger einsam war. Und er würde ein treuer Partner sein – den Schweinen jedenfalls.

Als es dunkel geworden war, hielten Tom und Jim von der örtlichen *gardaí* an den Ruinen Wache. Der Staub hatte sich gelegt, und vom Meer hatte der Wind Nebel landeinwärts getrieben, der sich nun auch über die Reste der Burg Kissane senkte. Zwar war Vollmond, aber sein Licht drang nur wie ein Schleier bis zu den geborstenen Steinen und kreuz und quer liegenden Balken durch.

Nichts rührte sich. Dann sahen Tom und Jim in dem sich leicht hebenden Nebel an der Stelle, wo ursprünglich der Turm gewesen war, eine Gestalt zwischen den Steinen stehen. Es konnte niemand anders als der Geist sein, den sie befürchtet hatten. Im schönsten Aufzug stand er da, Lord Shaftoe persönlich aus längst vergangenen Jahrhunderten, die Stickerei in Gold und Purpur, die seine Weste verzierte, erstrahlte im schwachen Mondlicht. Auch die glitzernden Goldspangen seiner fein gearbeiteten Schuhe waren im nebligen Dunkel zu erkennen. Auf dem Kopf saß ein Dreispitz und zierte die kunstvoll arrangierten Locken.

Zu guter Letzt war er nun doch gekommen, um von der Burg Kissane Besitz zu ergreifen, aus der er vor dem Donnergetöse geflohen war. Das Schießpulver hatte seine Schuldigkeit getan. Der Anblick, der sich ihm bot, war weiß Gott fürstlich, ein Haufen Schutt und Staub. Die Burg war nun sein, niemand, und Tom und Jim am allerwenigsten, würde ihm seine Rückkehr streitig machen. Die beiden waren zu Tode erschrocken, standen mit offenen Mündern da, in die der Nebel kroch.

Wer sich vor Angst in die Hosen machte – das oder Ähnliches hatte ja der Lord prophezeit –, war Tom.

Die letzten Worte zu sprechen, sollte Kitty obliegen. Die Kühe waren auf den Lastwagen bugsiert. Überzeugt, dass nichts mehr zu retten war, waren sich Kitty und Kieran einig, dass sich mit der Ruine andere abplagen sollten. Sie wollten die Stätte nie wiedersehen. Sie waren schon im Begriff einzusteigen und sich auf die traurige Reise zu begeben, als merkwürdige Laute sie aufhorchen ließen. Sie schauten sich um, konnten aber außer dem dunklen Berg nichts Auffälliges entdecken. Dann bemerkte Kitty etwa zehn Schritt weiter höher am Abhang einen Ring, wie man ihn Schweinen durch den Rüssel zieht. Sie ging hin und hob ihn auf. Er war zerbrochen, die Rundung zeigte eine gezackte Bruchstelle, als hätte man das Metall heftig an einen Stein gehauen. Er erinnerte sie an den Ring, den sie seinerzeit an der kaputten Mauer gefunden hatten, als das damals noch leibhaftige Schwein ihnen den Hinweis gegeben hatte, wo im Obstgarten die Pläne für das Schießpulver vergraben waren.

Sie betrachtete den Ring von allen Seiten. Es konnte nicht der von damals sein; alle Merkmale sprachen dagegen. Sie wollte ihn schon wieder auf den Hang zurückwerfen, als sie hörte, wie Kieran ihr zuraunte: »Kitty, sieh mal, dort.«

Kitty wandte sich um und sah, woher die merkwürdigen Laute kamen. Draußen auf der See bewegte sich eine beachtliche Rotte Schweine scheinbar mühelos über Lichtstrahlen, die auf den Wellen tanzten. Angeführt wurde sie von einem Schwein, das den Betrachtern sehr wohl bekannt war. Es schien den anderen den Weg zu weisen. Zunächst verursachten sie den üblichen Lärm, wie man ihn von sich zusammenrottenden Schweinen kannte – Quieken, Schreien, Grunzen, Kreischen, Laute, mit denen sie auch sonst ihrem Unmut Luft machten. Bald aber ging die Kakophonie in eine geradezu himmlische Hymne über, in einen überwältigenden Choral höchster Lobpreisungen. Als hätte alles Leiden ein Ende, verwandelten sich Wehklagen und Gezeter in harmonische Töne und jauchzende Melodien, die gen Himmel schwebten.

Kitty, die neben Kieran stand, sah auf den metallenen Ring, den sie immer noch in der Hand hielt. Sie spürte am Rücken eine kaum merkliche Berührung, zart und sacht, nicht mehr als ein Windhauch, der nicht vorüberzog, sondern sich wie ein schwereloser Umhang auf sie senkte. Sie machte keinerlei Anstalten, ihn abzuschütteln.

Sie sprach mit monotoner und doch fester Stimme: »Die Witwe Colville gab einem Jungen namens Taddy, der ihr für den Winter den Torf gestochen hatte, ein kleines Ferkel. Das Schweinchen wurde gehegt und gepflegt, wurde mit Dingen gefüttert, die sich der junge Mann vom Munde absparte. Unter seiner liebevollen Fürsorge wuchs es rasch heran. Als heimliche Gabe, von der nur er wusste, ging es weiter an ein schönes junges Mädchen namens Brid, sollte ihm aber später bei ihrer Hochzeit wiedergegeben werden, denn eine andere Mitgift konnte die Familie nicht aufbringen. Doch die zwei wurden gehängt, und am gleichen Tag, als das geschah, verschwand das Schwein auf Nimmerwiedersehen. Von da an erschienen immer dann, wenn zu Vollmond das uralte Fest Lughnassadh zum Lob des täglichen Brotes begangen wurde, am Westhang des Crohan seine Nachkommen, allesamt Geister wie der hübsche junge Mann und die schöne junge Maid, für die das aufgezogene Schwein gedacht war, als ein Zeichen für Brid und Taddy, dass auch sie auf den Tag warteten, da sie alle von dem Geisterbann erlöst würden, der mit dem grausamen Erhängen über sie gekommen war. Der Tag ist nun da. Sie kehren nie wieder: weder Brid noch Taddy und auch nicht das Schwein.«

Kitty verstummte, verschloss in ihrem Herzen ein anderes Stück enthüllter Wahrheit. Die Richtung, die die jubelnden Schweine einschlugen, ließ die Schlussfolgerung zu, dass sie – wie so viele Iren vor ihnen – einer Stadt in den Vereinigten Staaten von Amerika zustrebten, nämlich Boston.

JOSEPH CALDWELL
Das Schwein war's
Kriminalroman
Aus dem Amerikanischen
von Irmhild und Otto Brandstädter
234 Seiten
ISBN 978-3-7466-2627-7
Auch als ebook erhältlich

Saukomisch!

Ein liebeswunder Amerikaner erscheint in Begleitung eines Schweins bei seiner Tante Kitty an der irischen Steilküste. Über Nacht gräbt das Schwein in Kittys Garten eine Leiche aus. Der Fund bringt drei Tatverdächtige, viele verfahrene Beziehungskisten und alte Geschichten ans Licht. Doch zur Polizei gehen will niemand. Liebe, Eifersucht und Mord in einem skurrilen, sehr irischen Kriminalroman.

»Caldwell erzählt absurde Begebenheiten in einer leichten und humorvollen Sprache und überrascht mit einem Ende, das der Leser so nicht erwartet.«
PUBLISHERS WEEKLY

Mehr Informationen erhalten Sie unter www.aufbau-verlag.de oder in Ihrer Buchhandlung

atb aufbau taschenbuch